冰与火之歌的世界

·悦享版·

上

GEORGE R.R. MARTIN

[美]乔治·R.R.马丁　[美]艾里奥·M.小加西亚　[美]琳达·安东松/著　屈畅　赵琳/译

THE WORLD OF ICE AND FIRE: THE UNTOLD HISTORY OF WESTEROS AND THE GAME OF THRONES BY GEORGE R. R. MARTIN, ELIO GARCIA AND LINDA ANTONSSON

Copyright:© 2013 BY GEORGE R. R. MARTIN

This edition arranged with Ballantine Books, a division of Penguin Random House LLC through Big Apple Agency, Inc., Labuan, Malaysia.

Simplified Chinese edition copyright:
2024 Chongqing Publishing House Co., Ltd.
All rights reserved.

版贸核渝字(2022)第 158 号

图书在版编目(CIP)数据

冰与火之歌的世界:悦享版/(美)乔治·R.R.马丁,(美)艾里奥·M.小加西亚,(美)琳达·安东松著;屈畅,赵琳译. — 重庆:重庆出版社,2024.10
书名原文:The World of Ice and Fire
ISBN 978-7-229-18540-4

Ⅰ.①冰… Ⅱ.①乔…②艾…③琳…④屈…⑤赵… Ⅲ.①长篇小说—小说评论—美国—现代 Ⅳ.①I712.074

中国国家版本馆 CIP 数据核字(2024)第 070959 号

冰与火之歌的世界·悦享版
BINGYUHUOZHIGE DE SHIJIE · YUEXIANG BAN
[美]乔治·R.R.马丁,[美]艾里奥·M.小加西亚,[美]琳达·安东松 著
屈 畅 赵 琳 译
责任编辑:邹 禾 唐弋淄 魏映雪
装帧设计:冰糖珠子
封面插图:刘 逍
封面设计:谢颖设计工作室
责任校对:李春燕

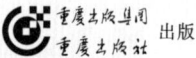
重庆出版集团
重庆出版社 出版

重庆市南岸区南滨路 162 号 1 幢 邮政编码:400061 http://www.cqph.com
重庆豪森印务有限公司 印刷
重庆出版集团图书发行有限公司 发行
E-mail:fxchu@cqph.com 邮购电话:023-61520646
全国新华书店经销

开本:787mm×1092mm 1/16 印张:30.25 字数:400 千
2024 年 10 月第 1 版 2024 年 10 月第 1 次印刷
ISBN 978-7-229-18540-4
定价:238.00 元

如有印装质量问题,请向本集团图书发行有限公司调换:023-61520678
版权所有 侵权必究

目 录

古代历史 /1
    黎明纪元 /3
    先民的到来 /7
    英雄纪元 /10
    "长夜" /12
    瓦雷利亚崛起 /14
    瓦雷利亚的孩子们 /18
    安达尔人的到来 /21
    万船横渡 /26
    瓦雷利亚的"末日浩劫" /34

龙王们的统治 /39
    大征服 /41

坦格利安诸王 /61
    伊耿一世 /63
    伊尼斯一世 /67
    梅葛一世 /72
    杰赫里斯一世 /80
    韦赛里斯一世 /88
    伊耿二世 /99
    伊耿三世 /114
    戴伦一世 /121
    贝勒一世 /124
    韦赛里斯二世 /131
    伊耿四世 /133
    戴伦二世 /140
    伊里斯一世 /147
    梅卡一世 /150
    伊耿五世 /151
    杰赫里斯二世 /157
    伊里斯二世 /160

真龙王朝的覆灭 /172
    错误的春天 /174
    劳勃起义 /179
    结局 /182

光荣的统治 /184

七大王国 /186
    北境 /189
        冬境之王 /192
        山地氏族 /194
        斯卡格斯岛的岩种 /195
        颈泽的泽地人 /197
        临冬城公爵 /198
        临冬城 /200
    长城与塞外 /203
        守夜人军团 /203
        野人 /206
    河间地 /211
        徒利家族 /219
        奔流城 /227
    谷地 /229
        艾林家族 /236
        鹰巢城 /238

铁群岛	/244
浮木王冠	/250
铁国王	/255
"黑血"	/257
派克岛的葛雷乔伊家族	/262
"红海怪"	/264
"古道"与现实	/267
派克城	/270
西境	/272
龙王治下的兰尼斯特家族	/277
凯岩城	/292
河湾地	/294
"青手"加尔斯	/295
园丁王	/298
河湾地的安达尔人	/301
旧镇	/304
提利尔家族	/309
高庭	/311
风暴地	/314
先民的到来	/315
杜伦登家族	/317
风暴地的安达尔人	/320
拜拉席恩家族	/322
风暴地人	/328
风息堡	/330
多恩	/333
多恩之臂的断裂	/336
先民诸王国	/337
安达尔人的到来	/339
洛伊拿人的到来	/341
南方的怪异习俗	/343
多恩对抗巨龙	/346
阳戟城	/352
日落国度以外	/355
其他大陆	/356
自由贸易城邦	/358
罗拉斯	/359
诺佛斯	/363
科霍尔	/367
不睦的女儿们：密尔、里斯和泰洛西	/370
潘托斯	/378
瓦兰提斯	/380
布拉佛斯	/385
自由贸易城邦之外	/393
盛夏群岛	/394
纳斯岛	/400
蛇蜥群岛	/401
索斯罗斯	/404
大草原	/408
颤抖海	/420
伊班岛	/422
伊班岛以东	/425
骸骨山脉及其以东	/427
夷地	/429
鸠格斯奈平原	/434
雷岛	/438
阴影之地旁的亚夏	/441
后记	/445
译后记与补充说明	/448

献给至高至尊的君主，

托曼

乔佛里

劳勃一世，

安达尔人、洛伊拿人和先民的国王，

七国统治者暨全境守护者。

学城学士稗臣亚达尔，恭祝陛下国泰民安、

光照宇内、万寿无疆、恩泽天下。

前言

常言道：垒石成房。此言诚是。知识赖于积累，可有穷尽乎？由是学海虽无涯，但求前仆后继，终可达于彼岸。现今我——亚达尔学士——亦将挑起石匠的担子，将所知砌成一块新石头，用于堆砌知识的大厦。这栋大厦由学城内外的有识之士薪火相传不断构筑，历经无数前人辛勤劳作，毫无疑问，亦将由无数后人传承下去。

我诞生于最后一位坦格利安国王统治的第十年，某日清晨被抛在文书台的空摊位上，文书台是助理学士为民众提供书写服务的地方。一位助理学生发现了我，将我带给当年的总管艾吉伦博士，我毕生的使命由此注定。艾吉伦，他的戒指、权杖和面具是白银制品，他俯视哇哇大哭的我，宣布是个可用之材。幼年听到这故事，我以为他是预言我将成为学士，直到很久以后才从安布罗斯博士那里得知，艾吉伦当年在写一篇关于婴儿襁褓的论文，急需佐证某些观点。

尽管阴差阳错，我仍得到仆人们的照料，偶尔也受到学士们的关注。我幼时被作为仆人培养长大，在学城的大厅、卧室和图书馆里服务，后蒙沃格雷夫博士教诲识字。我逐渐爱上学城和保卫城中宝贵知识的"心灵的骑士"，毕生夙愿便是成为其中一员，去了解远方的土地和久逝的古人，去观测星辰，通晓季节变换。

我最终如愿以偿。十三岁时，我锻造出颈链的第一个链条，随后坚持不懈，直至在劳勃国王统治的第九年锻造完毕，宣誓成为学士，并荣幸地留在学城中为博士们服务，尽我所能协助他们。这是一份巨大的荣誉，但我的梦想不止于此，我还渴望写一部自己的著作，一部识字的普通人也能读懂、并能念给妻儿们听的书，好让普罗大众了解善与恶，公正与不公，伟大与渺小，从而增进智慧，正如我本人在学城中求学的体悟。所以我回到锻炉前，依据早已仙逝的诸位学士留下的经典著作，开始这项全新而严肃的任务。这部作品出于我的渴望，它是一部描述伟业与劣迹、熟悉与陌生的民族以及近处与远方的土地的历史。

THE WORLD OF ICE & FIRE

THE UNTOLD HISTORY OF WESTEROS AND THE GAME OF THRONES

Ancient History
古代历史

黎明纪元

无人说得清世界诞生的确切时间，而这激发了古往今来的学士和学者们孜孜探索的热情。世界是否如某些人所说已有四万年历史，抑或五十万年甚至更长？任何一本已知的书籍都不能准确解答，因为在世界的第一个纪元——黎明纪元——人类没有文字。

我们能确定的是彼时非常原始野蛮，无数部落在大地上游荡，既不懂冶炼金属，也不会驯化动物。关于那个时代，仅有的知识来源十分古老，统统出自安达尔人、瓦雷利亚人、吉斯卡利人乃至遥远而神奇的亚夏人写下的故事。尽管这些文明源远流长，可在黎明纪元还一个都没出现呢。想要发掘传说中的真实，实无异于大海捞针。

黎明纪元的故事，究竟有哪些是真的？东方大陆有形形色色的人种，当然，他们和全世界其他人种一样统统未开化。但永冬之地和夏日之海间的维斯特洛并没有人类，这里属于两个别的种族——森林之子和被称为"巨人"的物种。

对于黎明纪元的巨人，我们知之甚少，只因先人并未收集整理过他们的传说、故事与历史。守夜人透露野人中流传着某些说法，说是巨人和森林之子一起生活，但彼此常发生冲突，他们在大地上肆意行走，予取予求。我们能找到的所有记载都显示他们身形庞然，力大无比，但头脑简单。根据守夜人游骑兵的可靠报告——他们是最后一批见过巨人的人类——巨人不只像童话故事里描写的那样高大，还生着厚厚的毛发。

许多有力证据证明巨人有土葬习俗，正如《丧葬大全》中的记载。该书由肯内特学士所著，其人在克雷根·史塔克的漫长统治期里于临冬城服务，系统研究了北境的古冢、墓穴和坟地。根据北境出土后送往学城的骸骨，一些学士估测巨人最高可达十四尺，另一些学士则认为十二尺更准确。那些曾在守夜人军团服务的学士记录的久远的游骑兵报告中，无一例外提到巨人不事修葺、制衣，且只以树枝充当工具和武器。

巨人没有国王，亦无领主，他们居住在洞穴里或树荫下，毫无农耕和冶炼技术。即便纪元变迁，人类扩张，森林被砍伐后萎缩，他们也依旧保持黎明纪元时的习性。时至今日，哪

前页 | 建筑长城

怕在长城以北,巨人也踪迹难寻,最近的目击案例已有一百多年,而那些案例本身真假难辨——它们统统来自游骑兵们在篝火旁讲述的奇闻逸事。

森林之子在很多地方与巨人截然相反。他们身如孩童,肤黑貌美,以今天的眼光看,其生活方式可谓原始,却无疑比巨人的文明程度更深。他们也不会冶炼金属,但极擅长用黑曜石制作工具及狩猎武器(百姓俗称黑曜石为"龙晶",瓦雷利亚人则称之为"冰霜火")。他们不懂织造,却长于用叶子和树皮制衣。他们还用鱼梁木制弓箭,用草结网,男女都凭这些东西狩猎。

据说他们的歌谣音乐同他们的容貌一般美好,但除了古代流传下的只言片语,歌谣内容已无从考证。柴尔德学士在《冬境之王——临冬城史塔克家族的族谱与传说》中收录了一首歌谣的部分段落,讲述"筑城者"布兰登为修建长城求助森林之子的事。他在一个隐秘地方与他们相见,但起初无法理解他们的语言,歌谣中形容他们的语言犹如溪流拍打石块、微风拂过树叶、雨滴敲打水面。布兰登如何学会森林之子的语言是另一个传说,篇幅所限,在此不便提及,但他们的语言显然源于——至少灵感源于——他们每日听到的声音,语言中很可能极大程度保留了自然原声的美感。

森林之子崇拜的神祇没有名姓,那是数不清的,属于溪流、森林和岩石的古老神祇,这些神祇后来又被先

上图 | 巨人

学城地窖中保留着一封伊蒙学士在伊耿五世统治早期送来的信件，信中讲述了一个姓雷德温的游骑兵写于多伦·史塔克国王时期的报告。该报告基于一次前往凄凉岬和冰封海岸的旅程，报告者声称自己一行与巨人战斗，与森林之子交易。伊蒙在信中透露自己检查黑城堡的守夜人地窖时发现许多类似报告，并认为那些报告的可信度很高。

民接纳。森林之子在鱼梁木上雕刻人脸，或许是想让他们的神看顾虔诚信徒。有人捕风捉影地声称绿先知——森林之子中的智者——能通过鱼梁木上的眼睛进行观察，证据是先民的举动：先民正因惧怕这一点，才大肆砍伐刻有人脸的树和鱼梁木，以求抵消森林之子的优势。但先民的文明程度远低于今人，他们十分迷信，譬如约瑞科学士《与大海联姻——白港早期至今的史记》一书中便有血祭旧神的记录。据约瑞科学士在白港的前辈描述，此种祭献一直持续到五个世纪以前才消失。

我们在此并非要全盘否认绿先知通晓高级神秘术的失传技艺，诸如视物于千里之外，或相隔半个大陆对话（就像我们不能否认许久以后瓦雷利亚人的能力），但他们的事迹总体上是故事性大于真实性的。他们无法像某些人形容的那样变成野兽，真实情况应是能利用某种今天已无法实现的方法与动物交流，也因此易形者或"凶兽"的传说才得以盛行。

易形者的传说繁杂多样，其中最常见内容是——这些传说多被守夜人军团的成员从长城外带回，由若干世纪以来在那里服务的修士和学士记录——易形者不仅能和野兽交流，还能与它们的灵魂混合，然后加以控制。即便在野人中，能驱使动物的异类也令人害怕。某些传说提到易形者会被困在动物体内，还有些传说

巴斯修士《非自然史》中有一个著名的僭伪片段流传至今，并曾在学城大厅中引发论战。巴斯修士自称仔细拜读过黑城堡收藏的文献后，得出结论森林之子可与渡鸦交谈，并让它们复述人语。根据巴斯的著作，这种高级神秘术由森林之子教授给先民，好让后者利用渡鸦远距离递送信息，而今却被"简化"传承给学士，故学士不清楚如何与鸟类交谈。

事实上，我们的组织理解渡鸦的语言……但只限于嘶鸣号叫的基本意图，恐惧或愤怒的暗示，发情或身体欠佳的表现。渡鸦虽是最聪明的鸟类之一，但不论巴斯学士怎么认为，它们的智力不可能高过婴儿，难以具备说话能力。一些拥有瓦雷利亚钢链条的学士支持巴斯，但他们也无法用实证方式证明人鸦对话的观点。

声称被易形者控制的动物可说人语,而所有传说都认同最常见的控制对象是狼——乃至冰原狼——野人称这类易形者为狼灵。

传说进一步提到绿先知能看透过去,探究未来。但所有研究都表明,高级神秘术在承认这种力量的同时,却声称未来的幻象是模糊且暧昧的——这对于愚弄凡夫俗子真是非常方便!因此,我们在承认森林之子特点的同时,决不能把真相与迷信混淆。真理必须通过实践来检验和证实,而高级神秘术及其他魔法技艺均非我辈肉身的力量所能检测的。

抛开魔法技艺的真假不谈,绿先知领导的森林之子确曾遍及永冬之地到夏日之海的大陆。他们的住处很简陋,没有庄园、城堡和城市,而是住在树林、小岛、泥塘和沼泽中,甚至岩洞和空山幽谷之内。据说林中的森林之子会用树叶和细枝在树干间搭建住所,形成隐秘的"树上城镇"。

长久以来,人们认为他们这么做是为躲避掠食者,因简陋的石头武器——哪怕加上绿先知的传奇技艺——无法对抗冰原狼或影子山猫。但另一些材料动摇了这个观点,暗示森林之子的大敌是巨人,这在北境的传说中曾被屡屡提及,而最有力的证据来自肯内特学士对长湖附近某座古墓的研究——墓穴里残存的巨人肋骨中嵌着黑曜石箭头。我们不禁联想到亨里克学士在《塞外之王全史》中誊写的一首关于詹德尔和戈尼兄弟的野人歌谣,歌谣称一个森林之子部落和一个巨人家族为一座洞穴的所有权发生争执,并要詹德尔和戈尼兄弟裁决。两人最终巧妙解决了争端,他们发现那座洞穴是一系列相互连接、最终通过长城地下的洞窟的组成部分,于是森林之子和巨人都失去了兴趣。考虑到野人没有文字,他们的掌故不能完全信以为真。

最终,森林的主人和高大的巨人因外来天敌才联合在一起。

有种推测认为黎明纪元时的七大王国尚有第三种族存在,但证据太少,在此只做简要介绍。铁种中盛行的说法是著名的海石之位乃第一批先民到达铁群岛时在老威克岛上找到的,当时岛上无人居住。若传说属实,海石之位制造者的真相及起源就是个谜,凯司学士《淹人唱的歌》一书收集了铁民的诸多传说,他在书中推测这把座椅或出自落日之海对面的访客,但毫无证据,止于主观臆断。

先民的到来

根据学城中最可靠的资料的记载,约一万二千至八千年前,一个新种族经由一条横跨狭海、连通东方与森林之子和巨人生息地的细长陆桥来到维斯特洛最南端,这便是先民通过断臂角到达多恩的故事,当时的断臂角尚未断裂。这群人为何要背井离乡已不得而知,但迁徙规模十分庞大,他们成千上万地涌来,开始改造这片土地,并在数十年间不断北进。我们听到的迁徙时代的传说均不可信,譬如传说里提及先民短短几年就越过颈泽、踏足北境。这当然不可能,实际恐怕要花数十年乃至数百年。

当然传说中也有真实成分,如先民很快与森林之子开战。先民和森林之子不同,他们懂

左图 | 森林之子　上图 | 鱼梁木上的雕刻

得开垦土地，建造环堡和村庄，而在此过程中，他们砍伐鱼梁木，包括刻有人脸的那些。森林之子因此攻击他们，由此引发持续几世纪的战火。但先民不仅带来陌生的神祇和牛马牲畜，还带来青铜武器，而他们本身又比森林之子高大强壮，因此占据着优势。

森林之子中的猎人——"木舞者"——挺身而出，充当战士，但穷尽利用树木和叶子的密技，也只是放缓先民前进的脚步。绿先知施展法术，传说他们召唤沼泽、丛林和天空中的动物来为他们战斗，包括冰原狼、巨大的雪熊、岩狮、老鹰、长毛象、巨蟒等等。但先民太强大，森林之子最终不得不孤注一掷。

故老相传，粉碎多恩之臂及让颈泽成为大沼泽的滔天洪水都是由聚集在卡林湾的绿先知们用黑魔法一手造成。很多人对此表示质疑，毕竟洪水发生时先民已登上维斯特洛，阻断通路最多只能减缓其扩张。更何况，这种力量超出人类对绿先知能力的传统认识……而那些认识本身就有夸大嫌疑。断臂角的产生和颈泽泛滥很可能只是自然灾难，是大陆沉陷的结果。许多案例可供类比，比如瓦雷利亚众所周知的浩劫，又如铁群岛中派克城坐落的礁岩曾是一体，后来部分沉入汪洋。

无论如何，森林之子为了生存而与先民奋力抗争，残酷的战争一代又一代延续，直到森林之子终于明白无法获胜，而厌倦争斗的先民也渴望和平。两个种族的智者达成共识，双方的英雄和统治者在神眼湖中一座小岛上签订"盟誓"。森林之子承诺放弃维斯特洛大陆除森林之外的所有土地，先民则向他们保证不再砍伐鱼梁木。岛上每一棵鱼梁木都被刻上人脸（这里遂被称为千面屿），好让天上诸神见证，随后又成立"绿人"组织，专司照料这些鱼梁木，保护小岛。

"盟誓"的签署结束了黎明纪元，开始了英雄纪元。

> **❝** "绿人"是否还生活在那座岛上今人不得而知，尽管偶尔有报告提到年轻莽撞的河间领主划船登岛，并在起风前或是被大群乌鸦赶走前瞥见他们。童话故事中说他们头长犄角，皮肤为暗绿色，这或许有其根据，"绿人"很可能穿绿衣服、戴角饰。

右图 | 森林之子和先民缔结"盟誓"

英雄纪元

英雄纪元上下几千年，其间王朝更迭、家族起落、事迹繁多。然而关于这段古史的记载不比黎明纪元可靠多少，我们熟知的掌故都是事后几千年的修士和学士写下的——好在与森林之子和巨人不同，英雄纪元的先民留下一些废墟和古城，能够辅证传说。荒冢堆里和其他地方还留下一些符文碑刻，透过只言片语，可望一窥传说中的真实成分。

公认的说法是英雄纪元始于"盟誓"，此后几千年先民和森林之子和平共处。先民得到大片土地，终于能够安稳扩张，于是从永冬之地到夏日之海都建起他们的环堡，小国王和强势领主遍地滋生。一些势力逐渐强大起来，为如今的七大王国打下原型和基础。那些早期王国的国王之名出现在传说中，他们一人统治几百年，这在今天看来当然是美好但失于荒唐的幻想。

"筑城者"布兰登、"青手"加尔斯、"机

有一点必须牢记：我们谈论传说中的王国建立者时，所涉及的地域概念尚处萌芽状态，其地理范围大致只涵盖中心城堡——如凯岩城和临冬城——的周边。即便"青手"加尔斯真的统治了河湾王国，其谕令能否传出城堡厅堂两周骑程以外也颇值得怀疑。但随着时间流逝，早期王国的领土和力量不断增加，经由这无数小王国，衍生出在随后几千年间争霸维斯特洛的强大王国。

灵的"兰恩、"神见愁"杜伦、"飞翼骑士"等人赫赫有名，其传说却大致出于想象。我在本书其他章节会尽力去伪存真，在这里，我们只需知道这些君王存在就可以了。

而在这些传奇的国王和孕育七大王国的数百王国之外，还有"星眼"赛米恩、"镜盾"萨文等等英雄传说，它们是修士和歌手的创作素材。这些英雄存在过吗？或许吧。然而歌手们把"镜盾"萨文算作御林铁卫——该组织创立于"征服者"伊耿统治时期——可想而知这类掌故有多不可信。最先写下掌故的修士塑造了他们的形象，并按需要增减细节，歌手则直接篡改——有时甚至改得面目全非——只为在领主的城堡里混个温暖住处。极端情况下，某些早已过世的先民成了信仰七神的骑士，保卫着自己死后（若他们真的存在过）几千年才出生的坦格利安国王。无数青少年因这种层出不穷的荒诞故事而对真正的维斯特洛历史产生错误认识。

"长夜"

"**盟**誓"签署后，先民开始构建自己的王国，除了内部的不睦与战争，并未经历其他波折——至少传世的历史如是说，也正是从这些历史中我们了解到长达整整一代人的"长夜"。据说那代人从出生到长大都被冬日笼罩，甚至有些人到死也没见过春天，更为夸张的是，在某些老妇人的故事里，他们从未见过白昼，整个大地被寒冬严严实实覆盖。这后一种说法完全出于想象，但几千年前有一场大灾难席卷世界应是确凿无疑。"长腿"洛马斯在《人造奇迹》中记叙了在"节庆之都"查约恩的废墟中见

如何准确预测季节的长度和变化是学城的长期课题，相关研究一直难见成效。巴斯修士在一篇已成残篇的论文中提出，季节的变化无常并无规律可循，而是某种魔法造成。尼科耳学士所著《日期测量》——一本大部分内容十分实用的诚意之作——似乎也受这一理论影响。尼科耳根据自己对天空中星辰运动的研究，提出一套并不十分可信的理论：季节长短曾是规律的，仅由星球运行途中面向太阳的方向决定。这套理论所依附的概念看似有理——白昼长短的规律变化导致季节的规律变化——但除了最古老的传说之外，没有证据能证明这种情况存在。

弗玛斯博士《古人的谎言》一书——尽管此书因对瓦雷利亚建立的错误断言和对河湾地及西境传承的叙述而饱受非议——推测传说中的异鬼不过是一个先民部落，亦为野人的祖先，定居在极北。由于"长夜"降临，这些最早的野人向南发起一连串侵略。弗玛斯声称，他们之所以会在其后的故事中演变成怪物，乃是守夜人和史塔克家族为强化自己作为人类拯救者的英雄形象（而非领土争夺的获益者）而有意为之。

到的洛伊拿人后代，他们告诉他曾有一场黑暗让洛恩河萎缩乃至消失，远至大河南端与赛荷鲁江交汇处都结了冰。根据传说，直到一位英雄说服洛恩母亲河的众多孩子及配偶——"蟹王""河中老人"等次级神——摒弃前嫌，一起合唱一首神秘之歌，才终于重现天日。

亚夏的编年史中也提到一场黑暗，并且有一位英雄手持红剑对抗黑暗。据说此事发生在瓦雷利亚崛起以前，也即老吉斯开始建立帝国的上古时代。这传说自亚夏向西扩散，拉赫洛的信徒称这位英雄为亚梭尔·亚亥，并预言他的回归。柯洛阔·弗塔在《玉海概述》中记叙了一段夷地的离奇传说，说是出于某种未知的羞愧，太阳在整整一代人时间里没在大地上露面，只靠着一位长猴子尾巴的女人奔走，才没酿成大难。

倘若真有如此残酷的冬天，资源必定极端匮乏。众所周知，在最难熬的冬天，最老迈、衰弱的北方人会要求外出打猎——大家心知肚明，他们不会回来，这只是为了把食物留给更可能活下去的人。这种事在"长夜"中一定司空见惯。

还有些掌故——真假难辨，却在古史中占有重要地位——描述了一种叫做异鬼的生物。据说它们来自冰封的永冬之地，意图消灭一切光明和温暖，将寒冷与黑暗带到人间。它们骑着巨大的冰蜘蛛和僵尸马，还会复活死者为它们作战。

和古史中诸多部分一样，"长夜"的终结亦十分奇妙。在北境，人们流传着这样的故事："最后的英雄"带领同伴去向森林之子求助，而在遭遇凶残的巨人、邪恶的异鬼及其冰冷的仆从之后，他的同伴逃的逃死的死，只剩他孤身一人。最终他突破白鬼的阻拦见到森林之子，所有传说都认同这是一切的转折点。在森林之子的帮助下，人类结成守夜人军团，挺身而出并赢得"黎明之战"。这场最后的大决战结束了无尽的冬天，将异鬼驱赶到冰冷的北方。现在，六千年过去了（根据《真史》则是八千年），用来保护人类王国的长城依然由守夜人的誓言兄弟守护，而异鬼和森林之子已有无数个世纪未曾现身。

前页 | 先民环堡的废墟　　左图 | 传说中骑着冰蜘蛛和僵尸马的异鬼

瓦雷利亚崛起

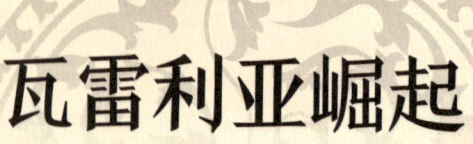

当维斯特洛进行"长夜"后的重建时,一股新势力在厄斯索斯崛起。辽阔的厄斯索斯大陆从狭海一直延伸到传奇的玉海及遥远的乌尔特斯大陆,根据现有证据,它是我们已知文明的发源地。人类第一个伟大文明(除开魁尔斯人可疑的声明、夷地人关于伟大的"黎

明帝国"的传说及真假难辨的亚夏神话）扎根于老吉斯。这个奴隶制城邦传说中的建立者是"伟人"格拉兹旦——他备受尊崇，乃至如今的奴隶主家族尚频频用他的名字为孩子命名。吉斯卡利人最久远的古史中声称，正是格拉兹旦建立了手持长盾和三种长矛、阵形紧密的步兵军团，这是人类第一支有严格纪律的作战部队。老吉斯凭借这些军队向四周殖民扩张，继而征服邻国，由是诞生出人类的第一个帝国，其统治持续若干世纪。

但一个从奴隶湾对面的巨大半岛上崛起的民族终结了老吉斯帝国——虽未将其斩尽杀绝——这便是瓦雷利亚人，他们定居在半岛上被称为"十四火峰"的巨大火山群中。瓦雷利亚人知晓驯养魔龙的奥秘后，令其成为世人前所未见的残忍兵器。照瓦雷利亚人的传说，他们乃是龙的后代，和受他们操纵的龙族有血缘关系。

众所周知，瓦雷利亚人极为美貌——他们有世界上任何人种都不曾有过的极淡的银金发色及紫色眼瞳——这点常被拿来证明他们与其他人种血统不同。然而许多学士指出，动物通过精心繁殖培育可得出特定的后代，而处于隔离环境下的种群常常与普通群体有显著区别。这或有助于解释瓦雷利亚人的起源之谜，尽管它依然无法说明瓦雷利亚血统为何对巨龙有强烈吸引力。

瓦雷利亚没有国王，它自称自由堡垒，有地产的公民均有发言权。虽然他们也由大君领导，但大君乃是由全体公民选出的公民代表来选举，且任期有限。瓦雷利亚鲜有被某个公民世族长期统治，当然，这种情况不是完全没出

在《非自然史》遗留的残篇中，巴斯修士罗列了关于巨龙起源和瓦雷利亚人如何驯龙的若干传说。瓦雷利亚人说龙是"十四火峰"的孩子；魁尔斯的掌故提到天空中原本有两个月亮，但其中一个被太阳炙烤得像鸡蛋一样裂开，一百万条龙从中涌出；亚夏的传说更丰富也更离奇，但的确有些文书——这些文书极为古老——声称龙来自人类全然陌生的阴影之地。这些亚夏上古史料提到一支古远到名称不传的民族在阴影之地驯服了龙，继而带往瓦雷利亚，教导瓦雷利亚人驯龙术，之后从编年史中销声匿迹。

倘若阴影之地的人首先学会驯龙，他们为何不像瓦雷利亚人那样大事征服？瓦雷利亚人的说法似乎更可信，可根据我们维斯特洛人的传说和历史，早在坦格利安家族到来之前很久，维斯特洛就有龙的存在。也就是说，即便龙诞生自"十四火峰"，它们被驯化前也必定遍布已知世界各地。这一点有证据支持，从极北的伊班到南方索斯罗斯的雨林都有龙骨被发掘出来；当然，另一方面，能驾驭和驯服巨龙的只有瓦雷利亚人。

左图 | 瓦雷利亚的龙王

辉煌的老吉斯帝国如今只剩些微残余——几座脓疮般滋生在奴隶湾周围的城邦以及一座自认是老吉斯继承人的城市。瓦雷利亚"末日浩劫"后，奴隶湾诸城邦终于摆脱瓦雷利亚人的桎梏，开始真正意义上（而非形式上）的自治。这些吉斯卡利人的后代很快重建了奴隶贸易——只是从前依靠征服来获取奴隶，如今则凭借购买和培育。

"砖与血造就阿斯塔波，砖与血造就她的子民。"古老的歌谣如是说，那指的是阿斯塔波的红砖城墙，它被成千上万为此而生、为此劳作、为此而死的奴隶的鲜血染红。阿斯塔波由自称"善主大人"的贵族统治，以出产称作"无垢者"的阉奴士兵而闻名——"无垢者"从孩童时代开始培育，训练目标是成为不知疼痛无所畏惧的战士。阿斯塔波人把他们当作老帝国步兵阵列军团的重生，但军团士兵是自由人，"无垢者"不是。

黄砖之城渊凯无须多说，那是世界上最腐化的地方，其统治者自称"贤主大人"。他们醉生梦死，贩售床奴、男妓及更堕落的产品。

奴隶湾旁最强盛的城邦是古老的弥林，虽然它和其他城邦一样只是夕日文明的残照，其人口与老帝国全盛时代相比可谓九牛一毛。弥林城的彩砖城墙同样蕴含无尽的痛苦，因此地的"伟主大人"训练奴隶在血染的竞技场中死斗，以此取乐。

众所周知，三座城邦都向路过的卡拉萨进贡献礼，不敢与之交战，多斯拉克人也带来许多奴隶供吉斯卡利人训练和贩卖——这些奴隶是他们的战利品，将摆在弥林、渊凯和阿斯塔波的奴隶市场中出售。

最重要的吉斯卡利城市却最小最年轻，而它也不过是个沐猴而冠的家伙——它便是独自伫立在外海孤岛上的新吉斯。新吉斯的贵族仿照老帝国步兵军团的方式建立"铁军团"，"铁军团"的士兵和老帝国的士兵一样（与无垢者不同）都是自由人。

右图 | 老吉斯的陨落

现过。

　　自由堡垒与老吉斯在人类文明的摇篮时期进行了五次大战，这些战争是传奇故事的最佳素材，且每次都以瓦雷利亚人战胜吉斯卡利人告终。第五次，也是最后一次大战中，自由堡垒以斩草除根的方式来避免第六次战争，于是由"伟人"格拉兹旦最先兴建的老吉斯城的古老砖墙被夷为平地，宏伟的金字塔、庙宇和房屋遭龙焰焚毁，土地为盐渍、灰烬和骸骨掩埋。吉斯卡利人伤亡惨重，另有很多幸存者被征服者奴役后死于劳作，而吉斯卡利被新生的瓦雷利亚帝国吞并。久而久之，它甚至遗忘了格拉兹旦的语言，学会了高等瓦雷利亚语。于是，一个帝国陨落了，另一个帝国崛起了。

瓦雷利亚的孩子们

瓦雷利亚人从吉斯卡利人那里学到一样可鄙之物：奴隶制。被征服的吉斯卡利人成为他们的第一批奴隶，但绝非最后一批。"十四火峰"的燃烧群山里盛产矿石，瓦雷利亚人对之如饥似渴：他们需要铜和锡来合成青铜铸造武器、修建丰碑，后来又需要铁来打造传说中的钢剑，他们更需要金银支付这一切。

没人说得清有多少人辛苦劳作累死在瓦雷利亚的矿井内，其数量之庞大恐怕难以想象。瓦雷利亚崛起后对矿石的需求不断增加，这又更促进瓦雷利亚人变本加厉地征服，以补充矿井中的奴隶。自由堡垒向四方扩张，在东方，他们越过吉斯卡利诸城邦，在西面，他们甚至来到吉斯卡利人未曾侵扰的厄斯索斯海岸。

这是新帝国的第一次扩张浪潮，且对维斯特洛和未来的七大王国具有深远意义。随着瓦雷利亚的魔爪伸向越来越多的地域和民族，一些人抢在沦陷前远走高飞。在厄斯索斯的海岸，瓦雷利亚人建起我们今日称为自由贸易城邦的城市，它们的起源各不相同。

科霍尔和诺佛斯源自宗教异端，其他城邦——如古瓦兰提斯和里斯——早期多为重要的贸易殖民地，由富商和贵族建立，他们再花钱买来自治权，成为自由堡垒的分支，而非属地。这些城市可自行选择领导人，不必接受瓦雷利亚派遣的大君（通常是骑着龙来）。某些史料说潘托斯和罗拉斯属于第三种类型——它们在瓦雷利亚人到来前已发展完备，其统治者

瓦雷利亚钢武器的品质闻名海外，这是依靠多次折叠以均匀、移除杂质及使用咒语——或至少是某种我们不知晓的技艺——来赋予其超自然能力的结果。打造瓦雷利亚钢武器的技艺已然失传，尽管科霍尔铁匠自称依然通晓如何重铸瓦雷利亚钢武器，不让其丧失内在力量和异乎寻常的锋利。存世的瓦雷利亚钢武器约有数千把，但据瑟古德博士的《盘点》中记载，七大王国只有二百二十七把，该书成书后还有一些武器自史籍中失传或散轶。

右图｜"十四火峰"的岩浆在瓦雷利亚流淌，为火术士的魔法提供原料

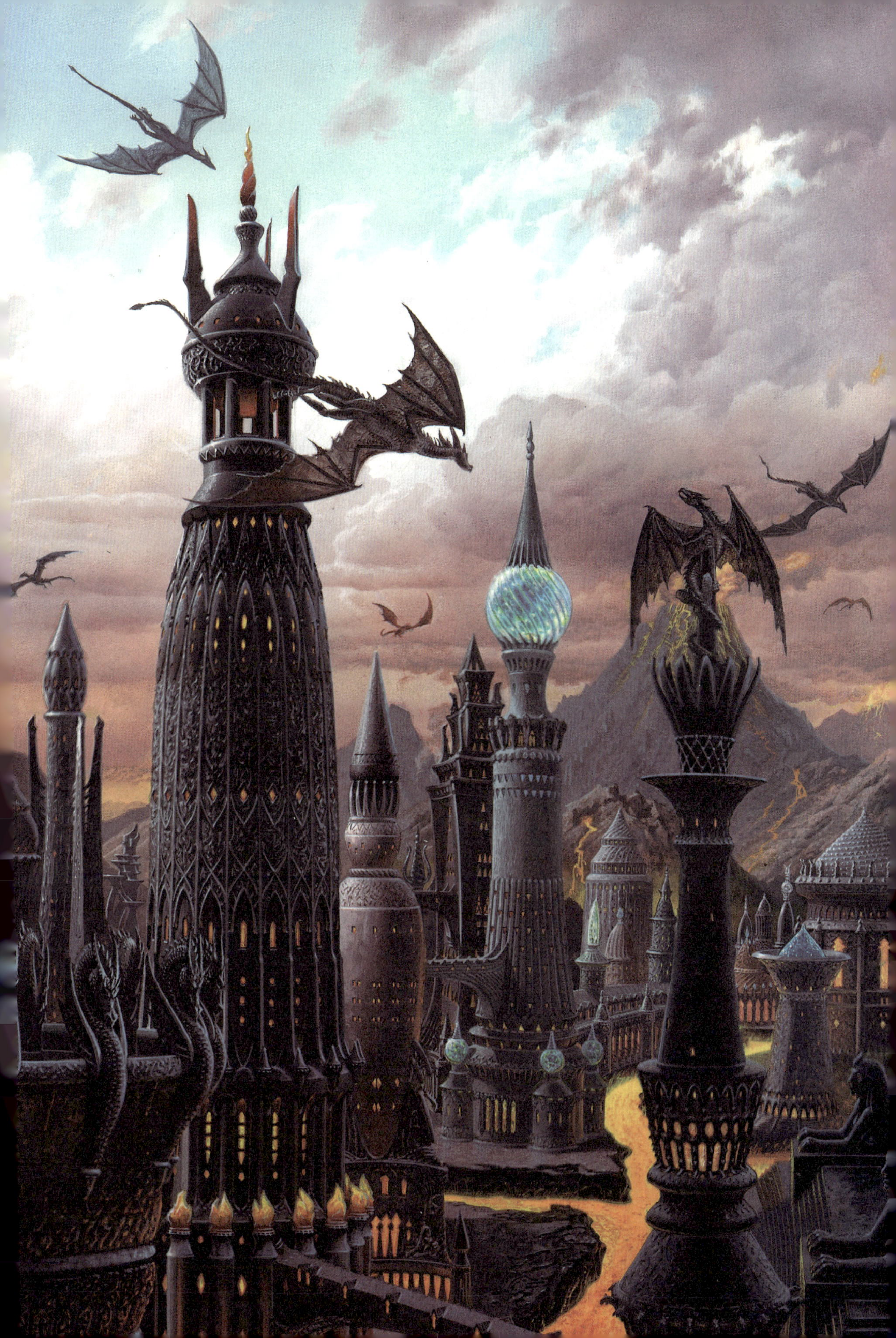

现存的瓦雷利亚史中有许多内容是晚近几世纪的人撰写整理，我们对于瓦雷利亚人的征服、殖民，龙王间的争斗及其信奉的神祇等各方面细节都缺乏原始资料，由此导致各种谬误。加兰多的《自由堡垒之火》被公认为最权威的史籍，但此书连学城亦残缺二十七卷。

向瓦雷利亚帝国称臣进贡，借此保住本土自治。在这些城市中，瓦雷利亚血统的流入主要依靠自由堡垒移民和政治婚姻，以确保它们与瓦雷利亚的紧密联系。不过，这些史料大多来自加希欧·海拉提斯的《龙王之前》。海拉提斯是个潘托斯人，而其成书时瓦兰提斯正企图重建瓦雷利亚帝国，因此给潘托斯提出一个独立于瓦雷利亚的起源乃是十分精明的政治手腕。

无可争议的是，布拉佛斯在自由贸易城邦中独树一帜，其建立绝非出自自由堡垒的意愿，也不是由自由堡垒的公民创建，却赖于自由堡垒的奴隶。根据布拉佛斯人的传说，一支庞大的奴隶舰队去夏日之海和玉海征收各处进贡的奴隶，途中被起义者夺取。起义能成功无疑是因瓦雷利亚人惯于使用奴隶桨手，甚至让奴隶做水手，而这些人揭竿而起。奴隶们夺取了舰队，却意识到周边无法躲避自由堡垒的搜捕，遂决定找一个远离瓦雷利亚及其附属城邦的地点，秘密建立自己的城市。传说月咏者预言舰队须向极北航行，去往厄斯索斯大陆被遗忘的角落——一个被烂泥、盐水和迷雾围绕的地方。于是奴隶们在那里开始布拉佛斯的奠基工程。

此后数百年，布拉佛斯一直在偏远的礁湖中与世隔绝。即便"揭开面具"后，它依然被称为"秘之城"。它是民族的大熔炉，数十个民族、上百种语言及几百位神祇在这里融汇，布拉佛斯人最大的共同点就是使用作为厄斯索斯贸易通用语的瓦雷利亚语——以及彼此都是被解放的奴隶的后代。由于带领大家来此的功劳，月咏者备受尊崇，但获得自由的奴隶们中的智者决定，为了团结，大家必须接受彼此信奉的所有神祇，一切平等待之。

除此之外，被瓦雷利亚征服的各民族的详情乃至其名称已几乎无从考证。瓦雷利亚人保留的征战记载几乎都毁于"末日浩劫"，被征服各民族的历史又鲜少能在自由堡垒统治下流传。

某些民族，如洛伊拿人，与扩张浪潮对抗几百乃至上千年。洛伊拿人在洛恩河畔建立了许多伟大城市，据说是首先学会冶铁的民族；另一方面，被称为"萨洛尔王国"的城邦联合体之所以能在瓦雷利亚的扩张中得以保全，要多亏分隔两者的大平原……但也正是这片平原和平原上的民族——多斯拉克马王们——导致"末日浩劫"后萨洛尔的覆灭。

还有一些民族既不愿受奴役，又无力对抗强大的瓦雷利亚，只能踏上逃亡之路。如此选择的民族大都失败了，被历史遗忘；但有一支高大的金发人种，他们在信仰支撑下一往无前、英勇顽强，终于成功逃脱瓦雷利亚的魔掌，开拓出一片新天地。

这就是安达尔人。

安达尔人的到来

安达尔人发源于斧头半岛，该半岛位于今日潘托斯的东北方，不过他们在此后若干世纪里居无定所，从不在一处长久停留。自斧头半岛腹地——斧头半岛犹如大陆伸出的一根巨大马刺，被颤抖海三面包围——他们向西方和南方扩张，最终打造出古老的安达斯。这一大片土地就是安达尔人渡过狭海前统治的。

安达斯的领域从斧头半岛一直延伸到现在的布拉佛斯海岸，向南抵达平地和天鹅绒丘陵。安达尔人拿着铁铸的武器，穿着铁铸的板甲，土著部落毫无还手之力。其中有个部落是长毛人，具体名称现已失落，但在某些潘托斯史籍中被明确提及（潘托斯人相信其为伊班人的表亲，学城的历史书对此基本赞同，尽管一些学士认为是这些长毛人迁徙到伊班，另一些学士则认为他们最早来自伊班）。

安达尔人将铸铁术视为七神的馈赠——据说是"铁匠"亲自教会他们这门技艺——圣书中也如此教诲。可那时的洛伊拿文明已十分先进，且长于铸铁，只要对地图稍加研究，便能意识到早期的安达尔人一定与洛伊拿人有所联系。暗流河和娜恩河流经安达尔人迁徙的路线，据诺佛斯历史学家多罗·甘拉西斯所述，安达斯的土地上还有洛伊拿前哨站的遗址。无论如何，他们不会是第一个向洛伊拿人学习铸铁工艺的民族：瓦雷利亚人虽将铸铁术发扬光大，但据说是承自洛伊拿人。

几千年间，安达尔人生活在安达斯，人口不断增加。据最早的圣书《七星圣经》记载，七神曾化身人形行走在安达斯的丘陵间，亲自为"丘陵之王"胡戈加冕，并许诺其后人将在海外享有伟大的王国。修士修女们以此作为安

则潘托斯古老传说声称安达尔人杀了"天鹅处女"，她们住在今日潘托斯城东面的天鹅绒丘陵中诱杀旅人。彼时的安达尔人由潘托斯歌手口中的英雄胡科领导，据说他杀死七名"处女"非为惩恶，乃是祭献七神。有些学士认为胡科就是胡戈，但比起七大王国的故事，东方的古老传说更不可信。太多人来往两地，无数传说与掌故互相缠杂，即便潘托斯人的故事有真实成分，也很可能是有意扭曲了安达尔人的事迹。

达尔人离开厄斯索斯、朝维斯特洛扩张的因由，向世人传播，但若干世纪以来学城发掘的历史或更合理。

安达尔人在安达斯丘陵生活的最初那些世纪相安无事，但随着老吉斯陷落，瓦雷利亚自由堡垒开始开疆拓土、抓捕奴隶，征服和殖民的浪潮汹涌而至。起初，有洛恩河和洛伊拿人作缓冲，瓦雷利亚人被挡在大河彼岸——河流挡不住龙王们，但洛伊拿人此时的实力与吉斯卡利人全盛时期不相上下，因此瓦雷利亚的步骑兵难以强渡。于是瓦雷利亚人和洛伊拿人达成了一段时期的和平，安达尔人因此受益。

但瓦雷利亚人随即在洛恩河入海口建起第一个殖民地：瓦兰提斯。它由自由堡垒中最富裕的一批人建立，意在聚敛洛恩河的财富。以瓦兰提斯为基地，征服大军来势汹汹地越过大

上图 | 安达尔冒险者在谷地，远处是明月山脉

河天堑。安达尔人起初或许有所抵抗，或许还得到洛伊拿人的援助，但最终无能为力。最可能的情况是安达尔人主动逃亡，以避免被瓦雷利亚奴役的必然命运。他们撤回斧头半岛——他们的发源地——敌人却穷追不舍，于是他们又向北向西继续逃遁，直至来到海边。有的人或许就此认命放弃，有的人宁肯背水一战，但更多人造起船只，成群结队航过狭海，来到属于先民的维斯特洛大陆。

瓦雷利亚人夺走了七神在厄斯索斯赐予安达尔人的土地，但在维斯特洛，他们仍是自由人。

安达尔战士激愤于绝望的战斗和逃亡，在身体文上七星图案，以鲜血和七神之名发誓，于日落国度上打造出自己的王国以前决不罢休。他们的成功让维斯特洛有了个新名字："雷叙·安达里"——这在多斯拉克语中是"安达尔人之地"之意。

修士、歌手和学士均认同安达尔人最早的登陆点在艾林谷的五指半岛，此地的石头和岩崖上遍布七芒星雕刻——不过随着安达尔人征服的推进，这种行为渐渐被抛弃。

安达尔人凭火与剑横扫谷地，开始了对维斯特洛的征服。他们的铁器铁甲完胜先民仍在使用的青铜器，许多先民命丧沙场。这场战争——或者说一系列战争——持续了数十年。最终一些先民屈服了，至今谷地仍有部分家族骄傲地自诩为先民的后代，如雷德佛家族和罗伊斯家族。

歌手们赞颂安达尔英雄阿提斯·艾林爵士骑着猎鹰，斩杀巨人之枪上的"狮鹫王"，创建了艾林王族。这种说法十分可笑，应是把艾林家族真正的起源与英雄纪元的传奇故事杂糅的讹传，真相是艾林诸王取代了罗伊斯家族的至高王。

底定谷地后，安达尔人将目光投向维斯特洛其他地区，他们涌出血门，向外扩张。接下来的战争中，安达尔冒险者在先民的古国里分割出一些小王国，他们对外作战的同时也内讧不断。

为争夺三叉戟河流域，据说有七位安达尔王联手对抗先民中最后一位真正的河流与山丘之王特里斯蒂芬四世。据歌手们传唱，特里斯蒂芬在他的第一百场战斗中被打败，继位的特里斯蒂芬五世无力保护父亲的遗产，于是王国落入安达尔人手中。

　　传说中被称为"弑亲者"艾瑞格的安达尔人活跃在这段时间。他来到巍峨的山峰"高尚之心",此前森林之子在先民国王的保护下,于峰顶培育了许多刻有人脸的苍劲鱼梁木(据劳伦特博士手稿《三河故地》记载,共三十一棵)。此时"正义之锤"特里斯蒂芬已战死沙场,他的儿子在安达尔人到来前逃跑,于是艾瑞格的战士未遭太大阻碍就砍倒了那些神圣的鱼梁木。森林之子和剩下的先民殊死抵抗,全军覆没。说书人告诉大家,至今每到夜晚,森林之子的鬼魂仍在山上出没,河间地人也始终避开那里。

　　对森林之子来说,安达尔人比先民更可憎;而在安达尔人眼中,森林之子信奉奇怪的神祇,施行奇怪的习俗,因此他们把森林之子逐出"盟誓"许诺的大森林。由于人口稀少和长期与世隔绝,森林之子甚至不再拥有当初对付先民的那些优势,于是先民没办到的事——将森林之子赶尽杀绝——安达尔人迅速办到了。据说少数森林之子逃到颈泽,藏身安全的沼泽湖泊间,即便这是真的,也没有线索可兹证明。根据某些文献,可能还有少数森林之子生活在千面屿,由安达尔人一直没能摧毁的"绿人"组织保护。

但这种说法和前一种说法一样,缺乏确切证据。

　　总而言之,在与安达尔侵略者的战争中,森林之子死的死逃的逃,先民则屡战屡败,领土日蹙。无尽的战火最终导致南方王国全部沦陷,各地先民的结局大致同谷地一样,有的臣服安达尔人——乃至改信七神——也有些地方,安达尔人迎娶被打败的国王的妻女,以巩固统治,因为受压制的先民在数量上仍远多于安达尔人,不容忽视。许多南方城堡至今保留了以人脸鱼梁木为中心的神木林,这要多亏早期的安达尔国王将征服变为融合,以避免不同信仰间的冲突。

　　即便铁民——这些经过大海洗礼的凶猛战士一定认为岛上十分安全——也无力阻挡安达尔人的征服浪潮。他们用了一千年才对铁群岛真正起意,但随即便重燃狂热挥师西进,横扫群岛,消灭了靠斧和剑长期统治群岛的"血手"乌伦的家系。

　　根据海瑞格的记录,安达尔君王们最初企图强迫铁民改信七神,铁民不愿接受,但允许七神与淹神同在。和在大陆时一样,安达尔人也迎娶铁民的妻女,并与之产子;不同处在于,教会始终未能在此扎根,甚至在拥有安达尔血脉的家族中,七神信仰也不甚稳固。渐渐地,

---

明月山脉的原住民显然是那些因不愿屈服而被赶进深山的先民的后代,他们的习俗和长城外的野人十分相似——比如偷新娘,又如顽固地坚持自治等等——而野人当然也是先民的后代。

统治铁群岛的仍是淹神，只有少数几个家族还崇拜七神。

　　凭借不可逾越的颈泽和卡林湾的古老要塞，北境得以将安达尔人拒之门外。在颈泽覆灭的安达尔军队不计其数，冬境之王在接下来若干世纪里继续保持独立自主。

上图｜安达尔战士"弑亲者"艾瑞格对森林之子的屠杀

万船横渡

先民和安达尔人到来很久以后，维斯特洛才迎来最后一场大迁徙。随着吉斯卡利战争的结束，瓦雷利亚龙王们将目光投向西方，在那里，自由堡垒及其殖民地的扩张不可避免地引发了与洛伊拿人的冲突。

洛恩河是世界第一大河，其支流遍布厄斯索斯西部，沿岸孕育出和老吉斯帝国一样古老而神奇的文明。洛恩河赐予这个文明财富和丰

收,当地人则尊奉其为"洛恩母亲河"。

洛伊拿人是出色的渔民、商人、教师、学者、木工、石匠和铁匠,他们建起优雅的村镇和城市,遍布洛恩河源头到入海口的沿岸各处,且个个兴旺发达。这些城市包括坐落于天鹅绒丘陵、以果园和瀑布闻名的葛·多荷;歌声围绕的喷泉之城娜·萨星;琴恩河畔有着许多绿色大理石厅堂的阿·诺颐;花海中的白城萨·梅尔;以运河和盐水花园著称的海港萨霍伊;以及洛伊拿人最大的城市查约恩,人称"节庆之都",恢宏壮美的爱心宫就在城内。

洛恩河畔的城市音乐袅袅,充满艺术气息,相传其人民拥有独特的水魔法——迥异于血火交织的瓦雷利亚魔法。尽管共饮一江水,又有血缘和文化的羁绊,但洛伊拿诸城独立性极强,每个城市都由自己的亲王或公主统治……因在河民中,男女平等。

总体上讲,洛伊拿人是和平的民族,但被激怒后的反弹也十分剧烈,连以征服者自居的安达尔人也吃过他们的亏。身披银鳞甲、头戴鱼形盔、手持长矛和龟壳盾的洛伊拿战士让所有对手敬畏。据说,每当威胁来临,洛恩母亲河都会悄然警告她的子民,洛伊拿亲王们将施放诡秘强大的魔法,洛伊拿的女人将和男人一

起凶猛战斗，而水墙会保护他们的城市，淹没来犯之敌。

若干世纪以来，洛伊拿人过着与世无争的生活。尽管洛恩母亲河周围的山林中居住着许多野蛮民族，但他们都对洛伊拿人敬而远之。洛伊拿人本身也对扩张兴趣缺缺：大河是他们的家园、母亲和神祇，他们不愿远离她永不停息的歌声。

第五次吉斯卡利战争结束后，瓦雷利亚自由堡垒的冒险者、流亡者及商人开始流出长夏之地。洛伊拿亲王们一开始接纳了这些人，国内祭司也宣称洛恩母亲河欢迎所有人分享她的馈赠。

但随着第一批瓦雷利亚前哨站壮大成村镇，村镇又拓展为城市，一些洛伊拿人开始为先辈的宽容后悔。于是友好变成敌对，尤其在洛恩河下游，古城萨·梅尔和城墙环绕的瓦雷利亚市镇维隆瑟斯镇隔水对峙，还有在夏日之海边，迅速崛起的自由城邦瓦兰提斯与久享盛名的港都萨霍伊展开竞争——这两座城市各自占据洛恩母亲河四个入海口中的一个。

对立城市的民众间的憎恨越来越多、越来越深，最终引发一连串短促但残酷的战争。萨·梅尔和维隆瑟斯镇最早兵戎相见，传说冲突起因是瓦雷利亚人网杀了一只被洛伊拿人称为"河中老人"、神化为洛恩母亲河配偶之一的巨龟。"第一次乌龟战争"持续不到一月，萨·梅尔遭劫掠和焚烧，却最终胜出，因洛伊拿水巫师唤起大河的力量，水淹维隆瑟斯镇。若掌故属实，半个城镇被冲毁。

随后战争不断，"三亲王之战"、"第二次乌龟之战"、"渔夫之战"、"盐之战"、"第三次乌龟之战"、匕首湖之战、"香料之战"等等，难以尽述。城市和市镇被焚毁、淹没又重建，成千上万人死于战乱或沦为奴隶。瓦雷利亚人胜出的次数越来越多，这要归结于洛伊拿亲王们重视独立，行事孤傲，喜欢单打独斗，瓦雷利亚殖民地则互相帮扶，一旦受困还可指望自由堡垒支援。战争主导了两个半世纪的历史，对它们的描述以贝德加所著《洛伊拿战争史》最为详尽。

前页｜洛伊拿人对抗自由堡垒大军
右图｜洛恩河畔尸积成山

距今约一千年前的"第二次香料之战"让冲突达到血腥的顶峰。三名瓦雷利亚龙王助他们在瓦兰提斯的亲属战胜、洗劫并荡平了夏日之海边的洛伊拿港都萨霍伊。那里的战士被野蛮屠杀，他们的孩子惨遭奴役，他们引以为傲的粉色都市则付之一炬。事后瓦兰提斯人还在冒烟废墟里撒下盐巴，以确保萨霍伊不再兴起。

洛伊拿最美丽富饶的城市之一就此彻底毁灭，全体人民沦为奴隶，这让其他洛伊拿亲王惊惶不已。"我们必须同仇敌忾，否则难逃被奴役的命运。"诸亲王中最强大者查约恩的盖林呼吁。这位战士亲王号召同胞组成大联盟，血洗河边所有瓦雷利亚城镇。

只有娜·萨星的公主娜梅莉亚出言反对。"我们毫无胜算。"她警告大家，但其他亲王的呐喊将她淹没，他们纷纷把军队交给盖林。娜·萨星的战士也迫不及待地请缨参战，娜梅莉亚只能加入联盟。

厄斯索斯西部有史以来最庞大的军队很快在查约恩集结完毕，听命于盖林亲王。据贝德加描述，其人数达二十五万之众。从源头到诸多入海口，大河沿岸所有适龄男子都拿起剑和盾，赶往"节庆之都"参加这场大战。亲王豪言，只要不离开洛恩母亲河的臂弯，就无须惧怕瓦雷利亚的恶龙，水巫师将保护大家不受自由堡垒的龙焰侵害。

盖林兵分三路；一路沿洛恩河东岸南下，一路沿西岸，同时河上庞大的划桨战舰队随行清扫敌船。亲王威风凛凛地从查约恩出发，顺流直下，沿途摧毁所有瓦雷利亚村落、城镇和前哨站，势不可挡，所向披靡。

他在赛荷鲁镇初战告捷，完胜一支三万人的瓦雷利亚军队，强行攻占城池。瓦利萨镇也被攻克。在维隆瑟斯镇，盖林面对十万敌军、一百头战象和三位龙王，以高昂的代价再次获胜。此役有数千人被烧死，但更多人躲到河边浅滩，同时水巫师召唤巨大的水龙卷对抗魔龙。最终，两条龙被洛伊拿弓箭手射落，第三条龙负伤逃跑。战后，洛恩母亲河掀起滔天怒浪，吞没了维隆瑟斯镇，勇武的亲王被冠以"伟大的"

亲王面对的不再是攻打维隆瑟斯镇时那区区三条龙，而是三百条，甚至更多。在无数火龙的喷吐下，洛伊拿人毫无胜算，数万人被烧死，其他人仓皇奔入河中，祈望洛恩母亲河的臂弯能保护他们免受灼烧……结果纷纷淹死。某些编年史家坚称，炽热的龙焰甚至让整条河沸腾蒸发。"伟大的"盖林被活捉后强迫目睹自己的人民为反抗付出代价，他麾下的战士更为不幸——瓦兰提斯人和他们的亲族瓦雷利亚人将他们全部处决，据说死者之多，乃至宏伟的瓦兰提斯港目力所及的海水都染成血红。胜利者随后聚起兵力，沿河北上，先残忍地洗劫萨·梅尔，再向盖林亲王的查约恩进军。龙王们将盖林锁在黄金笼子里押回"节庆之都"，要他亲眼见证城市的毁灭。

盖林的名号。相传洛伊拿大军的声威令瓦兰提斯的大贵族瑟瑟发抖，不敢正面迎战，他们躲在黑墙之内，吁求自由堡垒援助。

于是龙来了——倘若传说可信，这回盖林

上图｜娜梅莉亚公主率万船入海

到了查约恩，笼子被高挂城墙上，好让亲王见证那些在他领导的英勇却无望的战争中牺牲的战士们的妻儿姐妹如何被奴役……但据说，亲王向征服者降下诅咒，恳求洛恩母亲河为她的子民报仇。当晚，洛恩河反季暴涨，发动一场前所未见的凶猛洪水，含有邪恶黏液的浓雾从天而降，瓦雷利亚征服者接连死于灰鳞病（至少传说的这部分非常真实：几世纪后，"长腿"洛马斯详细记述了被冲毁的查约恩的废墟及其中污秽的浓雾和水流，误入的旅行者很容易感染灰鳞病，从此只能在废墟里游荡——这对于企图驾船穿越断裂的梦想桥的人们来说是一大威胁）。

在洛恩河上游的娜·萨星，娜梅莉亚公主很快得知盖林惨败及查约恩和萨·梅尔的人民被奴役的消息，她明白自己的城市也难逃劫数。于是她召集洛恩河上剩下的所有大小船只，尽可能装载女人和孩子（因为几乎全部适龄男子都加入盖林的军队并死掉了）。娜梅莉亚带着这支残破的舰队沿河南下，经过战争废墟、冒烟城镇和遍野尸体，穿过被肿胀浮尸堵塞的水道。为躲避瓦兰提斯及其大军，她挑选了一条老运河，最终自萨霍伊的故址进入夏日之海。

传说娜梅莉亚带领一万条船入海，试图在瓦雷利亚龙王的势力范围外另寻家园。贝德加认为该数字被严重夸大——或许夸大了十倍。其他史家记录的数目也各不相同，但没有谁能完全确定。可以确认的是，那支舰队的船只十分庞杂，多为河船、小艇、撑篙船、贸易划桨船、渔船、游艇乃至木筏，甲板和船舷上挤满老幼妇孺。贝德加坚称，只有不到十分之一的船适合远航。

娜梅莉亚的远航漫长而凄苦。第一场风暴就导致一百多艘船倾覆或沉没，更多的船被吓得折返回去，落入瓦兰提斯奴隶主之手。另一些船掉了队或改变航向，从此销声匿迹。

残余舰队费尽千辛万苦穿越夏日之海，抵达蛇蜥群岛，准备在此休整，补充淡水和给养，不料却遭斧头岛、爪子岛和嚎山岛三地的海贼王联手袭击。这些海盗头子暂弃前嫌，一同用火与剑袭击洛伊拿人，烧毁四十艘船，抓走数百人做奴隶。事后，海盗们提出让洛伊拿人定居蛤蟆岛，代价是放弃船只，且每年为每位国王奉上三十个处女和童男。

娜梅莉亚拒绝了，她领着舰队再度扬帆入海，盼望在索斯罗斯茂密的雨林中找到安身立命之所。她的一些子民决定定居蛇蜥角，另一些人留在绿水粼粼的夷河旁，流沙、鳄鱼、腐烂和半淹没的树丛与他们为伴，娜梅莉亚公主自己带着船只停靠在一千年前就被废弃的吉斯卡利殖民地夷门塔，还有一部分人沿河上溯进入夷林，去往食尸鬼和蜘蛛肆虐的乱石废墟。

索斯罗斯物产丰饶——黄金、宝石、稀有木材、珍贵兽皮、奇花异果及陌生的香料，应有尽有——但洛伊拿人未能在此生根。沉闷湿热的气候与他们的天性格格不入，蜂拥而至的苍蝇带来一场接一场疾病：绿热病、活尸疫、沸血病、脓疮疱、甜腐症……小孩和老人尤其容易感染。甚至下河也会招致杀身之祸，因夷河里有形形色色的食肉鱼，还有会产卵在游泳者肌肤内的细小蠕虫。两个新建于蛇蜥角的市镇遭奴隶贩子袭击，居民要么做了刀下鬼，要么被贩卖为奴，而前往夷林的人还要面对雨林深处"斑纹食尸鬼"的威胁。

洛伊拿人在索斯罗斯艰难生活了一年多，直到某日，一艘小船从夷门塔航至夷林后发现，那座闹鬼废城中的男女老少全都在一夜之间消失不见。娜梅莉亚立刻召集族人回到船上，再次踏上航程。

接下来的三年，洛伊拿人在南海流亡，继续寻找新家园。在蝴蝶之岛纳斯，和平的纳斯人热情欢迎他们，但保护这座奇妙岛屿的神祇并未善待来客，致命的无名疾病很快夺去数十名洛伊拿人的生命，并将他们赶回船上；在盛夏群岛，洛伊拿人暂居于瓦兰诺岛以东一座荒芜岩岛——那里很快被称为"女人岛"——但那里的砂岩土壤十分贫瘠，无法供养这么多流亡者。于是船帆再次扬起，一些洛伊拿人抛弃娜梅莉亚，追随一位名叫督鲁斯卡的女祭司而去，这位女祭司声称听到洛恩母亲河正召唤她的子民回家……但督鲁斯卡及其信众回到故国后，却发现敌人等着他们，大多数人很快被追杀、屠戮或奴役了。

至此，曾号称拥有一万艘船的舰队已是历经艰辛、千疮百孔，娜梅莉亚公主领着它再度西行，这回的目标是维斯特洛。经过多年漫长航行，她的舰队比离开洛恩母亲河时更不适合出海，蒙受许多折损才抵达多恩。时至今日，石阶列岛上还有零星的洛伊拿聚居地，当地人自称是海难幸存者的后裔。另一些船被风暴吹到里斯和泰洛西，船上的人不想葬身大海，于是自愿为奴。剩下的船在多恩的绿血河入海口附近登陆，登陆点十分靠近马泰尔家族的家堡沙船堡那古老的沙石墙壁。

彼时的多恩领干燥荒凉、人烟稀少、极为贫瘠，二十来个地方领主和小国王为每条河流、小溪、水井或狭小绿洲进行着无休止的战争。这些多恩头目大多将洛伊拿人视为举止不可理喻、信仰怪异神祇的不速之客，应该马上赶下海去。但沙船堡伯爵莫尔斯·马泰尔却看到机会，并且……若歌手们的话可信，这位领主还爱上了英勇美丽的娜梅莉亚，爱上了这位为人民的自由不惜万里长征的战士公主。

据说跟随娜梅莉亚到达多恩的十人中就有八人是女人……但在洛伊拿习俗影响下，四分之一的女人成为战士，即便不参战的女性也在艰苦的迁徙劳作中变得筋强骨健。此外，洛伊拿人流亡时带走的数千男孩业已长大成人，并在经年的流浪中握起长矛。靠着这些新鲜血液，马泰尔家族的军队扩大到原来的十倍。

莫尔斯·马泰尔娶娜梅莉亚为妻，他手下数百名骑士、侍从及封臣也效法他迎娶洛伊拿女人，已婚的则以洛伊拿女人做情妇。两个民族从此血脉相连，这场联合让马泰尔家族及其多恩盟友踏上富强之路。洛伊拿人带来可观的财富，他们的工匠、金匠和石匠的技术远胜维斯特洛本地人，他们的武器师傅很快打造出维斯特洛铁匠难以望其项背的长剑、长矛、鳞甲和板甲，而据说更关键的是洛伊拿水巫师通晓秘密咒语，可让干涸的小溪重新奔流，让沙漠欣欣向荣。

为庆祝这场联合，也为确保族人不再退回大海，娜梅莉亚烧光了洛伊拿人的船只。"流亡结束了，"她宣称，"我们找到了新家。我们将生死于斯，代代相传。"

（依然有部分洛伊拿人哀悼失去的船只，

不愿拥抱这片崭新的土地，宁肯在绿血河上生活，因河上尚能依稀看到他们信奉的洛恩母亲河的影子。这些人存续至今，被称为"绿血河孤儿"）。

岸边绵延五十里格的火龙中，数百艘斑驳破裂的船只化为灰烬，就着焚船大火，娜梅莉亚公主按洛伊拿的方式任莫尔斯·马泰尔为多恩领亲王，其统治区域为"红沙地与白沙地，以及从山脉到大咸海之间的所有土地与河流"。

霸权说起来容易，实现难。接下来是连年征战，马泰尔家族和洛伊拿人挑战并征服了一个又一个小王国。娜梅莉亚和她的亲王将至少六位被征服的国王戴上黄金镣铐，送往长城。最后，他们只剩下最强大的对手：约瑞科·伊伦伍德五世，其头衔包括"血之贵胄"、伊伦伍德伯爵、"石路"守护、保卫诸水井的骑士、红色边疆地的国王、"绿带"的国王和多恩人的国王。

莫尔斯·马泰尔率领联军（包括天及城的佛勒家族、魂丘的托兰家族、星坠城的戴恩家族、狱门堡的乌勒家族等）与伊伦伍德及其封臣（托尔城的乔戴恩家族、"石路"的韦尔家族等）和盟友（布莱蒙家族、科格尔家族等）苦战九年，其间大小战斗无数。"第三次骨路之战"中，莫尔斯·马泰尔死于约瑞科·伊伦伍德剑下，娜梅莉亚公主成为大军的唯一统帅。又经两年征讨，约瑞科·伊伦伍德终于臣服于娜梅莉亚，此后娜梅莉亚便坐镇阳戟城统治多恩全境。

尽管娜梅莉亚两度再婚（第一次与年老的狱门堡乌勒伯爵，第二次与风华正茂的"拂晓神剑"星坠城的戴佛斯·戴恩爵士），但她毫无争议地统治了多恩领近二十七年，两位丈夫不过是其顾问和配偶。娜梅莉亚逃过十多次暗杀，镇压了两次叛乱，抵御了三次入侵——两次来自风暴王杜伦，另一次来自河湾王葛雷顿。

娜梅莉亚驾崩后，继位者并非她与戴佛斯·戴恩的儿子，而是她与莫尔斯·马泰尔所生四女中的长女。尽管洛恩母亲河和万船横渡渐成传说，但洛伊拿人的律法与习俗已然深植多恩大地。

瓦雷利亚的"末日浩劫"

毁灭洛伊拿之后，瓦雷利亚很快完全掌控了厄斯索斯大陆西部，属地从狭海直达奴隶湾，由夏日之海至于颤抖海。无数奴隶涌入自由堡垒，然后被迅速送往"十四火峰"下开采自由堡垒人喜爱的珍贵金银。"末日浩劫"发生前两百年，瓦雷利亚人甚至在其势力范围最西端、如今称为龙石岛的地点营建前哨站，也许是准备横渡狭海。没有哪位君王与之抗争——尽管狭海周边的地方势力试图阻止，但瓦雷利亚的力量太强，他们依靠神秘的魔法技艺在龙石岛上建起城堡。

此后又是两个世纪过去，世人垂涎的瓦雷利亚钢武器越来越多地流入七大王国——尽管仍远不能满足维斯特洛众国王领主的需要——而巨龙在黑水湾上空盘旋的次数与日俱增，这番景象不再新鲜。瓦雷利亚认为龙石岛前哨站已十分稳固，而龙王们最热衷的仍是在本土勾心斗角、尔虞我诈。

此时，"末日浩劫"出人意料地（或许不包括伊纳尔·坦格利安及其童贞女儿"梦行者"丹妮思）突然降临瓦雷利亚。

时至今日，无人知道"末日浩劫"的起因。大多数人认为那是场天灾——"十四火峰"可怕地同时喷发；一些极端虔诚的修士认为瓦雷利亚人是咎由自取，因为他们信仰不纯，竟同时尊荣千百个偶像，且在不敬神的路上越走越远，终至为自由堡垒招来七层地狱的烈火；少数受巴斯修士著作残篇影响的学士认为瓦雷利亚曾以咒语压制"十四火峰"几千年，但其对奴隶和财富无止境的欲望消耗了维持咒语所需的力量，最终咒语已如强弩之末，灾难必然降临。

这些学士中的部分人认为"伟大的"盖林的诅咒是压死骆驼的最后一根稻草，另一些人认为是拉赫洛的祭司们通过奇特的仪式召来"真主"的火焰，还有些人将传说中瓦雷利亚魔法的神奇力量与现实里野心勃勃的各大瓦雷利亚家族的斗争联系起来，认为正是大家族间无穷的争斗和欺骗导致太多优秀法师被杀，而压制"十四火峰"火焰的仪式是靠这些法师巩固和维持的。

可以确定的是，那场灾难空前绝后。古老强大的自由堡垒——魔龙和拥有至高魔法的巫师们的家园——在数小时内化为齑粉。据记载，方圆五百里内每座山丘都同时喷发，将灰烬、浓烟和烈火射入空中，滚烫饥渴的怒火甚至焚尽了天上的魔龙。忽然出现的深谷撕开地面，吞噬了宫殿、神庙和整座整座的城镇。有的湖泊瞬间蒸发，有的湖泊变成酸液池。山脉爆炸，

争议之地延续至今的各种纷争与战事，令自由佣兵团这类可鄙的组织到处滋生并站稳脚跟。最初，各佣兵组织只是单纯为雇主卖命，但后来越来越多的人发现，一旦有和平迹象，自由佣兵团就会煽风点火，挑起新的战争从中渔利，并靠劫掠大发横财。

着火的喷泉将熔岩喷到一千尺高的空中，无数龙晶和恶魔的浓浓黑血从红云中倾泻而下。在瓦雷利亚以北，大地发生了裂变，大块大块的陆地沉陷下去，而沸腾的海洋倒灌进来。

上图｜"末日浩劫"中燃烧的龙

须臾间，全世界最骄傲的城市便不复存在，而它建立的梦幻帝国随之土崩瓦解。"长夏之地"——曾是全世界最富饶的土地——成了一片枯萎的焦土，还被倒灌的海水分割，几乎寸草不生，然而这不过是之后持续一个世纪的大流血的开始。

权力的空虚迅速导致混乱。事发时，龙王们一如往常聚集在瓦雷利亚……除开伊纳尔·坦格利安及其孩子和龙，他们逃到龙石岛，躲过了"末日浩劫"。某些文献声称还有其他龙王幸存……但都为时不长。据说一些身处泰洛西和里斯的瓦雷利亚龙王逃过一劫，但政变接踵而至，这些幸存者及他们的龙都被自由贸易城邦的人民杀死。科霍尔的历史中记述了一位先前来此拜访的名为奥利昂的龙王，他在科霍尔殖民者中招兵买马，自封为瓦雷利亚的第一位

瓦雷利亚自由堡垒及其建立的帝国被"末日浩劫"毁灭，留下破碎的半岛。如今，人们流传着奇怪的谣言，说曾经的"十四火峰"、如今的烟海地区有恶魔徘徊。事实上，连接瓦兰提斯和奴隶湾的大道也被改称"恶魔之路"，聪明的旅行者都会避开。进入烟海的船只均有去无回——这点瓦兰提斯在"流血世纪"中所受的教训最深，他们曾派舰队去收复半岛，结果整支舰队凭空消失。更有诡异传言声称在瓦雷利亚及其邻近城市奥罗斯和特利亚的废墟中仍有人类生活，许多人对此表示质疑，他们深信"末日浩劫"依然笼罩着瓦雷利亚。

几座远离瓦雷利亚腹地的城市的确有人居住，这些城市当初由自由堡垒建立，或臣服于自由堡垒。其中最险恶的要数玛塔里斯，据说那里的人生来畸形怪诞，有人认为是因其靠近"恶魔之路"所致。拥有世间最优秀投石手的脱罗斯以及岛城埃利亚的名声稍好，也没那么引人注目，它们攀附奴隶湾旁的吉斯卡利城市，与试图收复燃烧的瓦雷利亚腹地的一切努力划清界限。

皇帝。他骑着自己的龙，带着三万步兵朝瓦雷利亚的遗址进发，意在重建自由堡垒，但没人再见过这位奥利昂皇帝及其麾下大军。

厄斯索斯的巨龙时代结束了。

自由贸易城邦中最强大的瓦兰提斯很快自诩为瓦雷利亚的继承者，拥有瓦雷利亚的高贵血统却没有龙的男女贵族向其他自由贸易城邦宣战。鼓吹征服的"虎党"领导瓦兰提斯进行战争，他们起初节节胜利，舰队和陆军分别控制了里斯和密尔，洛恩河下游被全部归并，但他们的帝国野心在妄图强占泰洛西时遭遇致命打击：深感唇亡齿寒的潘托斯率先与泰洛西结盟，密尔和里斯也起兵叛乱，布拉佛斯的海王派出一百艘船组成的舰队来支援里斯，维斯特洛的风暴王"骄傲的"亚尔吉拉则率军进入争议之地——为金钱和荣耀——击败了试图重夺密尔的瓦兰提斯军队。

最后，连年轻的伊耿·坦格利安——此时

尚未成为"征服者"——也加入战团。伊耿的先辈们的目光一直投向东方，他则从小就向西探索。不过，当潘托斯和泰洛西邀他加入对抗瓦兰提斯的大同盟时，他不仅耐心倾听，最终还因不为人知的原因响应了召唤……至少以某种方式。据说，他骑着"黑死神"飞向东方，与潘托斯亲王和诸位总督会面，然后又骑着贝勒里恩及时飞到里斯，烧毁了一支准备攻城的瓦兰提斯舰队。

瓦兰提斯还经历了其他重大挫折：在匕首湖，科霍尔和诺佛斯的火船粉碎了主宰洛恩河的瓦兰提斯舰队主力；在东方，多斯拉克人涌出草海，扑向虚弱的瓦兰提斯边疆，留下无数毁弃的村镇和城市。最终，"象党"——瓦兰提斯一股提倡和平称霸的政治势力，其成员多为深受战争之苦的富商——从"虎党"手中夺权，结束了战争。

至于伊耿·坦格利安，史书所载，他短暂参与颠覆瓦兰提斯的大同盟后，就彻底失去了对东方事务的兴趣。

伊耿确信瓦兰提斯的威胁不再便飞回了龙石岛，没有后顾之忧的他，将目光转向西方。

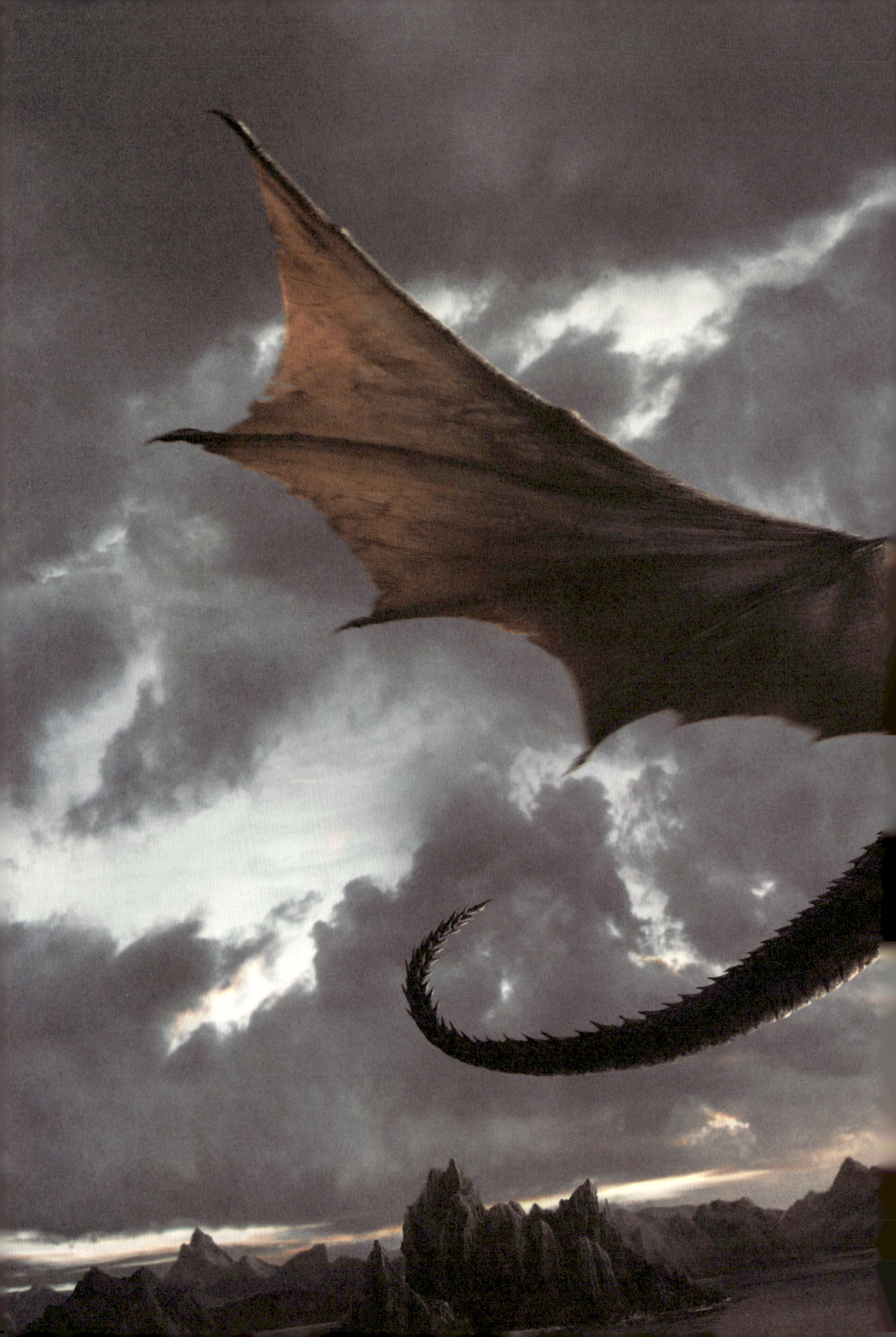

龙王们的统治

The Reigh of the Dragons

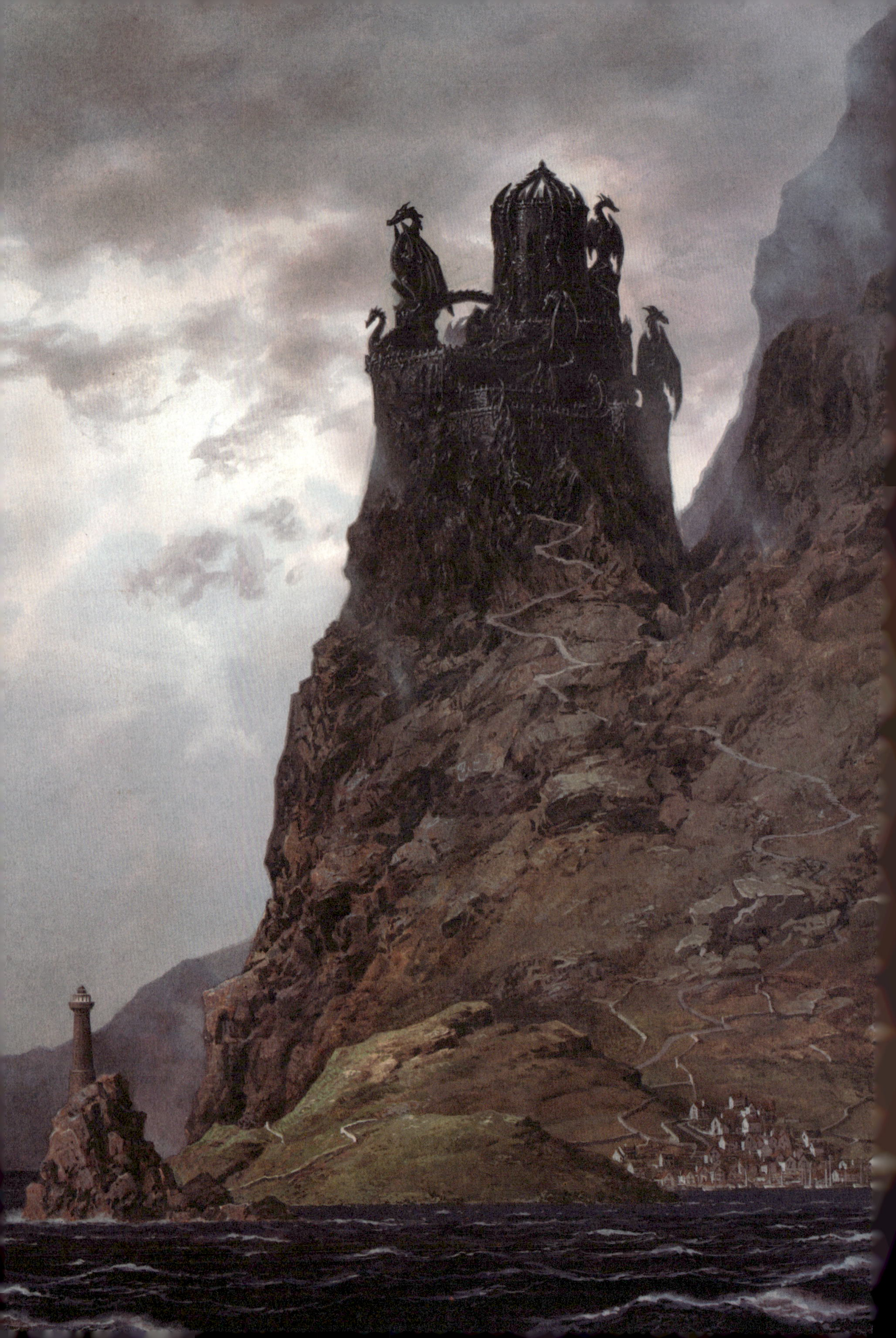

这部坦格利安王朝简史从"征服者"伊耿一直讲到"疯王"伊里斯。此课题是一门显学，我作品中采用的材料与前人亦相去不远，除开一个部分：伊耿征服史非由我亲笔撰写，乃是直接引用学城中葛尔丹博士新近与我分享的，他那本未竟巨著的片段——他计划完整叙述坦格利安王朝的历史，佩雷斯坦博士高度赞赏了他的工作（及文笔），我因此开始关注。这位学富五车的博士原本不愿在巨著完成之前予以公开，但最终应允我（必须承认，此事经过我的私下努力）在拙作中引用一些手稿片段。

手稿中关于伊耿征服的叙述十分完整，承蒙葛尔丹博士美意，我将之直接抄录于此，以便除我之外的人提前了解和鉴赏。希望不久之后葛尔丹博士能完成这部经典，流传后世。而今，仅是我摘抄的部分已在学城引起极大轰动。

不过眼下，这些片段还只能作为叙述从"征服者"到已故伊里斯二世——铁王座上的最后一位坦格利安国王——的坦格利安王朝史的诸多参考之一。

大征服

编纂维斯特洛历史的学城学士历来以伊耿对维斯特洛的征服作为过去三百年间的纪年标准，历史人物的生卒年月，战争和其他事件均以"征服某某年"（AC）和"征服前某某年"（BC）标注。

治学严谨的学者清楚我们的纪年体系难称精确，伊耿·坦格利安征服七大王国并非一蹴而就，从登陆到旧镇加冕有两年多时间……即便那时，征服也没有真正完成，因为多恩领不曾屈服。伊耿国王在其整个统治期内一直断断续续地尝试吞并多恩，他的儿子们继承了他的政策，所以征服战争结束的准确日期实难界定。

连纪年开始的时间也存在诸多误解。许多人错误地认为，伊耿·坦格利安一世的统治始于他在黑水河口的三座丘陵下——日后形成君临城——登陆之时。这不正确。伊耿国王及其后嗣子孙的确会庆祝登陆日，但"征服者"认为其统治始于他在旧镇繁星圣堂被七神教会的总主教涂抹圣油并加冕那一日。加冕式

前页 | "征服者"伊耿骑乘"黑死神"贝勒里恩　　左图 | 龙石岛

上图｜战场上的"征服者"伊耿

离伊耿登陆有两年间隔，此间伊耿赢得征服战争的三大战役，也即是说，伊耿的征服基本发生在征服前二年和征服前一年。

坦格利安家族拥有纯正的瓦雷利亚血统，传承自上古的龙王世家。瓦雷利亚"末日浩劫"发生的十二年前（征服前一百一十四年），伊纳尔·坦格利安卖掉在自由堡垒和长夏之地的家族产业，带着所有妻子、财富、奴隶、魔龙、兄弟姐妹、亲属和儿女来到龙石岛——狭海中一座阴冷荒凉的冒烟火山岛，这里有瓦雷利亚人修建的堡垒。

全盛期的瓦雷利亚是已知世界最繁华的城市，是人类文明的中心。闪耀的高墙背后,四十个大家族在宫廷和议事会中争权夺利,竞逐荣耀,进行永无休止、有时精妙有时残忍的拼斗,并随之沉浮不定。坦格利安家族绝非最有权势的龙王家族,其迁往龙石岛的举动被对手视为懦弱和投降的表示。但伊纳尔大人的童贞女儿丹妮思——史称"梦行者"丹妮思——预见到瓦雷利亚将毁于烈火。于是十二年后"末日浩劫"发生时,坦格利安家族成为硕果仅存的龙王家族。

"末日浩劫"前的两个世纪,龙石岛是强大的瓦雷利亚最西边的前哨站。它横跨喉道,扼住出入黑水湾的要津,坦格利安家族和他们的亲密盟友——潮头岛的瓦列利安家族(一个较为低等的瓦雷利亚家族)——通过征收过往商旅的通行税发了财。瓦列利安的舰队在另一个瓦雷利亚盟友家族——蟹岛的赛提加家族——协助下,统治了狭海中部水域,而驭龙的坦格利安家族是空中霸主。

饶是如此,在瓦雷利亚毁灭之后那个世纪(恰如其分地得名"流血世纪")的大部分时间,坦格利安家族的目光始终落在东方而非西方,对维斯特洛的事务没多大兴趣。"梦行者"丹妮思的兄弟和丈夫盖蒙·坦格利安继"流亡者"伊纳尔为龙石岛之主,他被后世称为"光荣的"盖蒙。盖蒙的子女伊耿和依伦娜在他死后一起统治,这两人又把大位传给儿子梅耿,接下来是梅耿的弟弟伊里斯,往后依次是伊里斯的三个儿子伊里克、贝尔隆和戴米昂。戴米昂最小,其子伊利昂在他之后继承了龙石岛。

以"征服者"和"龙王"之称青史留名的伊耿于征服前二十七年出生在龙石岛,他是龙石岛主伊利昂与瓦列利安家族的瓦莱安娜夫人——这位夫人从母系上讲有一半坦格利安血统——唯一的儿子和第二个孩子。伊耿还有两个嫡亲姐妹:姐姐维桑尼亚和妹妹雷妮丝。瓦雷利亚龙王们长久以来的传统是兄妹通婚,以保持血统纯正,伊耿则走得更远——他同时娶了姐姐和妹妹。照传统,他只该迎娶姐姐维桑尼亚,将妹妹娶为第二个妻子虽不能说没有先例,但非常罕见。常见说法是伊耿为责任娶了维桑尼亚,为欲望娶了雷妮丝。

兄妹三人在婚前就显露出驾驭魔龙的能力。"流亡者"伊纳尔从瓦雷利亚带来的五条龙中只有一条活到伊耿时代,那便是巨兽"黑死神"贝勒里恩。其余两条龙——瓦格哈尔和米拉西斯——较为年轻,是在龙石岛上孵化的。

民间流传的说法(通常能在无知者口中听到)误以为伊耿·坦格利安在扬帆征服之前从未踏足维斯特洛的土地。这不正确。事实上,成为龙石岛主的伊耿早已下令雕绘地图桌,那是一块长过五十尺的巨大木板,雕成维斯特洛大陆的形状,桌面描绘出七大王国各处森林、河流和堡垒城镇。显然,伊耿对维斯特洛的野心可谓蓄谋已久。另一方面,许多可靠记载表明,伊耿和他姐姐维桑尼亚年轻时曾一同造访旧镇学城,还应雷德温伯爵之邀到青亭岛鹰狩,甚至可能去过兰尼斯港——记载在这一点上并不一致。

伊耿年轻时的维斯特洛分裂为七个争斗不休的王国,几乎任何时候都至少有两三个王国在彼此混战。辽阔、寒冷、多石的北境由临冬城的史塔克家族统治；马泰尔家族的列位亲王公主是多恩沙漠的主宰；盛产黄金的西境臣服于凯岩城的兰尼斯特家族；肥沃的河湾地属于高庭的园丁家族；谷地、五指半岛和明月山脉在艾林家族治下……但伊耿时代最好战的是离龙石岛最近的两位国王："黑心"赫伦和"骄傲的"亚尔吉拉。

杜伦登家族的风暴王坐镇雄伟的风息堡，一度统治从风怒角到螃蟹湾的维斯特洛东半部，但近几世纪以来领地一直在萎缩。列位河湾王孜孜不倦地从西方蚕食其国土，多恩人自南方骚扰，而"黑心"赫伦及其铁民将风暴王国的势力逐出了三河流域、一直赶到黑水河以南。亚尔吉拉国王是杜伦登家族最后的传人，他曾暂时遏止颓势，年少时打退过一次多恩入侵，后又横渡狭海加入反击瓦兰提斯扩张派"虎党"的大同盟，还在二十年后的"夏原之战"中击杀河湾王贾尔斯·园丁七世。但

上图｜"骄傲的"亚尔吉拉回应伊耿的建议

亚尔吉拉老矣，他著名的漆黑鬓发已然转灰，力气和战技也大不如前。

黑水河以北的河间地此时由霍尔家族嗜血的河屿之王"黑心"赫伦统治，这片广阔的领地是赫伦的祖父铁种"强手"哈尔文从亚尔吉拉的祖父亚列克手中夺来（亚列克的先祖数世纪前歼灭最后的河流王，吞并河间地）。赫伦的父亲将领土东扩到暮谷镇和罗斯比城，赫伦本人则将他近四十年的漫长统治期几乎全用来修建神眼湖畔的雄城。眼下赫伦堡接近竣工，铁民很快能腾出手来进行新的征服。

"黑心"赫伦是维斯特洛最让人畏惧的君王，残忍的名声广为流传，风暴王亚尔吉拉对此最为忌惮。亚尔吉拉上了年纪，身为杜伦登家族最后的传人，只有一个童贞女儿做继承人，因此他向龙石岛的坦格利安家族提出婚约，许诺把女儿嫁给岛主

上图｜渡鸦将伊耿的宣言带到维斯特洛各个角落

伊耿，并割让神眼湖以东、三叉戟河以南、黑水河以北的所有土地作为嫁妆。

伊耿·坦格利安回绝了风暴王的提议，他指出自己已有两个妻子，不需要第三个，而许诺的土地早在两代人之前就统统归属霍尔家族，亚尔吉拉无权赠予。显然，年迈的风暴王是想让坦格利安家族落脚黑水河畔，作为自己和"黑心"赫伦之间的缓冲。

龙石岛主提出反建议，只要亚尔吉拉在"嫁妆"基础上再割让马赛岬，外加黑水河与文德河之间的森林和平原，以及曼德河源头地区，两家便可结盟，盟约将由亚尔吉拉国王之女亚尔洁娜和伊耿岛主的童年密友及代理骑士奥里斯·拜拉席恩的婚姻底定。

"骄傲的"亚尔吉拉愤怒地拒绝了这

些条件。谣传奥里斯·拜拉席恩乃伊耿岛主的私生兄弟，风暴王绝不愿让不名誉的私生子牵他女儿的手。单单这条反建议就令他大发雷霆，他命人砍下伊耿的使者的双手，装进盒子还给伊耿。"你的野种只能从我这里得到这双手。"亚尔吉拉写道。

伊耿没有回应，转而召唤朋友、封臣和主要盟友前来龙石岛会商。应召而来的人不多，潮头岛的瓦列利安家族和蟹岛的赛提加家族效忠于坦格利安家族，从马赛岬还来了尖角的巴尔艾蒙家族和石舞城的马赛家族，这两家虽然隶属风息堡，但跟龙石岛关系更紧密。伊耿岛主及其姐妹听取他们的意见，还到城堡圣堂向维斯特洛的七神祷告，虽然此前伊耿从不是一个虔诚的人。

会商的第七天，龙石岛的塔楼中飞出一大群乌鸦，将伊耿岛主的宣言带给维斯特洛七大王国。它们不仅飞到七位君王那里，还飞向旧镇学城和王国其他大小城堡，带着同样的信息：从今天起，维斯特洛只有一个国王，向坦格利安家族的伊耿屈膝臣服者可保留领地和爵禄，反抗者将被推翻、贬黜和摧毁。

伊耿及其姐妹从龙石岛扬帆出发时带着多少战士，记载不一。有说三千，也有说为数仅几百。这支规模不大的坦格利安军在黑水河口北岸森林覆盖的三座丘陵下一个小渔村登陆。

在"百国争雄"时代，许多小国王统治过黑水河口，包括暮谷镇的达克林家族、石舞城的马赛家族及古老的河流王们——穆德家族、费舍尔家族、布雷肯家族、布莱伍德家族和豪克家族。三座丘陵上不时建起塔楼和堡垒，旋即又毁于战乱，当时只剩下废石堆和荒草掩埋的遗址来迎接坦格利安家族。尽管风息堡和赫伦堡同时宣称对河口的所有权，这里实际并无防御，附近城堡由权势和军力弱小的小诸侯占有，远处较有影响的领主也并不爱戴他们名义上的主人"黑心"赫伦。

伊耿·坦格利安迅速在最高的丘陵顶上用木材和泥土围起一道栅栏，派遣姐妹们去降服附近城堡。罗斯比城不战而归顺于雷妮丝及其骑乘的金眼米拉西斯。在史铎克渥斯堡，几名十字弓手放箭射击维桑尼亚，瓦格哈尔旋即将城堡屋顶点燃，这里也便投降了。

"征服者"经历的第一场真正考验来自暮谷镇的达克林伯爵和女泉镇的慕顿伯爵，两人合兵一处，集结起三千兵力，南下要把入侵者赶回大海。伊耿命奥里斯·拜拉席恩正面迎击，自骑"黑死神"从空中来袭，对方的两位伯爵都死在随后一边倒的战斗中。达克林的儿子和慕顿的弟弟献出城堡，宣誓效忠坦格利安家族。当时的暮谷镇是狭海维斯特洛一侧最重要的港口，经由贸易赚得盆满钵满。维桑尼亚·坦格利安禁止士兵劫掠镇子，将其作为财源，极大地资助了征服者的事业。

继续叙述前，我们或许应该先来探讨伊耿·坦格利安及其姐妹们（亦为其王后）不同的性情。

维桑尼亚是三兄妹中的大姐，一位和

左图｜维桑尼亚和瓦格哈尔烧毁艾林舰队

伊耿一样伟大的战士，披盔戴甲犹如穿丝戴银一样自如。她拥有瓦雷利亚钢剑"暗黑姐妹"，从小和弟弟一起训练，剑术高妙。她虽也有美丽的银金色头发和瓦雷利亚紫色眼瞳，却冷若冰霜、难以亲近。即便最爱戴她的人也认为她严厉、苛刻、缺乏仁恕之心，有人甚至说她修习毒药和黑魔法。

雷妮丝是三兄妹中的小妹，性情和大姐截然相反，她顽皮、好奇、冲动任性、热爱幻想。雷妮丝并非真正的战士，她喜欢音乐、舞蹈和诗词，资助过许多歌手、戏子与木偶师。相传她在龙背上的时间比姐姐和哥哥加起来还多，只因她最喜欢飞翔，甚至说临死前一定要骑着米拉西斯飞过落日之海去看西方大陆。无人怀疑维桑尼亚对她弟弟和丈夫的忠诚，但雷妮丝身边总不乏俊朗青年，甚至（私下谣传）在伊耿与大姐同床的夜晚，雷妮丝会把一些年轻人招进卧室。尽管流言纷纷，但宫中一致认定国王与雷妮丝共寝的日子是与维桑尼亚的十倍。

伊耿·坦格利安本人则是个谜，一个

令人称奇的谜,无论当时还是现在。他拥有瓦雷利亚钢剑"黑火",身居当时最伟大的战士之列,却不爱舞刀弄枪,从未参加长枪比武或团体混战。他的坐骑乃"黑死神"贝勒里恩,但他只骑它上战场,或作为迅速旅行的交通工具。他的王者风范吸引了大批追随者,私下却没有密友——除开童年伙伴奥里斯·拜拉席恩。女人当然也被他吸引,但他对姐妹们的忠诚始终如一。伊耿称王后给予御前会议和两个姐妹极大的信任,将王国日常事务交给他们打理……但必要时也会毫不犹豫地亲自出马。他严惩叛徒和反贼,又对屈膝臣服的对手极为慷慨。

伊耿堡刚落成,他就展现出自己的性情——伊耿堡是粗糙的土木城堡,其建筑地址日后被永远铭记为伊耿高丘,而此时伊耿也已拿下周边十几座城堡,确保了黑水河口两岸的安全——命令被打败的领主们前来觐见。当领主们把配剑放到他脚边时,他让他们平身,确认他们的领地和头衔。他还赐给早期支持者们新的荣誉:"潮汛之主"戴蒙·瓦列利安被任命为海政大臣,指挥王家舰队;石舞城伯爵崔斯顿·马赛被任命为法务大臣;克瑞斯皮·赛提加被任命为财政大臣;奥里斯·拜拉席恩则被伊耿称为"我的盾牌、支柱和坚强右臂"——学士们认为这是国王之手的起源。

维斯特洛大陆上的领主早已形成纹章传统,但古代瓦雷利亚的龙王并无类似习俗。现在伊耿的骑士们展开他巨大的丝质战旗——黑底红色的三头火龙——领主们将此视为伊耿归化的标志,乐意尊奉他为维斯特洛独一无二的至高王。维桑尼亚王后将一圈镶红宝石的瓦雷利亚钢王冠戴在弟弟头上,雷妮丝宣布他为:"伊耿一世,维斯特洛全境之王和全境人民之盾",三条魔龙齐声咆哮,领主和骑士们欢呼喝彩……但喊得最响亮的是老百姓,是那些渔民、农夫和他们的妻子。

"龙王"伊耿意图征服的七位国王就没什么好心情了。赫伦堡的"黑心"赫伦与风息堡的"骄傲的"亚尔吉拉早已召集封臣;在西方,河湾地的孟恩国王沿滨海大道北上前往凯岩城与兰尼斯特家族的罗伦国王商议;多恩公主派了一只乌鸦去龙石岛,提议协助伊耿攻打风暴王亚尔吉拉……但是作为平等盟友,并非下属;鹰巢城的小国王罗纳·艾林也愿结盟,出动谷地的军队支持伊耿讨伐"黑心"赫伦,但小国王的母亲同时索要三叉戟河绿叉河支流以东所有土地;即便远居北境临冬城的托伦·史塔克,也连夜和封臣及顾问们讨论,商议如何应对这个可能的威胁。全国上下屏息以待伊耿的下一步行动。

加冕式数日后,伊耿再次出兵,其主力在奥里斯·拜拉席恩指挥下渡黑水河南下风息堡,雷妮丝王后骑金眼银鳞的米拉西斯与之同行;戴蒙·瓦列利安率坦格利安舰队驶离黑水湾北上海鸥镇和谷地,维桑尼亚王后骑瓦格哈尔与之同行;国王本人直取西北方的神眼湖和赫伦堡——这座雄城代表了"黑心"赫伦国王的骄傲与执

左图 | 赫伦堡的毁灭

桨叶，横渡大湖攻击伊耿的后卫，造成了严重损失。

然而挫折都是暂时的，最终决定胜利天平的是龙。谷地人击沉了坦格利安舰队三分之一的舰船，又捕获了近三分之一，随后维桑尼亚王后从天而降，点燃了他们的船；埃洛尔伯爵、费尔伯爵和布克勒伯爵躲在熟悉的森林里，直到雷妮丝王后让米拉西斯在林中燃起一道火墙，将树木化为火炬；"哀柳之战"的胜利者从湖上撤回赫伦堡，不料贝勒里恩自晨旭中现身，赫伦的长船纷纷着火，他的两个儿子都被烧死。

伊耿的对手还要面对其他敌人。"骄傲的"亚尔吉拉屯重兵于风息堡，石阶列岛的海盗便来风怒角海岸趁火打劫，多恩的掠袭队也纷纷窜出赤红山脉，扫荡边疆地。在谷地，小国王罗纳不得不面对三姐妹群岛的叛乱，"姐妹男"宣布破除对鹰巢城的一切义务，立玛拉·桑德兰侯爵夫人为他们的女王。

以上这些与"黑心"赫伦面临的麻烦相比尚不过是癣疥之疾。霍尔家族吞并河间地已历三代，三叉戟河的原住民依然对铁民统治者毫无好感。"黑心"赫伦修筑雄城赫伦堡不仅累死数千工人，还在三河流域大肆掠夺材料、搜刮黄金，将领主和百姓都搞得一贫如洗。现在河间诸侯在

念，它建成并让赫伦国王进驻的那一日，正是伊耿登陆日后会成为君临城的地方的时候。

三支坦格利安军队都遭遇了挫折。风息堡的封臣埃洛尔伯爵、费尔伯爵和布克勒伯爵趁奥里斯·拜拉席恩的先头部队渡文德河时发起突袭，杀死上千人后遁入森林；艾林家族紧急召集舰队，加上十几艘布拉佛斯战舰助阵，于海鸥镇海战中击败坦格利安舰队，伊耿的海军统帅戴蒙·瓦列利安此役战死；伊耿本人在神眼湖南岸两度遇袭，"芦苇之战"纵然胜出，但"哀柳之战"中赫伦国王的两个儿子蒙住长船

上图 | 奥里斯·拜拉席恩，第一位风息堡公爵

奔流城的艾德敏·徒利伯爵带领下起义。艾德敏·徒利本来应召戍守赫伦堡，却转而投效坦格利安家族，不仅率先在家堡中升起龙旗，还亲统麾下骑士和弓箭手与伊耿合兵一处。他的榜样感染了其他领主，于是三河诸侯一个接一个宣布与赫伦断绝关系，支持"龙王"伊耿。布莱伍德家族、梅利斯特家族、凡斯家族、布雷肯家族、派柏家族、佛雷家族、斯壮家族……纷纷举兵攻向赫伦堡。

"黑心"赫伦国王陡然发现寡不敌众，于是躲进自以为难攻不破的雄城避难。赫伦堡是维斯特洛有史以来最大的城堡，拥有五座巨塔和取之不竭的水源，庞大的地窖中储存了充足的补给，黑石砌成的高墙云梯攀不上、撞锤撞不破、投石机也砸不开。赫伦带着剩下的儿子们和支持者一道闭门死守。

龙石岛的伊耿不打算强攻。他与艾德敏·徒利及其他河间诸侯包围赫伦堡后，派一名学士打着和平旗帜来城门前要求谈判。赫伦亲自出来会面——赫伦已是老人，鬓发灰白，但身穿黑甲的他依然威风凛凛。两位国王都带着掌旗官和学士，他们的交谈得以流传后世。

"立刻投降，"伊耿开口，"你仍能统治铁群岛。立刻投降，你仍能传位于子嗣。我在城外有八千人马。"

"你在城外有多少人马与我无关。"赫伦回答，"我的城墙坚固厚实。"

"你的城墙无法抗拒巨龙。龙会飞。"

"我修的是石头城，"赫伦又答，"石头不会烧。"

伊耿说："太阳落山时，你必断子绝孙。"

据说赫伦听了吐口唾沫，转身回城。回去后他把所有人手派上城垛，备好长矛、弓箭和十字弓，许诺无论是谁，只要击落巨龙，就赐予大片领地和大笔财富。"假使我有女儿，屠龙者还可牵她的手。""黑心"赫伦许诺，"现在我会赐他徒利的一个女儿——喜欢的话，三个全要也行——或者布莱伍德的小闺女，或者斯壮的。总而言之，那帮毫无信义的黄泥巴领主的女儿可以随便挑。""黑心"赫伦布置妥当后返回塔楼和剩下的儿子们共进晚餐，贴身卫队在旁紧密保护。

最后一缕日光褪去时，"黑心"赫伦的部下瞪着聚集的黑暗，抓紧长矛与十字弓。巨龙始终没现身，许多人无疑认为伊耿是虚张声势，谁知伊耿·坦格利安驾驭贝勒里恩高飞在天，藏身云层，龙一直往上飞，直至从地面看来不过是月面上的苍蝇。接着它猛然俯冲，冲进城内，黑如沥青的翅膀与夜色融为一体。它咆哮着喷出满腔愤怒，在鲜红翼膜的阵阵翻搅中，用黑色龙焰与红色火舌沐浴身下的赫伦堡巨塔。

诚如赫伦夸口的，石头不会烧，但他的城堡并非全是石头。木材、羊毛、麻绳、稻草、面包、咸牛肉和谷物统统起火。赫伦的铁民也不是石头，他们被烈焰包围，浑身冒烟，惨叫着在庭院中奔逃或从走道上绊下来摔死。当火焰达到高温，石头也开裂熔化，城外的河间诸侯后来形容赫伦堡的巨塔仿如黑夜里五根火红的巨蜡烛……它们也像蜡烛一样扭曲熔解，熔化的石料犹如溪流淌下塔身。

赫伦和他剩下的儿子们在当晚吞噬雄城的烈焰中丧生，霍尔家族随之绝嗣，铁群岛对河间地的统治亦就此告终。第二天，在赫伦堡的冒烟废墟外，伊耿国王接受了奔流城公爵艾德敏·徒利的忠诚誓言，命其总督三叉戟河流域。其他河间诸侯也纷纷上前宣誓效忠，既向伊耿国王，也向封君艾德敏·徒利。余烬冷却到能让人入城后，失败者的长剑——其中许多被龙焰粉碎、熔化、扭曲成了钢条——被收集起来，用马车运回伊耿堡。

在维斯特洛东南部，风暴王的封臣比赫伦国王的封臣忠实得多，"骄傲的"亚尔吉拉得以在风息堡集结起一支大军。杜伦登家族的家堡也是一座雄城，外墙厚度甚至胜过赫伦堡，亦被认为难攻不破。然而赫伦国王的结局很快传到老对手亚尔吉拉国王耳中，费尔伯爵和布克勒伯爵不敌挺进的敌军（埃洛尔伯爵战死），也送信警告国王雷妮丝王后和她的龙。老迈的战士国王怒吼说自己绝不会学赫伦的样——在自家城堡里如嘴含苹果的乳猪般被烤熟——身经百战的他要手握长剑、主宰命运。于是"骄傲的"亚尔吉拉最后一次自

风息堡出发，与敌人在开阔地决战。

　　风暴王的行动并未出乎奥里斯·拜拉席恩等人的意料，因为雷妮丝王后骑米拉西斯在天上侦察。王后亲眼目睹亚尔吉拉出兵，遂向国王之手通报了敌军数量及部署。于是奥里斯在铜门城南的山丘上占据有利阵地，于高处掘壕固守，静候风暴地人。

　　两军交战那日，风暴地呈现出恰如其名的气象，从早晨起就持续不断地下雨，中午更是狂风呼啸。亚尔吉拉国王的封臣们劝他待明日雨停后再战，但风暴王自恃军队总数有二比一的优势，骑士和重骑兵更是对手的四倍。目睹湿漉漉的坦格利安旗帜飘荡在属于他的山丘上让他怒火中烧，这位身经百战的老战士更注意到吹的是南风，雨被直接刮进山丘上的坦格利安官兵眼里。

　　"骄傲的"亚尔吉拉下令进攻，此役被后世称为"最后的风暴"。

　　战斗持续入夜，血流成河，它不像伊耿征服赫伦堡那样是一边倒的胜利。"骄傲的"亚尔吉拉率骑士朝坦格利安军阵地三度冲锋，可惜坡地太陡，雨水又将地面

前页｜"降服王"托伦·史塔克的降服
上图｜梅瑞拉·马泰尔和雷妮丝·坦格利安的会面

变得松软泥泞，艰难跋涉的战马不断滑倒，冲锋失去了组织与势头。但随后风暴地长矛兵步行上山扳回一城，山上的坦格利安入侵者被雨水迷乱了眼睛，直到对手走近才发觉，而此时他们的弓弦已被雨水打湿，难以射击。一座、两座、三座山丘沦陷，风暴王趁机发起最后的冲锋，带领骑士们突破了对手的阵线中央……却直直撞上雷妮丝王后和米拉西斯。地上的巨龙依然无比强大，指挥前锋部队的狄肯·莫里根与黑港的私生子双双被龙焰吞噬，亚尔吉拉国王的近卫骑士们也牺牲了。紧张和恐慌的战马四散奔逃，撞进身后的骑兵队中，瓦解了冲锋。风暴王本人被掀下坐骑。

但他没有放弃。奥里斯·拜拉席恩率军从泥泞的山丘发起反攻时，发现老国王独自迎战六七个对手，脚边还躺着六七具尸体。"你们让开！"拜拉席恩喝令，他下马面对风暴王，并给了对手最后一次投降的机会。亚尔吉拉回以诅咒。两人开始决斗，白发飘飘、年事已高的战士国王对上乌黑髯发、凶悍刚猛的国王之手，据说他们各自给了对手一道伤口，而杜伦登家族最后的传人最终得偿所愿：死时手握长剑，嘴里喝骂不休。国王的死令风暴地人士气崩溃，待亚尔吉拉倒下的消息传扬开去，领主和骑士们纷纷丢下武器，逃离战场。

随后几日，人们担心风息堡会遭遇赫伦堡的下场，因亚尔吉拉的女儿亚尔洁娜闭门抗拒奥里斯·拜拉席恩和得胜的坦格利安军，自命风暴女王。雷妮丝王后骑米拉西斯入城谈判时，亚尔洁娜宣称风息堡宁愿战至最后一人也决不屈膝，她说："你可以夺走我的城堡，但只会得到骨骸、鲜血和灰烬。"虽然亚尔洁娜慷慨激昂，守城士兵却不想送死，当晚，他们升起和平旗帜，打开城门，将赤身裸体、塞住嘴巴、戴上镣铐的亚尔洁娜小姐送进奥里斯·拜拉席恩的军营。

据说拜拉席恩亲自为亚尔洁娜小姐解开镣铐，用自己的斗篷裹住她，为她倒酒，温柔地缅怀她父亲的英勇和壮烈殉国的方式。随后，为荣耀已故国王，奥里斯接受杜伦登家族的家徽和箴言，以宝冠雄鹿为纹章，以风息堡为家堡，迎娶了亚尔洁娜小姐。

现在"龙王"伊耿及其盟友控制了河间地和风暴地，维斯特洛剩下的国王明显感受到威胁。临冬城的托伦国王开始召集封臣，然而北境辽阔，集结不易；谷地的夏拉太后——她儿子罗纳的摄政王——躲到鹰巢城上组织防御，并调兵驻守血门，扼住进入艾林谷的要道。夏拉太后年轻时被誉为"山地之花"，乃七国最美貌的少女。她或许打算用美貌打动伊耿，于是送去一幅自己的画像提议联姻，只要国王立罗纳为继承人。画像最终送到了目的地，伊耿·坦格利安有否答复却不得而知。毕竟他有两位王后，而夏拉·艾林已是残花败柳，且年长他十岁。

与此同时，西方两位伟大的国王结成同盟，召集群臣，誓要把伊耿彻底打垮。河湾王园丁家族的孟恩九世率大军从高庭出发，在罗宛家族的金树城下与凯岩王罗伦·兰尼斯特的西境军会合。两国联军是维斯特洛有史以来最庞大的军队，足有五万五千人，其中包括六百位大小领主和五千多名马上骑士——"我们的铁甲钢拳"，孟恩国王夸口，他所有的四个儿子都随行出征，两个孙子担任他的侍从。

两位国王并未在金树城多所逗留，如此庞大的军队无疑会吃空周边乡野。联军集结完毕立刻出发，向东北偏北方向进军，一路穿过长草草场和金色麦田。

伊耿驻军神眼湖畔，得知敌人动向便整军迎战。他的军队只有两位国王的五分之一，且多为河间诸侯的部下，对坦格利安家族的忠诚未经考验，颇为可疑。然而伊耿规模较小的军队比对手行动快得多，在石堂镇，两位王后骑龙来会合——雷妮丝从风息堡，维桑尼亚从蟹爪半岛（她刚在那里接受许多地方领主狂热的忠诚誓言）——于是坦格利安家族的三位成员在空中掩护他们的军队渡过黑水河源头，向南疾行。

两军最终在黑水河南的沃野平畴上相遇，战场离日后黄金大道穿过的地方不远。接获坦格利安军人数和部署的侦察报告后，两位国王信心满满，他们不仅有五比一的人数优势，领主和骑士方面的差距更大，况且战场开阔平坦，目力所及均为草场和麦田，适合重骑兵冲锋。伊耿·坦格利安并未像奥里斯·拜拉席恩在"最后的风暴"一役中那样占据高地之利，这里的土地坚实而不泥泞，且没有雨水困扰。决战日虽起了风，却万里无云，实际上，战前半月此地都没下雨。

由于孟恩国王的军队是罗伦国王的一倍半，他索要了指挥中军的荣誉，他的长子继承人艾德蒙负责前锋。右翼由罗伦国王及其骑士组成，左翼统帅是奥克赫特伯爵。坦格利安军左右均无屏障，两位国王决意伸开两翼扫荡，直捣敌人后方，中路则由"铁甲钢拳"发起冲锋，这是领主和骑士们组成的巨大楔形骑兵阵。

伊耿·坦格利安草草布下新月阵，步兵举起长矛长枪，弓箭手和十字弓手站在阵线后方，轻骑兵在两翼。他把军队委派给女泉镇伯爵琼恩·慕顿指挥——这是最早投效的领主之一——自己和两位王后在空中迎战。伊耿当然也注意到此地多日无雨，草场茂盛，麦子结实累累……它们都干透了。

坦格利安军耐心等待两位国王吹响前进喇叭，在海潮般的旗帜簇拥下开始推进。骑金色战马的孟恩国王率中军发起冲锋，他儿子加文在他身边高举战旗——白底上一只巨大绿手。在号角和喇叭的催促下，园丁和兰尼斯特两大家族的臣属咆哮尖叫着，冲过如云箭雨，扑向坦格利安步兵，很快粉碎了他们的阵列。

这时，空中的伊耿及其姐妹出动了。

伊耿骑在贝勒里恩身上，掠过敌人整齐的队列，迎着风暴般来袭的长矛、石头与飞矢，来回俯冲喷火，雷妮丝和维桑尼亚前后策应，将敌军上下风向全部点燃。干草和等待收获的麦子一点即燃，风助火势，卷起滚滚浓烟吹在两位国王麾下奔驰的骑兵们脸上。燃烧的气息让马匹紧张，随着烟雾逐浓，马和骑手什么也看不清，只见四周升起火墙，于是雄壮的骑兵阵土崩瓦解。慕顿伯爵的部队位于这片熔炉地狱的上风向，只需好整以暇地用弓箭和长矛解决跌跌撞撞逃出来的浑身着火的敌人。

后世称此役为"怒火燎原"。

超过四千人被烧死，另有一千人死于剑、矛和飞矢。数万人被烧伤，其中很多人将终生带着丑陋的伤疤。国王孟恩九世及其儿孙兄弟、堂亲表亲们一道灰飞烟灭，只有一个外甥撑了三天。此人死后，园丁家族就此消亡。凯岩城的罗伦国王侥幸逃脱，他发现情况不妙，便调转马头冲过火墙和浓烟。

坦格利安军损失不满一百。维桑尼亚王后肩头中了一箭，但很快痊愈。三条龙在战场上的死尸中展开盛宴时，伊耿命令收集死者们的剑，运往下游。

第二天，罗伦·兰尼斯特被俘。凯岩王将宝剑和王冠放在伊耿脚边，屈膝臣服。伊耿谨守承诺，扶起手下败将，确认对方的领地和爵禄，宣布其为凯岩城公爵和西境守护。罗伦公爵的封臣们有样学样，自龙焰中幸存的河湾地诸侯很快也纷纷投降。

但西方的征服并未完成，现在伊耿国王离开姐妹们，火速赶往高庭，以防被人捷足先登。他发现高庭掌握在总管哈兰·提利尔手中，提利尔一族世代为园丁家族服务。然而哈兰·提利尔未经一战便献出城堡钥匙，宣誓效忠"征服者"。作为回报，伊耿将高庭城堡和河湾地区的统治权赐给他，任命他为南境守护和曼德河流域总督，园丁家族从前的封臣都要效忠他。

伊耿本欲继续南下，一举压服旧镇、青亭岛和多恩，但驻跸高庭期间，另一大威胁传到他耳中：北境之王托伦·史塔克已穿过颈泽，进入河间地，麾下有一支三万北方蛮子组成的大军。伊耿立刻北上抗击，他骑"黑死神"贝勒里恩飞在军队前头，并送信给两位王后及在赫伦堡和"怒火燎原"之役后屈膝臣服的领主和骑士们。

托伦·史塔克来到三叉戟河北岸时，发现数目等于他军队一倍半的敌军等在南岸。河间地人、西境人、风暴地人、河湾地人……统统赶到，而贝勒里恩、米拉西斯和瓦格哈尔在他们的营地上空盘旋。

托伦的斥候见证了赫伦堡的废墟，红色火苗依然在瓦砾堆中闷燃，北境之王还听了很多"怒火燎原"之役的目击报告。他知道若是强渡，也许将遭遇同样命运。许多北方诸侯敦促他不顾一切地进攻，坚持认为北方人的英勇足以扭转战局；其他人则请求他撤回卡林湾，保卫北方家园。国王的私生兄弟布兰登·雪诺自告奋勇，提议在夜色掩护下独自摸过河，暗杀熟睡的巨龙。

托伦国王的确派出了布兰登·雪诺，但不是去杀龙，而是带上三位学士去谈判。整晚消息往来不绝。第二天早晨，托伦·史塔克亲自渡过三叉戟河，在南岸向伊耿屈膝，将冬境之王的古老王冠放在"征服者"脚边，宣誓效忠。他起身时失去了国王身份，被赐封为临冬城公爵和北境守护。托伦·史塔克从此被永远冠以"降服王"之名……但由于他的降服，三叉戟河畔没有留下北方人的烧焦尸骨，伊耿收集的史塔克公爵及其封臣的长剑也未经扭曲、弯折或熔化。

伊耿·坦格利安和王后们再次分开。伊耿继续南下旧镇，他的两位姐妹骑龙分头出发——维桑尼亚第二次前往谷地，雷妮丝飞赴阳戟城和多恩沙漠。

夏拉·艾林早已加强海鸥镇的防务，并调遣大军驻守血门，还把守护鹰巢城的三座沿途堡垒——危岩堡、雪山堡和长天堡——的守卫加到三倍，然而这些措施都无法阻止维桑尼亚·坦格利安。瓦格哈尔扇动皮翼，高飞在所有守卫之上，着陆于鹰巢城内院。谷地摄政王带着十几名卫士匆匆跑出来应对，却发现维桑尼亚将罗纳·艾林抱在膝上，小国王睁大眼睛看着巨龙："妈妈，我可以和这位夫人一起飞吗？"之后没有威胁的言语，也没有愤怒的争执，王后和摄政王心照不宣地一笑，礼貌攀谈起来。夏拉太后叫人找来三顶王冠（她的摄政王小头冠、她儿子的小王冠和千年来列位艾林先君拥有的山谷的猎鹰王冠），外加城上守卫们的佩剑，一并献给维桑尼亚王后。据说事后小国王如愿以偿地绕着巨人之枪的峰顶飞了三圈，着陆时便成了小公爵。维桑尼亚·坦格利安就这样为她弟弟的王国带来了艾林谷。

雷妮丝·坦格利安却遇到麻烦。一支多恩长矛兵保卫着赤红山脉的门户亲王隘口，但雷妮丝并未与之纠缠。她高飞过隘口，飞掠红沙地与白沙地，降落在万斯城，企图逼降此地，却发现城堡早已人去楼空，城下的镇子只剩女人、孩子和老人。她询问领主去向，本地人只答："走了。"雷妮丝顺流而下来到艾利昂家族的家堡神恩城，这里也被抛弃。她继续飞，直到绿血河入海口的板条镇，该镇由数百条撑篙船、小渔船、驳船、船屋和废船以绳索、铁链及木板连接而成，堪称阳光下的浮城，但米拉西斯当空盘旋时，镇内亦只有零星几位老妪和小孩。

王后最终飞到马泰尔家族古老的家堡阳戟城，发现多恩公主在被抛弃的城堡里等她。学士们说，梅瑞拉·马泰尔当时已是八十高龄，统治多恩长达六十年。她眼睛瞎了，身体肥胖，几乎秃顶，皮肤灰黄松垮。"骄傲的"亚尔吉拉称她为"多恩的黄蛤蟆"，但年龄和视力下降并未影响公主的头脑。

"我不跟你打，"梅瑞拉公主告诉雷妮丝，"也不向你屈膝。回去告诉你哥哥，多恩没有国王。"

"我会告诉他，"雷妮丝回答，"然后我们会回来。公主殿下，我们将带着血与火回来。"

"这是你们的族语，"梅瑞拉公主道，"但请记得我们的：不屈不挠。你们可以放火来烧，夫人……但我们不会屈膝、不会鞠躬、不会投降。这里是多恩，你们不属于这里。不要回来。"

王后和公主就此分别，多恩的第一次征服宣告失败。

伊耿·坦格利安在西方得到更为热烈的欢迎。旧镇是全维斯特洛最大的城市，不仅有厚墙保护，由河湾地最古老、最富有、最有权势的领主参天塔的海塔尔家族统治，还是教会的中心。总主教——教会之父、新神之音——驻跸于此，统辖全维斯特洛数百万虔诚信徒（但在北境，旧神依旧占据优势），控制着被老百姓称为"圣剑骑士团"和"星辰武士团"的教团武装。

但伊耿·坦格利安率军来到时，发现旧镇城门大开，海塔尔伯爵正等着屈膝臣服。原来伊耿登陆的消息传来，总主教便把自己锁在繁星圣堂内闭关祷告七日七夜，以求获得诸神指引。据说这期间他只用了面包和清水，把所有清醒的时间都用于祈祷，在七神的祭坛间来回。第七天，老妪举起金灯为他指引前路，总主教大人发现，若反抗"龙王"伊耿，旧镇的市区、学城、参天塔和繁星圣堂都不免付之一炬。

曼佛德·海塔尔伯爵是个虔诚而谨慎的人，他有一名排行靠后的儿子在战士之子服役，另一名儿子刚宣誓成为修士。总主教讲述了老妪的预示，海塔尔伯爵便决定不以武力对抗"征服者"，由是，尽管海塔尔家族是高庭园丁家族的封臣，旧镇却没派一兵一卒参加惨烈的"怒火燎原"之役。待伊耿赶来，曼佛德伯爵更出城欢迎，献上宝剑、城市和效忠誓言（有人说海塔尔伯爵还献出了小女儿，但伊耿婉拒了，以免冒犯两位王后）。

三天后，在繁星圣堂，总主教大人亲手把七圣油涂抹在伊耿额上，为其加冕，宣布其为伊耿·坦格利安一世，安达尔人、洛伊拿人和先民的国王，七国统治者暨全境守护者（"七国"只是虚衔，不仅在当时，且在此后一百多年间，坦格利安家族都未征服多恩）。

伊耿在黑水河口的第一次加冕式只有少数领主参加，但第二次加冕式有数百位领主观礼，仪式完成后，伊耿骑在贝勒里恩背上于旧镇街道中游行，又有数万百姓欢呼喝彩。参加伊耿第二次加冕式的包括学城的学士与博士们，或许正因如此，这个日子——而非伊耿在伊耿堡的加冕或他的登陆日——被视为伊耿统治的开始，也即"征服元年元月元日"。

"征服者"伊耿及其姐妹就是这样将维斯特洛七大王国合而为一。

许多人以为战后伊耿国王将定都旧镇，也有人认为他会留在坦格利安家族古老的岛屿要塞龙石岛统治，但国王出人意料地宣布把宫廷设在黑水河口三座丘陵下方兴未艾的小镇，那是他和他姐妹们开始征服维斯特洛的地方。这个新兴的小镇被定名君临，"龙王"伊耿在这里坐在一把危险的金属巨椅上治理天下。那椅子由他的敌人熔化、扭曲、弯折和破碎的刀剑铸就，很快被全世界称为"维斯特洛的铁王座"。

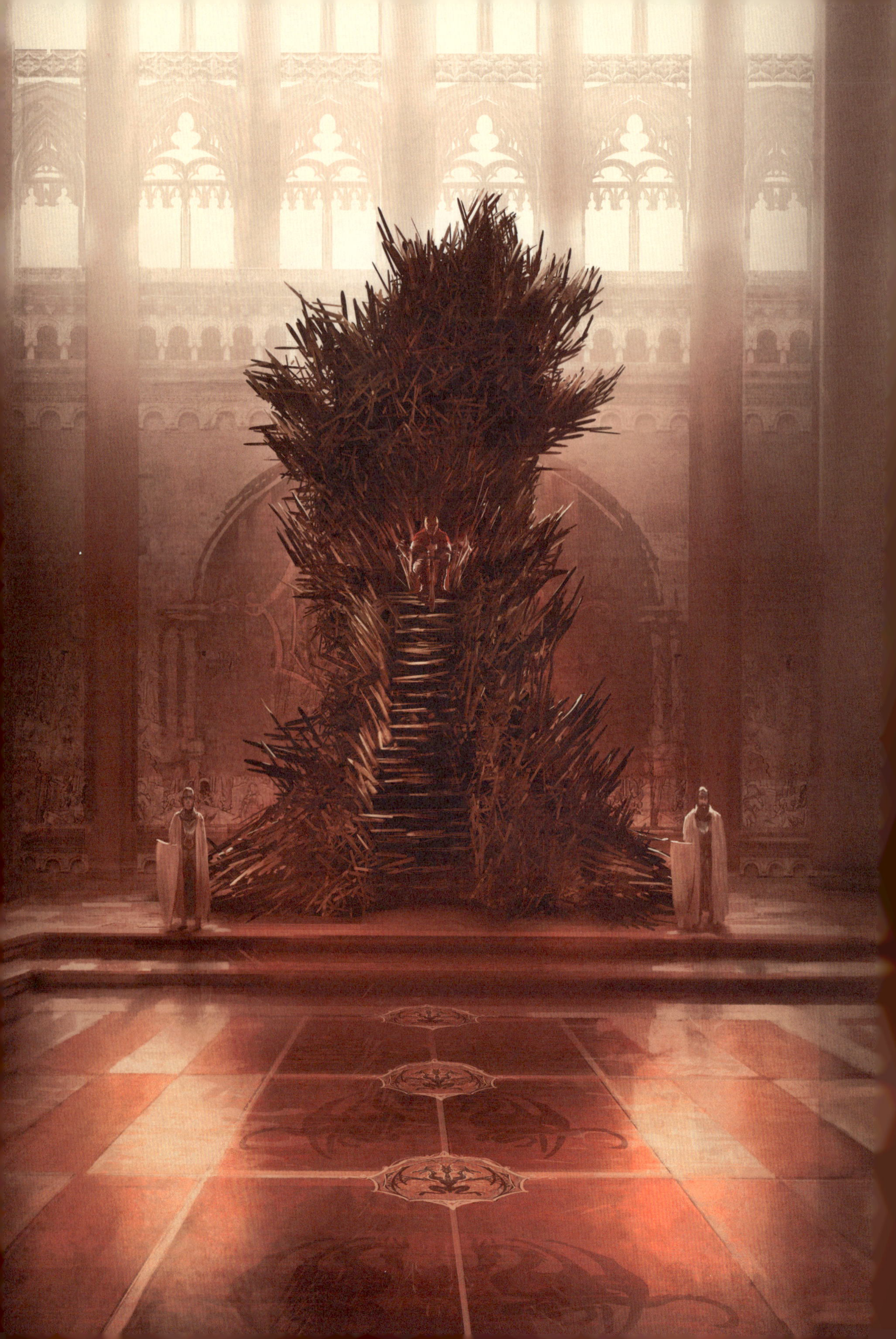

坦格利安诸王

The Targaryen Kings

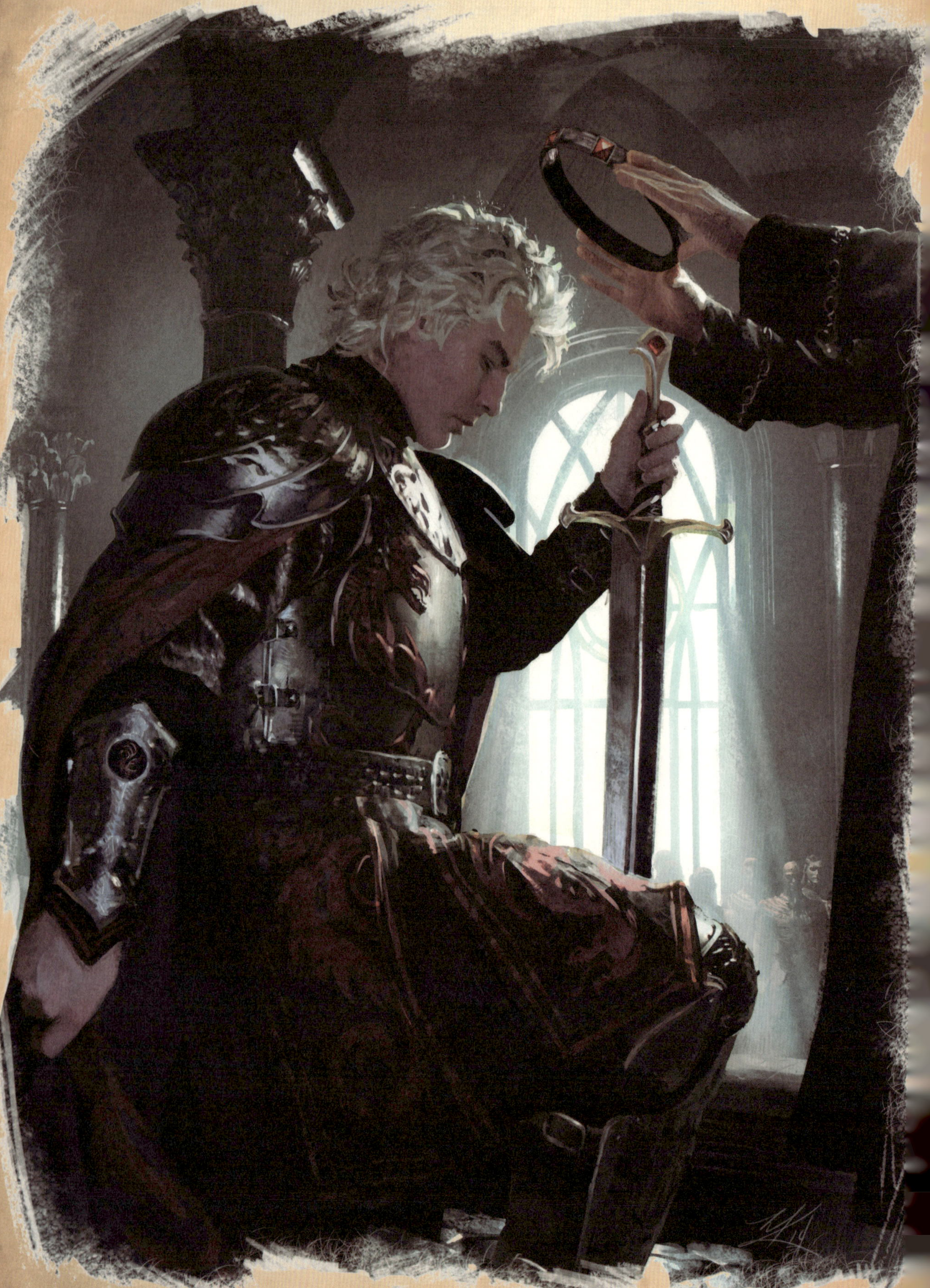

伊耿一世

伊耿一世二十七岁便征服七国，接下来面临治理这新铸就的大国的艰巨考验。从前的七大王国征战不休，频频攻伐往来，各国内部也鲜有安定时期，因此，混一宇内需要一位真正的伟人。对国家而言幸运的是，伊耿正是这样的人，一位富于远见和决心的人。他统一维斯特洛的理想虽然遭遇了意想不到的困难——同时也付出了巨大代价——却彻底改变了今后几百年间的历史进程。

伊耿预见到在粗糙的伊耿堡周围滋生的镇子有望茁壮成长，日后与兰尼斯港和旧镇争雄，甚至有超越它们的潜力。早期的君临固然恶臭、拥挤、泥泞，却不乏生机。人们先用黑水河边一艘废弃平底船的船壳搭起一栋简易圣堂，而后在总主教资助下，于维桑尼亚丘陵顶修建了远为宏伟的圣堂（雷妮丝丘陵顶上后来又盖起思怀圣堂，以纪念雷妮丝王后）。这里起初只有渔船，现在来自旧镇、兰尼斯港、自由贸易城邦乃至盛夏群岛的平底船和划桨船纷纷出现，商贸活动逐渐从暮谷镇和女泉镇转移到君临。伊耿堡也在扩建，自原有的栅栏向外占据伊耿高丘的更多地方，随后建起一座五十尺高墙环绕的木堡垒。征服三十五年，伊耿决定将之推倒，命国王之手埃林·史铎克渥斯伯爵兴建与他的后嗣和坦格利安王朝相匹配的城堡，即后来的红堡，工程由维桑尼亚王后监督。

征服十年，君临初具城市规模，征服二十五年，它超越白港和海鸥镇，成为王国第三大城市。但这段时间的君临几乎没有城墙，或许伊耿及其姐妹认为没人敢袭击巨龙守护的城市。然而在征服十九年，传闻一支海盗舰队攻陷了盛夏群岛的高树镇，抢得无数财宝，还掠走数千人当奴隶。消息震动伊耿——他意识到自己和维桑尼亚并非总在君临——他终于下

葛尔丹博士的著作声称伊耿营建红堡是为了支开维桑尼亚，自己留在龙石岛不用相见。国王和王后晚年的关系——他们从一开始就谈不上亲热——遂越发疏远。

前页｜铁王座　　左图｜"征服者"伊耿由总主教加冕

令修筑城墙，此事交由加文大学士和时任首相奥斯蒙·斯壮爵士负责。伊耿谕令必须给城市留出足够的拓展空间，为荣耀七神，还要修建七道城门及相应的七座雄伟的城门楼。工程于次年正式启动，征服二十六年竣工。

不仅都城欣欣向荣，全国上下也一片繁荣景象，这至少部分应归功于"征服者"为赢得封臣和百姓爱戴所付出的努力，而在这方面，他得到雷妮丝王后的鼎力相助（当她在世时）。雷妮丝王后尤为关爱平民，也是歌手和诗人的赞助者——她的姐姐维桑尼亚则认为这是彻头彻尾的浪费——歌手们因此为坦格利安家族写下无数赞歌，并传唱四方。倘若赞歌里充斥着粉饰伊耿及其姐妹的赤裸裸的漂亮谎言，王后陛下也不会为此烦恼……只有学士们会。

为保王国安康，雷妮丝王后还致力于在相隔遥远的家族间牵线联姻。正因如此，征服十年她在多恩领不幸身亡及随后的"龙之怒"才让全国上下悲痛万分，大家都爱戴美丽善良的王后。

王国沉浸在荣光中，但第一次多恩战争成为伊耿的第一次重大挫折。这场战争于征服四年草率发动，经过连年悲剧和流血，结束于征服十三年。它引发了诸多严重后果：雷妮丝身亡、"龙之怒"的年头、被谋杀的诸侯、君临乃至伊耿堡之内的刺杀。这是一场不幸的战争。

但若干悲剧中诞生出一个光辉灿烂的团体：誓言效忠的御林铁卫兄弟。伊耿和维桑尼亚为多恩领主的人头定下赏格，多恩诸侯因此接连丧命，多恩人为报复也雇用爪牙和杀手。征服十年，伊耿和维桑尼亚在君临城街道中遇袭，若非维桑尼亚及其佩剑"暗黑姐妹"，国王或许无法生还。尽管如此，国王仍相信自己的贴身侍卫，是维桑尼亚让他改变了想法（据记载，当伊耿手指贴身侍卫时，维桑尼亚抽出"暗黑姐妹"，抢在侍卫们反应前在弟弟脸上划了一道。"你的侍卫又懒又慢。"相传维桑尼亚如此评价，国王只得同意）。

维桑尼亚——而非伊耿——定下御林铁卫的规章。七国统治者需要七位冠军，每位都得

如今习惯法中的"六下原则"出自雷妮丝。当年她在伊耿外出巡游期间坐在铁王座上治国，某位由于出轨被丈夫活活打死的女人的兄弟们前来申诉。做丈夫的引用律法，自辩男人有权惩罚越轨的妻子（这是真的，而多恩领的规定正好相反），只要使用的工具不粗过一根拇指。女人的兄弟们控诉这位丈夫殴打了女人一百棍，丈夫并不否认。雷妮丝与学士和修士们商议后宣布，尽管诸神要求女人忠实，因此丈夫有权惩罚不忠行为，但最多只能打六下——每一下代表七神中的一位，除了死神"陌客"。据此，王后判定做丈夫的多打了九十四棍，同意让死者的兄弟们施以等量的报复。

右图｜早期的君临和伊耿堡

是骑士。王后依照守夜人的誓言创作了御林铁卫的誓言，御林铁卫为了对国王的责任必须放弃一切世俗挂牵。伊耿提议召开一场盛大的比武会来选拔首届御林铁卫，维桑尼亚劝阻他，指出保护国王的人不仅要武艺精湛，更重要的是决不动摇的忠诚。于是国王让维桑尼亚为他挑选首届铁卫，历史证明这是明智之举：七铁卫中有两位为护主牺牲，其他五人光荣地履行职责，直到老死。《白典》记载了他们及他们之后每一位白骑士的名字与事迹，他们是：首任御林铁卫队长科利斯·瓦列利安爵士；瑞卡德·鲁特爵士；玉米城的私生子安迪森·希山爵士；格雷果·戈德爵士和格里佛斯·戈德爵士，他俩是兄弟；"戏子"亨佛利爵士，他是雇佣骑士；罗宾·达克林爵士，人称"暗罗宾"，他是达克林家族披上白袍的若干人中的第一位。

"征服者"伊耿早已任命御前重臣——到杰赫里斯一世时代正式组成辅政的御前会议——将王国日常事务交给姐妹们和这些亲信臣僚打理，自己致力于糅合七大王国，四处巡

游慑服天下，必要时还施加恐吓。国王每年有一半时间待在大陆和龙石岛，常常骑龙往返。尽管君临是他钦定的国都，他还是最喜欢那个散发出硫黄、硫黄石和咸海味道的岛屿。另外一半时间，国王基本出外巡游，一生如此，直到征服三十三年最后一次出行。他每次造访旧镇都会郑重拜访繁星圣堂的总主教。他不仅去各大家族的家堡做客（最后一次巡游甚至到了临冬城），还住进小诸侯与骑士们的堡垒及普通客栈。国王走到哪里都带着华丽光鲜的队伍，乃至某次巡游有整整一千名骑士外加许多领主和宫廷仕女相随。

在巡游中，国王不仅带上宫廷随员，还带上学士和修士们。常备的学士就有六位，负责解释地方律法和各旧王国风俗，好让国王在地方上开庭裁断时能保持公正。国王并不打算推行全境统一的律法，而是因地制宜，尊重传统，仿效各地先王的判例做出裁决（统一律法的任务是由他的孙子完成的）。从第一次多恩战争结束到征服三十七年伊耿驾崩，国家处于和平状态，伊耿的统治智慧而宽容。他和两位王后给王国产下"一个继承人和一个候补"：与雷妮丝（早死）产下大王子伊尼斯，与维桑尼亚产下小王子梅葛（维桑尼亚于雷妮丝死后一年怀孕，征服十二年生产）。他把长子带在身边陪伴王家巡游，由御林铁卫训练，偶尔要其习练"黑火"，后来还让其带着妻子和孩子独立巡游；次子由维桑尼亚在龙石岛抚养长大，龙石岛教头加文·科布瑞爵士传授其一身本领，但梅葛几乎没有朋友。

【伊耿驾崩于出生地、亦是他挚爱的龙石岛。所有记录都说国王当时在地图桌前为孙子伊耿和韦赛里斯讲述自己的征服故事，却忽然语塞，旋即倒地。学士们诊断是中风，"龙王"走得很快也很平静。遗体就在龙石岛城堡庭院里火化，依坦格利安家族及瓦雷利亚古人的传统。梅葛念出悼词，瓦格哈尔喷火点燃火葬堆，瓦雷利亚钢剑"黑火"与"征服者"一同浴火，却丝毫未损。

铁王座继承人伊尼斯身在高庭，得知父王死讯后迅速骑龙返回。加文大学士宣布他为新国王，梅葛从火葬堆中取回"黑火"，伊尼斯又把剑送给了他，对众人承认弟弟的高超武艺，宣布兄弟俩将并肩统治，然而继"征服者"坐上铁王座的他发现治理王国远没有想象中那么容易。】注

上图｜"征服者"伊耿的王冠

注：此处根据马丁的说明补充了伊耿的葬礼。

伊尼斯一世

"龙王"六十四岁驾崩时,除开多恩人,无人挑战其绝对权威。他的统治富于智慧,王家巡游给人留下深刻印象。他尊荣总主教,对效忠者赐予厚赏,对求助者施以援手。但大和平的表象下暗潮汹涌,国王的诸多臣属心中依然怀念各大家族独立自主的岁月;还有人渴望为征服战争中死去的亲人复仇;更有人将坦格利安族人视为怪物,认为他们的后代是兄妹通奸产下的不伦野种。伊耿及其姐妹——加上他们的龙——足以威慑天下,但他们的继承人未必有那么强势。

征服三十七年,伊耿的头生子——与他挚爱的雷妮丝所生——伊尼斯以三十岁之龄登基为王,举行了隆重的加冕式。国王举办盛大的巡游,从君临一路走到奔流城、高庭和旧镇,得到总主教的认可。他并未选择父亲的瓦雷利亚钢王冠,而是戴上一顶华丽的黄金王冠,比父亲的要大得多。

【尽管伊尼斯受到平民爱戴,许多人却认为他不适合统治。显而易见,伊尼斯不如父亲伊耿和弟弟梅葛那般天生武勇(梅葛可谓残暴,这从他对待动物的方式便见一斑。据说他三岁时杀过猫,八岁时被马踢,作为报复他不仅杀了马,还砍去马童半边脸),性情也与他们完全不同。伊尼斯生来体弱多病,胳膊细瘦,眼泪汪汪,幼年时代一直如此(梅葛则壮得像公牛,肩宽臂圆脖子粗,出生时就有伊尼斯的两倍重,后来体型超过父亲伊耿一世)。由于伊尼斯总在哭(有回甚至连哭了两星期),还不肯喝奶妈的奶,以至雷妮丝王后几乎只能亲自喂他,而王后去世后他哭得如此厉害,仿佛忘记了走路,重新像婴儿那样爬行,令人们担心他能否活下去。谣言纷纷,说他并非"征服者"伊耿的种,因为伊耿是个天下无双的战士,而众所周知,雷妮丝王后宠爱英俊歌手和机智戏子,也许其中某位才是孩子的生父。但谣言后来逐渐低落、乃至消失,因为这病恹恹的孩子居然和龙石岛上孵化的小龙"闪银"产生羁绊,并一起长大。】注

称王后的伊尼斯依然是个梦想家。他聪明伶俐,歌喉婉转甜美,富于个人魅力。他喜欢骑"闪银"飞翔,也喜爱研习炼金术,赞助歌手、戏子和默剧演员。他有很多朋友,也非常受女人欢迎,可惜他太渴望得到肯定,总是优柔寡断,

注:此处及上下文根据马丁的说明补充了伊尼斯与梅葛的性格特征细节。

担心开罪于人。这个缺点给他的统治造成了莫大伤害，最终导致他毫无尊严地早早离世。

"征服者"驾崩不久，坦格利安王朝的挑战者便纷纷出现。先有名为"红心"赫伦的盗匪，自称"黑心"赫伦之孙。他串通一名女儿遭领主侵犯的城堡仆人，通过一道边门拿下赫伦堡，擒获当时的领主、臭名昭著的戈根伯爵（被百姓称为"婚宴客"戈根，他有意参加领内每场婚礼，尽可能伸张初夜权）。戈根伯爵在城堡神木林中被阉割后弃置流血至死，"红心"赫伦自命赫伦堡之主和河流王。

此事发生时，国王正巡游至徒利家族的奔流城。徒利公爵建议采用伊耿对付赫伦的方式——骑上"闪银"从天而降——镇压叛徒，伊尼斯却举棋不定，要徒利公爵出兵镇压。等人马赶到，赫伦堡早已空空如也，忠于戈根的人被杀，"红心"赫伦及其追随者继续落草为寇。

很快谷地和铁群岛叛乱又起，还有一个自称"秃鹰王"的多恩人在赤红山脉中聚集数千部众公然对抗坦格利安家族。加文大学士记录说自认深受爱戴的伊尼斯国王被这些消息惊呆了，甚至打算派使者去询问对方为何造反，而他的处置再度疲软：他起初下令召集大军，准备航往谷地对付反叛的杰诺斯·艾林——此人囚禁了哥哥罗纳公爵——随后又收回成命，担心君临被"红心"赫伦及其追随者趁虚而入，转命首相埃林先讨伐赫伦。国王甚至决定召开大议会讨论对策——对王国而言幸运的是，其他人行动迅速。

符石城的罗伊斯伯爵召集部队，扫灭杰诺斯·艾林的叛军，将其一党困于鹰巢城——虽然这直接害死了被囚的罗纳公爵，杰诺斯将哥哥扔出月门。最终，杰诺斯把鹰巢城当安全避风港的企图落了空，梅葛骑"黑死神"贝勒里恩杀到——这是他一直渴望的坐骑。此前龙石岛上有好几条小龙孵化，梅葛始终不曾尝试驾驭。伊尼斯的妻子阿莱莎为此嘲笑他，他却说"只有一条龙配得上我"，如今这条龙终于归他驱使——把叛党全部处死。艾林家族由胡伯特·艾林继承，他是罗纳和杰诺斯的堂亲，娶了罗伊斯家的人，生下六个孩子。

与此同时，在铁群岛，葛恩·葛雷乔伊大王很快打败自称"终于从流水宫殿中返回"的"牧师国王罗德斯"，将其腌过的人头送给伊尼斯国王。作为回报，伊尼斯让葛恩

自由选择一项恩惠——令王国上下不安的是，葛恩大王要求将教会逐出铁群岛。

至于"秃鹰王"，马泰尔家族几乎不在意境内这场小暴动。虽然戴蕊拉公主向伊尼斯保证马泰尔家族的和平愿望，承诺尽快弭平叛乱，但实际出兵者几乎都是边疆地诸侯，而他们最初并非"秃鹰王"的对手。"秃鹰王"初期的胜利（他攻取并烧毁黑港，割了唐德利恩伯爵的鼻子）让其队伍继续膨胀，极盛时达三万人之多，直到他犯下分兵的大忌——既因缺乏补给，也因自信各路兵马均能退敌——被前首相奥里斯·拜拉席恩和边疆地诸侯各个击破。立下头功的是"蛮人"山姆威尔·塔利，在"秃鹰大猎杀"（广为人知的对"秃鹰王"的追击）中，他的"碎心"剑砍倒数十个多恩人，从剑柄一直染红到剑尖，他抓住了"秃鹰王"，将其锁在山崖上缓缓渴死（但后来的岁月中又有许多人自称"秃鹰王"）。

最初那场叛乱最后才被平定。"红心"赫伦一直逍遥法外，直至被伊尼斯的首相埃林·史铎克渥斯伯爵堵截。赫伦在战斗中杀了埃林大人，继而被首相的侍从所杀。

和平终于降临。国王感谢各大公爵和协助平叛的诸位勇士，尤其是弟弟梅葛王子，他被伊尼斯提拔为国王之手（这项任命后不久，龙石岛上孵出两条新龙，这被认为是"龙王"之子和睦共治的吉兆）。这在当时似是最明智的决定，实际却播下毁灭的种子。

瓦雷利亚人长久以来的传统是族内通婚，以保持血统纯正，但维斯特洛人没这种习俗，教会甚至视为丑恶罪孽。为伊耿加冕的总主教于征服十一年去世，到伊尼斯时代又有六位总

摘自葛尔丹博士的手稿

坦格利安家族的传统是族内通婚，理想情况是兄妹通婚，否则便寻求叔侄通婚、姑侄通婚、舅甥通婚等等。这项传统可追溯到古老的瓦雷利亚，在那里的世家大族中非常普遍，尤其是那些育龙驯龙的家族。智者称"真龙血脉必须保持血统纯正"，许多巫术王子甚至乐意一夫多妻，虽然这比近亲结婚鲜见。智者们写道，"末日浩劫"前的瓦雷利亚尊荣上千个神，却没有一个受人畏惧，因此龙王们的习俗大行其道、无从干预。

但维斯特洛并非如此，教会在此拥有至高无上的权威，通奸被认定是丑恶罪孽，无论父女之间、母子之间、兄妹之间……此等结合生下的后代都是诸神和世人眼中的怪物。事后观之，教会与坦格利安家族的冲突其实无法避免。

左图 | 铁王座上的伊尼斯一世国王

主教相继上任，"龙王"伊耿一直小心翼翼对待教会，对方也暧昧地默许了他一夫多妻和兄妹通婚的事实。伊尼斯王子于征服二十二年与国王的海政大臣和海军上将伊斯恩·瓦列利安伯爵之女、和自己同年的阿莱莎·瓦列利安的婚姻也没引发争议。伊尼斯的祖母出自瓦列利安家族，阿莱莎与他不过是表亲，但当伊尼斯希望让自己的后代延续传统时，矛盾立刻爆发。

伊尼斯的第一个孩子雷妮亚公主于征服二十三年出生后，维桑尼亚太后为保梅葛的继承顺位，提议让两人订婚。总主教强烈抗议，梅葛最终迎娶了总主教的侄女、海塔尔家族的瑟蕾茜小姐。这场婚姻没结出果实，伊尼斯的孩子却越来越多：雷妮亚之后是继承人伊耿（征服二十六年），伊耿之后依次有韦赛里斯（征服二十九年）、杰赫里斯（征服三十四年）和亚莉珊（征服三十六年）。或许出于嫉妒，担任首相两年后的征服三十九年，在兄长的第六个孩子、后来死于襁褓的瓦莱拉公主出生后，梅葛宣布迎娶二房，自称已与新任赫伦堡伯爵之女亚丽·哈罗威秘密结婚。消息传开，全国哗然。由于没有修士愿意出面，婚礼是按瓦雷利亚风俗举办，由维桑尼亚太后主持。

国王和海塔尔伯爵对此都不高兴，总主教大人更严令梅葛抛弃"哈罗威妓女"，回到合法妻子身边。迫于舆论，伊尼斯要弟弟悔婚，梅葛却选择海外流亡，并带走亚丽，扔下原配

瑟蕾茜。

伊尼斯似乎以为事情将到此为止，转而大力营建红堡，但总主教大人并不满意，即便伊尼斯任命著名的神迹施行者墨密森修士接任国王之手，也没能完全弥合与教会的关系。征服四十一年，伊尼斯在长女雷妮亚的婚姻上再次得罪教会，他把她嫁给自己的继承人伊耿（伊耿被封为龙石岛亲王，取代梅葛，而这开罪了维桑尼亚，太后旋即离开宫廷，返回龙石岛），导致繁星圣堂发出一份空前严厉的声明，将国王革出教门，更在信件中直斥其为"怪物国王"。突然间，虔诚的诸侯乃至曾爱戴伊尼斯的老百姓群起响应。

为主持婚礼的缘故，墨密森遭教会革除，两周后，他坐轿子穿过都城时被武装起来的狂热的穷人集会成员剁成碎片。战士之子着手加强雷妮丝丘陵的守备，把思怀圣堂变成对抗国王的堡垒。有些穷人集会成员甚至试图潜入未竣工的红堡内刺杀国王和王室，他们攀越城墙，偷溜进王家居所，只由于一位御林铁卫的英勇，王室才得保全。

面对严重威胁，软弱的伊尼斯携王室抛弃都城，逃回安全的龙石岛。维桑尼亚在岛上要他使用巨龙，以血与火对付繁星圣堂和思怀圣堂，至不济允许她骑瓦格哈尔出动。国王仍举棋不定，他把太后锁进海龙塔中的房间，禁止出入，谣传他犹豫的原因是担心落得生母的下场。

与此同时，战士之子占领君临，中止红堡的营建。布拉佛斯铁金库的使者直接去旧镇洽谈事务，将总主教视为真正的维斯特洛之主。伊尼斯突然患上严重的肠胃病，卧床不起。征服四十一年年底，叛乱蔓延到大半个王国，数以千计的穷人集会成员在道路上游荡，威胁国王的支持者，还有数十位领主起兵反叛。伊尼斯才三十五岁，据说外貌却像六旬老人，加文大学士想尽办法也无力改善国王的健康状况。

维桑尼亚太后接过大学士的担子后，国王的身体短暂好转，但听说自己的儿女进行婚后巡游时遭遇叛军，无处容身，被重重围困在秧鸡厅，却顿时垮了。他于三天后驾崩，跟父王一样依瓦雷利亚旧俗于龙石岛火化，阿莱莎王后和她的孩子韦赛里斯、杰赫里斯及亚莉珊一起参加葬礼，维桑尼亚却没出席，她得知伊尼斯逝世后不久就骑上瓦格哈尔去寻儿子梅葛。

后来，在维桑尼亚死后，传言伊尼斯国王暴毙是她所为，她被指摘为弑亲者和弑君者。难道她不是在各方面都偏袒梅葛吗？难道她不是怀着让自己的儿子君临天下的野心吗？她怎么会真心实意照顾那个她厌恶的继子和侄儿呢？维桑尼亚有诸多值得书写的品格，但怜悯从不在其列，因此这问题永远无法回避……也永远无法得到真正的回答。

左图｜火焚思怀圣堂

梅葛一世

征服四十二年，梅葛一世在哥哥暴毙后继位。他被后世恰如其分地称为"残酷的"梅葛，因他是铁王座从古至今最残忍的主人。他的统治以鲜血开场，在血泊中落幕。诸多史籍异口同声地指斥他的好战和对暴力的渴求——暴力、死亡与绝对君权。不知他是被何种恶魔附体？至今仍有许多人感谢上天，让暴君的统治如此短暂，否则仅为满足一己之私，更有多少高贵家族灰飞烟灭？

伊尼斯一死，维桑尼亚立刻骑上瓦格哈尔飞往东边的潘托斯，接回流放中的儿子梅葛。梅葛也立马骑贝勒里恩随母亲回来，途中停留龙石岛举行加冕式，他选择了父王的瓦雷利亚钢王冠而非哥哥更为华丽的冠冕。

加文大学士当场抗议，指出根据继承法，伊尼斯的长子伊耿王子才应登基。梅葛的回应是宣布大学士为叛徒，判处死刑，并用"黑火"亲自执行，之后廷臣们便噤若寒蝉。一群群乌鸦飞出，带去新王加冕的消息——公告说新王会公正对待忠实的臣民，而对叛徒严惩不贷。

据说伊尼斯的剑术枪法均不弱，足以使他不在比武会中蒙羞，但仅此而已。梅葛则武艺高超，三岁得到第一把剑，十三岁在团体混战中打败身经百战的骑士，随后在征服二十八年的王家比武会中连胜三名御林铁卫，并成为团体混战冠军，声名大噪，同年被伊耿国王用"黑火"赐封为骑士，是当时七大王国最年轻的骑士。成为骑士后，梅葛于征服三十一年打败强盗骑士"三叉戟河的巨人"，又协助海政大臣伊斯恩·瓦列利安扫平石阶列岛的海贼王萨拉索·桑恩。

梅葛最主要的敌人是教团武装——战士之子和穷人集会——对之的镇压贯穿他统治的始终。在君临，教团武装控制了思怀圣堂和尚未落成的红堡，但梅葛毫不畏惧地骑着贝勒里恩飞来，在维桑尼亚丘陵顶升起坦格利安家族的火红龙旗，召唤支持者，数以千计的人起而响应。

维桑尼亚向所有否认梅葛统治权的人提出挑战，战士之子团长"虔诚的"达蒙·莫里根爵士应战，条件是依古代习俗进行"七子审判"，由达蒙爵士和其他六名战士之子对阵国王和国王的六位代理骑士。王国命运全系于此，流传下来的记录和故事数不胜数，并往往互相矛盾。我们能确定的是只有梅葛幸存，而他也在最后的拼斗中头部严重受伤，最后一名战士之子丧命后他便倒地人事不省。

梅葛整整昏迷了二十七天，第二十八日，亚丽王后从潘托斯赶到，带来一位潘托斯美人"塔城"的泰安娜。显然，这是王子流放期间的情人，甚至谣传她也是亚丽王后的情人。维桑尼亚太后见过泰安娜后，便遣走所有学士和

修士,把梅葛交给她单独照料,这让梅葛的支持者们深感不安。

七子审判后第三十日,梅葛在日出时步行登上红堡城墙,站在亚丽·哈罗威和潘托斯的泰安娜之间,数千目击者疯狂欢呼,全城欢庆——当然,不包括在加固的思怀圣堂里晨祷的七百名战士之子。梅葛随即骑上贝勒里恩,毫无预警地从伊耿高丘飞到雷妮丝丘陵,释放出"黑死神"的怒火。思怀圣堂被点燃了,许多人逃跑却死于梅葛布置的弓箭手和长矛兵之手。据说被焚和垂死之人的惨叫萦绕全城,更有学者声称浓烟笼罩君临七天才散。战士之子的精华就此烟消云散,虽然他们在旧镇、兰尼斯港、海鸥镇和石堂镇还有分部,但实力不复旧观。

这仅是梅葛与教团武装战争的开始,这场战争将持续他整个统治期。梅葛重登铁王座后第一道谕令就是要朝都城汹涌而来的穷人集会成员放下武器,否则人人得而诛之。谕令无效。梅葛随即下令"所有忠诚的臣民"拿起武器,镇压衣衫褴褛的教团武装。作为回应,旧镇的总主教召唤"诸神真正的虔诚子孙"为维护教会揭竿而起,推翻"恶龙与怪物"的王朝。

【双方均大举召唤盟友,第一场恶战随即在河湾地的石桥展开。九千名穷人集会成员在"伐木人"渥特带领下横渡曼德河,却被六镇诸侯的联军拦截。穷人集会一半在河南一半在河北,遂被打得溃不成军。未经训练也欠缺纪律的百姓,穿着煮沸皮甲、粗布袍及生锈铁甲的零件,多数人的武器还是伐木斧、削尖木棍和农具,在战场上无法抵挡重甲骑士的冲锋。惨烈的屠杀据说染红了二十里格的曼德河水,之后,世人便将这座桥和桥边城堡都改称"苦桥"。渥特本人被生擒前杀了六名骑士,包括国王军指挥官草谷的梅斗伯爵,这位巨人随后被铁链锁拿押解君临。

与此同时,一支规模更大的教会军在哈利斯·希山爵士带领下来到黑水河的大分叉口。这支军队包括近一万三千名穷人集会成员,外加从石堂镇圣堂赶来的二百名战士之子的骑士,以及河间地和西境十多位叛乱领主带来的数百名骑士和相应的征召步兵。参与贵族包括"武痴小丑"卢伯特·法威尔伯爵、莱昂诺·洛奇爵士、埃林·塔瑞克伯爵、特里斯蒂芬·韦恩伯爵、琼恩·莱彻斯特伯爵等,教会一方总计约两万人。】[注]

梅葛的军队人数与之相仿,但装甲骑兵几乎是对手两倍,还有大批长弓手压阵,梅葛本人亦骑着贝勒里恩参战。尽管如此,这仍是一场惨烈厮杀,"武痴小丑"杀了两名御林铁卫才被女泉镇伯爵砍倒,而梅葛一方的大琼恩·霍格开战后不久就瞎了眼睛,但他继续作战鼓舞士气,最后发起冲锋突破教会军阵线,击溃穷人集会。战斗一直持续到夜幕降临,梅葛取得决定性胜利,虽然大雨削弱了"黑死神"的龙焰,巨龙仍夺去无数生命。

尽管遭遇挫折,教团武装依旧不屈不挠地反抗,他们和梅葛彼此成为不共戴天的死敌。总主教于征服四十三年神秘去世,继任者远为温和变通,但尽管其作出解散"星辰武士团"

前页 | 石桥之战
注:此处根据马丁的说明补充了战斗细节以对应上页插图。

摘自葛尔丹博士的手稿

红堡刚落成，梅葛便下令把雷妮丝丘陵顶上思怀圣堂的废墟、包括惨死于此的战士之子的骨灰清理干净，要在圣堂旧址营建巨大的石制"龙厩"，一座专为贝勒里恩、瓦格哈尔及它们的后代准备的巢穴。后世所称的龙穴就此动工。也许并不奇怪，寻找建筑师、石匠和劳工极为困难，逃亡此起彼伏，梅葛最终不得不从密尔和瓦兰提斯请来建筑师，让他们监督城市地牢里的犯人施工。

和"圣剑骑士团"的努力，却无法缓和流血。梅葛在战争期间添了几个妻子，却始终没有继承人，无论他娶了（或睡了）何方女性，均无成果。他迎娶自己制造的寡妇——那些女人从前丰饶多产——但他的种子生下却是怪胎：畸形、无眼、缺少四肢，乃至雌雄同体。有人说，梅葛真正陷入疯狂就是从这些怪胎诞生开始的。

梅葛的统治至少有一项成就：征服四十五年落成红堡。工程由伊耿国王启动，伊尼斯国王延续，梅葛完成。他超越父兄的计划，在城堡内增建了一座带护城河的城中之城，后来便称"梅葛楼"。更重要的是，他下令挖出秘道和隧道，安置秘密墙和活板门，地道在伊耿高丘下越挖越深。梅葛似乎把欠缺继承人的怨气都发泄在监督工程上，为营建红堡，他一度将王国统治大权交给新任国王之手、岳父哈罗威伯爵。

可叹江山易改本性难移，梅葛最大的成就也不免以惨剧收场。城堡大功告成后，梅葛邀请所有参与的石匠、雕刻师及其他工匠欢宴庆祝。整整三日狂欢后，他突然翻脸，谋害了所有匠人，独享红堡的秘密。

梅葛最终垮台是教会和王族内部共同反抗的结果。征服四十三年，他的侄儿伊耿王子试图夺回依律属于自己的王位，于是爆发著名的"神眼之下"之战。伊耿战死，留下妻子和姐姐雷妮亚及他们的双胞胎女儿，其坐骑"闪银"亦命丧此役。

征服四十五年末，梅葛亲自出马，对叛乱的教团武装发动新一轮清剿，后者并未因新任总主教的呼吁而放下武器。一份同时代的清单表明，梅葛于次年带回两千枚头骨作战利品，声称都是战士之子和穷人集会的头骨，但很多人认为这些不过是在错误的时间出现在错误的地点的平民罢了。国人对梅葛的反感与日俱增。

维桑尼亚太后征服四十四年的驾崩影响深远，纵然梅葛表面上并未慌乱。自他呱呱坠地那天起，她便是他最重要的盟友和支持者，一直致力于助他超越哥哥伊尼斯，为保障他的权利不惜一切代价。在太后死后的混乱中，伊尼

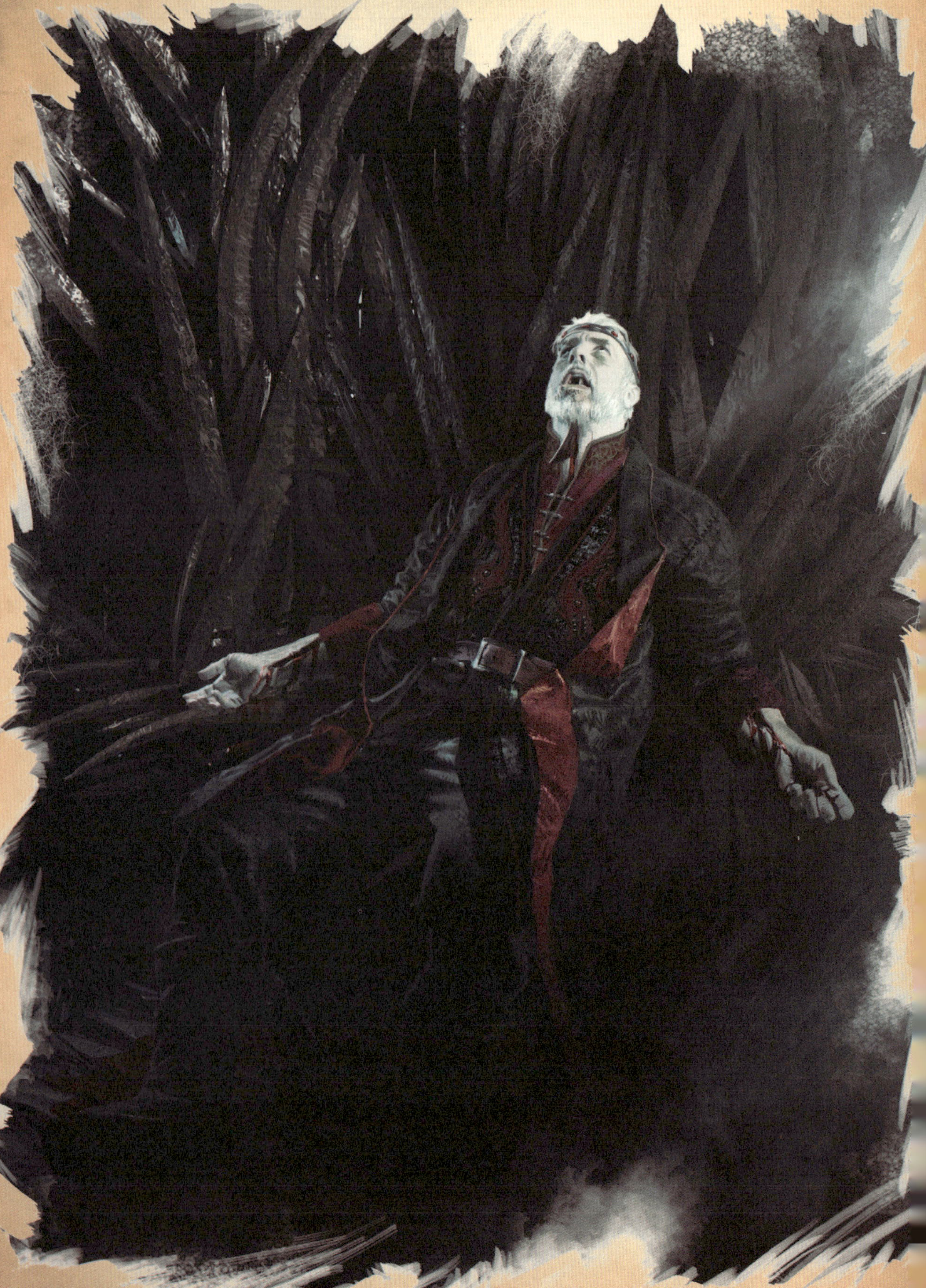

斯的寡妇阿莱莎带着两个孩子杰赫里斯和亚莉珊及维桑尼亚的瓦雷利亚佩剑"暗黑姐妹"一起逃出龙石岛。然而阿莱莎和伊尼斯的次子韦赛里斯王子尚在红堡担任梅葛的侍从，他为此付出了代价。"塔城"的泰安娜审问了他九天，随后梅葛把他残缺的尸体曝于城堡庭院十四天，企图逼迫阿莱莎太后回来收尸。太后没有回来。韦赛里斯丧命时年仅十五岁。

征服四十八年，月亮修士和"山丘的红狗"乔佛里·多吉特爵士领导教团武装会再度举兵，奔流城起而响应。当梅葛的海军上将戴蒙·瓦列利安也倒戈后，许多大家族纷纷跟进。王国受够了梅葛残暴的统治，要将之一劳永逸地终结。大家团结在年轻的杰赫里斯王子周围——王子是伊尼斯和阿莱莎仅存的儿子，年满十四，铁王座依律应属于他。风息堡公爵作为王子最大的助力，被任命为全境守护者和国王之手。雷妮亚王后——梅葛杀伊耿后娶她为妻——得知弟弟起义，便趁王夫熟睡时骑坐骑"梦火"逃走，顺便偷走"黑火"剑。甚至有两位御林铁卫抛弃梅葛，加入杰赫里斯一方。

梅葛的反应迟缓而迷惑，似乎一系列背叛——或许加上失去母亲指导——以独有的方式，像摧毁伊尼斯一样摧毁了他。他召唤忠诚的领主前来君临勤王，来的却只有王领的小诸侯，他们的军队无法对抗梅葛的众多敌人。某晚狼时之后，领主们离开王座厅，留下梅葛独自思索。天亮时，人们发现他死在铁王座上，袍子被鲜血浸透，双手为铁王座的倒刺划开。

"残酷的"梅葛就这样离世，死因众说纷纭。歌手们企图让我们相信是铁王座杀了他，又有人怀疑御林铁卫下手，更有人猜测是逃脱国王罗网的石匠所为，因其知晓红堡中的密道，但也许最有说服力的结论是无法接受失败的梅葛选择自尽。无论真相为何，梅葛长达六年的恐怖统治以一种必然的方式落下帷幕，他的侄儿必须缝补他为七大王国留下的深深伤口。

左图 | 梅葛一世死在铁王座上

"残酷的"梅葛的新娘们

◆海塔尔家族的瑟蕾茜◆

瑟蕾茜是旧镇伯爵马曼佛德·海塔尔之女。征服二十三年,她的叔叔总主教大人反对十一岁的梅葛王子与其刚出生的侄女雷妮亚公主订婚,瑟蕾茜遂于征服二十五年嫁给梅葛。新娘足足大新郎十岁,而王子声称在新婚之夜履行了丈夫职责十余次,却毫无结果。梅葛很快厌倦了无法为自己产下继承人的瑟蕾茜,寻找其他女人。瑟蕾茜在征服四十五年忽然病故,谣传是梅葛下令杀害。

◆哈罗威家族的亚丽◆

亚丽是新任赫伦堡伯爵卢卡斯·哈罗威之女。征服三十九年,她与时任国王之手梅葛秘密结婚,最终导致梅葛远走潘托斯。

梅葛后从潘托斯接回亚丽,封为王后。征服四十四年,她成为国王怀孕的第一位妻子,却很快流产,从她子宫出来的是个没有眼睛的扭曲怪胎。暴怒的梅葛起初怪罪服侍王后的产婆、修女及大学士戴斯蒙,将他们统统处决。"塔城"的泰安娜让国王相信怪胎乃亚丽偷情的产物,国王又处决了亚丽王后、王后的随从及王后的父亲国王之手卢卡斯伯爵,乃至在君临和赫伦堡间网罗捕杀,把哈罗威家族(包括他们的近亲)斩尽杀绝。嗣后埃德威尔·赛提加伯爵被任命为国王之手。

◆"塔城"的泰安娜◆

据说"塔城"的泰安娜乃某位潘托斯总督的私生女,后成为梅葛最让人惧怕的新娘。婚前,

上图 | 从上至下:瑟蕾茜·海塔尔、"塔城"的泰安娜和亚丽·哈罗威;

她从旅馆舞者一路升为交际花，谣传长期研习巫术和炼金术。征服四十二年她与梅葛的婚姻跟梅葛的其他婚姻一样毫无成果。她出任梅葛的情报总管，被称为"国王的乌鸦"，以嗅探秘密的能力受世人畏惧。最终，她承认梅葛的种子产出的怪胎均是她所为，是她毒害了其他新娘。征服四十八年，梅葛亲自行刑，用"黑火"挖出泰安娜的心脏喂狗。

✦"黑新娘"们✦

征服四十七年，梅葛一次婚礼迎娶了三位新娘——三位从前丰饶多产的女人，她们的丈夫要么死在梅葛发动的战争里，要么被梅葛下令杀害。她们是：

✦科托因家族的埃萝✦

埃萝在"黑新娘"中年龄最小，嫁给梅葛时才十九岁，但已替席奥·波林爵士生过三个孩子。席奥爵士被控与阿莱莎太后合谋让其子杰赫里斯王子篡位，遭御林铁卫逮捕，随即被处决——这都是一天之内发生的事。埃萝服丧刚满七天，便被召去与梅葛成婚。她很快再度怀孕，但跟亚丽一样，生下的也是没有眼睛、带小翅膀的死产怪胎。她勉强度过艰难的生产，最终成为梅葛幸存下来的两位妻子之一。

✦坦格利安家族的雷妮亚✦

梅葛在"神眼湖决战"中杀了伊耿王子，雷妮亚逃到仙女岛受法曼伯爵庇护，伯爵藏起公主和公主的双胞胎女儿。然而这对双胞胎最终被泰安娜找到，雷妮亚不得不嫁给梅葛。梅葛指名她女儿艾瑞亚为继承人，以否定阿莱莎的儿子杰赫里斯的继承权。雷妮亚和埃萝一样活过了梅葛的统治。

✦维斯特林家族的简妮✦

简妮夫人高挑苗条，曾嫁给埃林·塔贝克伯爵，后者参加起义军，命丧"神眼湖决战"之役。简妮夫人给伯爵产下遗腹子，证明了生产能力，而凯岩城公爵之子一直在追求她，直到国王将她带走。征服四十七年，她再次怀孕，但足足早产三月，生下另一个死产怪胎，不久也因此身故。

（上图｜从上至下：埃萝·科托因、简妮·维斯特林和雷妮亚·坦格利安）

杰赫里斯一世

杰赫里斯于征服四十八年登基，当时王国被野心勃勃的叛乱诸侯、愤怒的总主教及他残酷的叔叔梅葛一世搞得四分五裂。杰赫里斯加冕时年方十四，总主教亲自举行仪式，为他戴上他父亲的王冠【后来他为自己打造了一顶新王冠，那是镶嵌着七颗不同颜色宝石的黄金头圈】，他母亲阿莱莎太后成为摄政王，罗加·拜拉席恩公爵当上他统治早期的全境守护者和国王之手，指导他治国之道。国王十六岁成年后便娶了妹妹亚莉珊，两人有许多后代（加上夭折的，他们总共有十三个孩子）。

杰赫里斯登基时虽年轻，却有王者风范。他是位优秀的战士，枪箭双绝，马技卓越。他也是驭龙者，坐骑为沃米索尔——这头青铜色和棕褐色的巨兽贝勒里恩和瓦格哈尔之后最大的龙。杰赫里斯还敢想敢为，智慧超乎年龄，并总是寻求和平之道。

他的王后亚莉珊也广受爱戴。她美丽、热情，魅力非凡又聪明机智，精于射箭打猎，又喜欢骑龙飞翔。她是丈夫最信任的助手和左膀右臂，

摘自葛尔丹博士的手稿

征服九十八年，为庆祝杰赫里斯国王登基五十周年，君临举办盛大的比武会，这无疑让王后陛下深感欣慰，因她所有在世的儿孙乃至曾孙辈都回来与她一起欢宴和庆祝。

毫不夸张地说，这也是瓦雷利亚"末日浩劫"以来，头一次有如此多的龙聚集在同一处。长枪比武决赛中，同为御林铁卫的莱安·雷德温爵士和克莱蒙特·克莱勃爵士折断了三十根长枪，杰赫里斯国王最后宣布他们为并列冠军，这被认为是维斯特洛有史以来最精彩的一场决斗。

右图 | 征服九十八年的比武大会

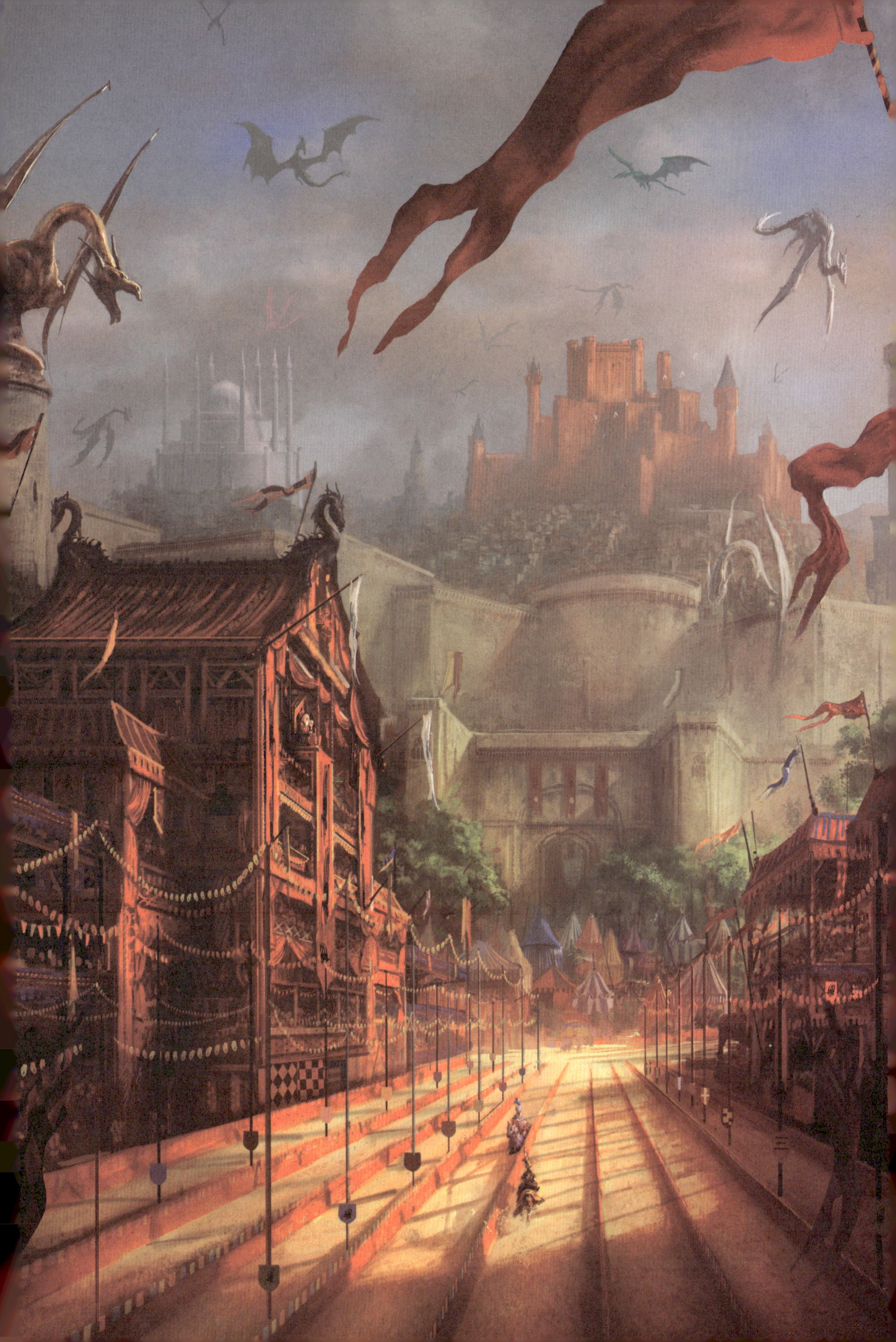

许多人说她和国王共治天下,或许不无道理。在她推动下,杰赫里斯国王不顾许多诸侯反对,终于废除初夜权。她捐献珠宝给守夜人军团营建新城堡"深湖居",以取代庞大、荒芜、维护费用高昂的"长夜堡",她还在"新增地"的赠予上发挥重要作用,为日渐衰落的黑衣人提供新的支持。为感谢和荣耀她,黑衣军团特意将"风雪门"城堡更名"王后门"。

"人瑞王"和"善良王后"在一起生活过四十六年,大多时候十分美好,他们儿孙满堂,多福多寿。

他们也曾两度失和,但每次都在一两年后重归于好。其中第二次失和值得注意,失和原因是杰赫里斯在征服九十二年决定略过孙女雷妮丝——他已故的长子继承人伊蒙王子的女儿——赐封次子"勇敢的"贝尔隆为龙石岛亲王和王位继承人。亚莉珊不理解男人的权利为何比女人优先……而若杰赫里斯认为女人低人一等,那便也不需要她。国王夫妇后来复合了,但"人瑞王"最终比其挚爱的王后活得长久,他在风烛残年孑然一身,据说寂寞犹如裹尸布笼罩宫廷。

若说亚莉珊是杰赫里斯的至爱,巴斯修士就是他的挚友。没有谁像这位直率坦诚又精明

能干的修士那样以如此谦卑的身份升到位极人臣。巴斯乃平民铁匠之子，年轻时被献给教会，在其中崭露头角，得以进入红堡图书馆服务，维护国王的书籍和记录。杰赫里斯国王便是在那里认识了他，很快提拔其为国王之手。许多世家豪门对此疑惑不已——总主教和大主教们更怀疑巴斯有异端思想——但巴斯证明了自己。

在巴斯的辅佐和协助下，杰赫里斯国王进行了空前绝后的国内改革。他的祖父伊耿国王保留了七国各地的律法与习俗，杰赫里斯则创制出第一套统一律法，从北境到多恩边疆地，此后都要遵循它。他大力建设君临——尤其在巴斯关于流水不腐，疏浚排泄物和垃圾大有利于居民健康的理论支持下，着力营建了都城的排水、下水道和水井系统。"和解者"还启动对广阔道路网的修建，日后各条大道终将把君临和河湾地、风暴地、西境、河间地乃至北境连接起来——国王深谙要统一、先修路的道理。这些道路中最伟大者乃国王大道，它延伸数百里格，从都城直达黑城堡和绝境长城。

下图 | 征服一百零一年大议会

"和解者"杰赫里斯一世和"善良王后"亚莉珊得以成年的孩子

上图｜杰赫里斯一世国王和"善良王后"亚莉珊，以及他们的儿子伊蒙王子

✦伊蒙王子✦

死于讨伐占领塔斯岛东半部的密尔海盗的战斗。

✦贝尔隆王子✦
（因出生的季节被称为"春晓王子"，
又称"勇敢的＝"贝尔隆）

征服九十八年，巴斯修士在睡梦中去世，著名的御林铁卫莱安·雷德温爵士继任国王之手，但其英勇的性格和长剑枪矛上的造诣无助于治国。不到一年后，贝尔隆王子接任国王之手，他十分称职，但征服一百零一年狩猎时抱怨身上刺痛，几天内便死于腹胀。

✦维耿博士✦

外号"无龙者"，早年被献给学城，成为博士后，他的戒指、权杖和面具是黄金制品。

✦丹妮菈公主✦

征服八十年嫁给罗德利克·艾林公爵，生产时去世，产下一女爱玛。

✦阿莱莎公主✦

嫁给哥哥"勇敢的"贝尔隆，她的两个儿子日后将戴上王冠。

✦维桑瑞拉公主✦

许配给白港的曼德勒伯爵，却在订婚后不久意外身亡。她是一位精力充沛、性格奔放的少女，因醉酒在君临街巷中狂奔时堕马摔死。

✦玛格娜修女✦

亦被父母献给教会。她不仅成为修女，更以同情心和医术闻名于世。她是征服九十四年"人瑞王"和亚莉珊王后第二次复合的主要原因。她细心照顾患灰鳞病的孩子，自己却被传染，于征服九十六年去世。

✦塞妮拉公主✦

和玛格娜一样被父母献给教会，但缺乏玛格娜的柔和脾性，做学徒时逃出修女院到了狭海对岸。她在里斯待过一段时间，随后去了古瓦兰提斯，经营一所著名妓院度过余生。

✦盖蕊公主✦
（被称为"冬之子"）

盖蕊生性虽有些弱智，却是个甜美的孩子，最受王后宠爱。征服九十九年，她自宫中消失，官方说法是死于热伤风，实际乃投黑水河自尽。一位流浪歌手对她始乱终弃，还在她肚中留下孩子。[注]

注：悲伤的亚莉珊王后不到一年后去世。

在许多人看来，杰赫里斯的首要成就要数实现与教会的和解。穷人集会和战士之子在杰赫里斯即位后不再像梅葛时代那般遭到通缉，他们人数大为减少，且被前朝宣布为非法组织，但依旧顽强生存着，念念不忘恢复过去的荣光。更紧迫的是，教会依传统享有的自治裁判权正引发越来越多的问题，领主们不断抱怨肆意妄为的圣堂，抱怨贪婪的修士侵占邻居和传教对象的领地与财产。

很多人提议采取雷霆手段剿灭教团武装残余，斩草除根以免养虎为患，再度引发祸端；另一些人的关注点在于确保律法面前修士跟其他人一视同仁。杰赫里斯派巴斯修士去旧镇和总主教大人谈判，达成一份长期协议。作为让"星辰武士团"和"圣剑骑士团"的残部放下武器、让教会遵守世俗律法的交换，杰赫里斯国王向总主教庄严宣誓，铁王座从今往后将担起保护和捍卫七神教会的责任。他以这种方式，一劳永逸地解决了王室和教会的大分裂。

杰赫里斯统治晚期的难题实际源于坦格利安家族在他漫长的统治期内人丁兴旺，可能的继承人太多。杰赫里斯不走运地两次失去继承人，第一次前已述及，第二次是征服一百零一年"勇敢的"贝尔隆去世。为彻底解决继承问题，杰赫里斯于同年首度召开大议会，让全国诸侯来做出选择。天下诸侯齐聚一堂，盛况空前，全国城堡中唯有赫伦堡才可容纳。大小领主各自带来封臣、骑士、侍从、马夫和仆人，外加尾随而至的三教九流——营妓、洗衣妇、小贩、铁匠、车夫等等。城堡周围的荒野林立起数千座帐篷，城下小镇赫伦镇一度成为维斯特洛第四大城市。

议会听取并否定了九份较疏远的继承请求，留下两位主要的铁王座竞争者：一位是雷妮丝公主之子兰尼诺·瓦列利安——雷妮丝公主是杰赫里斯的长子伊蒙的长女——另一位是"勇敢的"贝尔隆与阿莱莎公主的长子韦赛里斯王子。此二人的权利均有坚实依据，长幼继承偏向兰尼诺，近亲继承偏向韦赛里斯，后者更是贝勒里恩于征服九十四年离世前骑上它的最后一位坦格利安王子。兰尼诺新近也得到一头龙，那头华美的巨兽被他命名为"海烟"。但国内许多诸侯最关心的是确保男性继承先于女性继承——别提韦赛里斯已有二十四岁而兰尼诺只是七岁小孩。

但兰尼诺拥有一桩独一无二的优势：他父亲是"海蛇"科利斯·瓦列利安伯爵，七国最大的富翁。"海蛇"的姓名袭自首位御林铁卫队长科利斯·瓦列利安爵士，但其声名非如前人那般得自剑、盾和长枪的技巧，而是横跨已知世界的海洋，寻找崭新地平线的伟大航海。科利斯是瓦列利安家族的杰出传人——这个古老而传奇的瓦雷利亚家族被史学家们公认为早在坦格利安家族之前便来到维斯特洛。后来大一统王国的王家舰队主力通常由他们提供，他们之中出了如此多的海军上将和海政大臣，以至这些职位时而显得被他们世袭了。

科利斯·瓦列利安泛游四海，上过北洋也下过南洋，甚至追寻过传说中维斯特洛顶端的海上通路——但他最终让座舰"冰狼号"折返，因为一路只见冰海和巨大冰山。他最伟大的航行是在"海蛇号"上完成的，人们也以此为他的外号。许多维斯特洛船只航行远达魁尔斯，交易香料和丝绸，他走得更远，直至传奇的夷地和雷岛，只一次航行便让瓦列利安家族的财富翻倍。

摘自葛尔丹博士的手稿

在许多人眼中,征服一百零一年的大议会在继承问题上确立了一条牢不可破的先例:无论长幼,维斯特洛的铁王座传子不传女,亦不传给女人的男性后裔。

他在"海蛇号"上共完成九次大航海。最后一次他满载黄金而回,在魁尔斯买下二十艘船,并在船上装满香料、大象和最上等的丝绸。归国途中有些船颠覆了,大象也死了,但据马图斯学士《九大航海》记载,剩下的货物也足以让瓦列利安家族跃居王国首富——乃至暂时超越兰尼斯特家族和海塔尔家族。

科利斯在祖父死后继承家业,利用航海赚得的财富新建家堡高潮城,取代狭小潮湿的潮头堡,并将古老的浮木王座搬进新城——王座是瓦列利安家族的传家宝,传说是人鱼王为达成协议而赠。潮头岛发达的贸易带动船壳镇和香料镇的兴起,它们一度超越君临,成为黑水湾中最重要的港口。

科利斯的声誉、名气和财富极大支持了儿子兰尼诺的权利要求,博蒙德·拜拉席恩公爵、艾拉德·史塔克公爵、布莱伍德伯爵、巴尔艾蒙伯爵和赛提加伯爵也支持他。但他们人数依旧太少,不占主流。负责统计的学士们从未给出精确数字,但据说大议会以二十比一的票数偏向韦赛里斯王子。并未出席最后表决的国王随后赐封韦赛里斯为龙石岛亲王。

杰赫里斯国王在最后的岁月里任命奥托·海塔尔爵士为国王之手,奥托爵士遂把全家带来君临,包括聪明伶俐的女儿阿莉森,她很快在十五岁时成为老国王的忘年交。她为他读书、送餐,甚至帮他沐浴更衣。据说国王有时把她当成自己的女儿,更有恶意者声称她成了国王的情人。

征服一百零三年,被誉为"和解者"和"人瑞王"(他是享年最久的坦格利安统治者)的杰赫里斯一世国王平静地在床上病逝——阿莉森小姐正为他朗读他的朋友巴斯的著作《非自然史》——享年六十九岁。他睿智而卓越地统治了王国五十五年,全维斯特洛为之痛悼,据说连多恩男子也痛哭流涕,多恩女子则为悼念这位如此公正善良的国王而撕破衣衫。他的骨灰和他一生挚爱"善良王后"亚莉珊的骨灰混合,深埋于龙石岛地下。

天下再没有这样的贤君良后。

韦赛里斯一世

经过杰赫里斯漫长和平的统治,韦赛里斯继承了巩固的王位、充盈的国库和祖父五十年来经营累积的人脉【也继承了祖父的七彩宝石王冠】,其统治期成为坦格利安家族的极盛时代。"末日浩劫"以来,从未有如此多拥有瓦雷利亚血统的王子和公主在世,而征服一百零三年到一百二十九年间也是浩劫之后巨龙最多的时段。

然而韦赛里斯统治时期王族内部的竞争也为"血龙狂舞"的大乱种下祸根。韦赛里斯统治早期最大的烦恼来自弟弟戴蒙·坦格利安。戴蒙王子善变、易怒、大胆、果敢和危险,和梅葛一世一样,他十六岁便因超凡武艺受封骑士,杰赫里斯一世亲赐瓦雷利亚钢剑"暗黑姐

上图 | 铁王座上的韦赛里斯一世国王

摘自葛尔丹博士的手稿

戴蒙早在"人瑞王"治下便于征服九十七年与符石城的小姐成婚,但婚姻不成功。戴蒙王子认为艾林谷无聊("谷地人跟绵羊干。"他写道,"也难怪,绵羊也比这里的女人漂亮。"一),很快也厌倦了新婚妻子,他因罗伊斯家族祖传的刻有符咒的青铜盔甲而称其为"我的青铜婊子"。

妹"。大议会召开前,他是韦赛里斯最激进的支持者之一,谣传科利斯·瓦列利安准备调遣舰队来维护儿子兰尼诺的权利时,戴蒙甚至纠集起一支由誓言骑士和老兵组成的小军队。杰赫里斯国王避免了流血,但许多人记得戴蒙随时准备亮剑摊牌。

戴蒙于征服九十七年迎娶谷地古老的符石城的继承人雷娅·罗伊斯。这是一桩门当户对、理应美满的婚姻,但戴蒙不喜欢谷地、更不喜欢妻子,夫妇很快失和。

他们也没能产下后代。韦赛里斯一世虽拒绝了弟弟的离婚请求,却将对方召来辅政。戴蒙先做财政大臣,然后是法务大臣,但不久后他的主要对手、国王之手奥托·海塔尔爵士苦口婆心说服韦赛里斯免除了他的重臣职位。征服一百零四年,韦赛里斯任命弟弟为都城守备队队长。

戴蒙王子改进了都城守备队的装备与训练,让他们披上金袍——都城守备队此后就被称为"金袍子"——王子常和卫兵们一道上街巡逻,于是下至街头无赖、上至富商巨贾,他的大名很快无人不晓,还因习惯免费享用在"食堂"和妓院里赢得了不太光彩的名声。犯罪率迅速下降,许多人说这是因他手段严酷,但受惠的人十分敬爱他,很快将他誉为"跳蚤窝之主"。后来,当韦赛里斯拒绝赐封他龙石岛亲王的头衔时,他又被呼为"首都亲王"。在都城的妓院中,他爱上一位情妇——肤若凝脂的里斯舞者梅莎丽亚,其外貌和名声让熟识的妓女称她"白蛆"小梅。她后来曾在戴蒙驾前担任情报总管。

许多人说戴蒙在大议会上对哥哥坚定不移的支持是因相信哥哥会立他为继承人,但韦赛里斯心目中早有继承人选:雷妮拉,他与表妹艾林家族的爱玛王后所生的唯一一个孩子。雷妮拉生于征服九十七年,极受父亲宠爱,韦赛里斯无论上哪里都带着她——甚至带进议事厅,鼓励她近距离观察和学习为君之道。眼见国王的偏爱,朝中众人也迎合奉承她,许多人奉上贺礼,公主的童年可谓在马屁精环绕中度过。因其聪明和早熟——这位漂亮女童七岁就成为驭龙者,坐骑为母龙叙拉克斯,依一位瓦雷利亚古神取的名——歌手们赞她"王国之光"。

征服一百零五年,公主的生母终于为国王

产下夫妻俩期盼已久的儿子【早前爱玛曾产下一子，但孩子死于襁褓】，自己却死于生产，而这个叫贝尔隆的婴儿也只比母亲多活一天。戴蒙在丝绸街某家妓院中醉了酒，笑称这个孩子是"一日继承人"，他的冷漠大大刺激了韦赛里斯一世，被无休止的继承争议搞得烦不胜烦的国王遂不顾征服九十二年和征服一百零一年大议会的先例，正式赐封雷妮拉为龙石岛公主和王位继承人。国王举办盛大的效忠仪式，公主坐在父亲脚边，数百位领主跪在她面前宣誓维护她的权利。【但戴蒙王子不在其列，王子忿忿不平地离开君临去龙石岛，他让情妇梅莎丽亚怀了他的孩子，还送上一颗龙蛋。韦赛里斯极为不满，严令弟弟交还龙蛋，并回到谷地的法定妻子身边。戴蒙送梅莎丽亚去里斯，但船只在狭海遭遇风暴，导致流产，自此兄弟不睦。】

征服一百零五年发生了另一件影响深远的事：克里斯顿·科尔爵士加入御林铁卫。克里斯顿生于征服八十二年，乃黑港城唐德利恩家族属下某位事务官之子，在庆祝韦赛里斯登基于女泉镇举办的比武会上引起宫中注目——他不但赢得团体混战，还是长枪比武的亚军。

克里斯顿·科尔爵士黑发碧眼，仪表堂堂，很快深得宫中仕女青睐——尤其是雷妮拉公主。公主对科尔怀着孩子般的喜爱，称他"我的白骑士"，乞求父亲让他做她的私人护卫。国王答应了女儿，从此科尔爵士便追随公主左右，比武时也总佩戴她的信物。接下来数年间，人们说公主眼中只有克里斯顿爵士，我们有理由怀疑不止如此。

在奥托·海塔尔爵士鼓动下，韦赛里斯国王宣布续弦，迎娶奥托爵士的女儿和"人瑞王"的忘年交阿莉森小姐，这让事态更为复杂。王国总体上欢迎国王再婚，已被确认为继承人的雷妮拉也向父王的新娘伸出友谊之手——她俩在宫中早已熟识——但谷地的气氛就远谈不上欢欣。据说戴蒙王子鞭打了把消息带给他的仆人，而潮头岛的科利斯伯爵与雷妮丝公主也失望地发现国王拒绝了他们的女儿兰娜尔。

韦赛里斯国王与阿莉森的结合导致戴蒙王子与"海蛇"联手。戴蒙厌倦了等待那顶似乎渐行渐远的王冠，决定打造自己的王国。由于"三女儿的王国"或曰"三城同盟会"，由里斯、密尔和泰洛西成功抵御瓦兰提斯的联盟发展而来，起初受七大王国赞赏，但很快变得比它们驱逐的海盗更可恶——气焰愈发嚣张，戴蒙王子和科利斯·瓦列利安找到了共同的对手。

战争始于征服一百零六年，"海蛇"提供舰队，戴蒙骑科拉克休参战，而他的个人魅力吸引了大批贵族家中排行靠后的儿子及无地骑士前来效命。韦赛里斯国王也支持这场战争，送来黄金资助弟弟和"海蛇"雇用人手、购买补给。

接下来两年，他们连战连捷，战争的高潮是戴蒙王子一对一决斗杀死密尔的海军上将亲王、人称"螃蟹喂食者"的克拉哈斯·达哈尔（时人记载，得知戴蒙于征服一百零九年自立为"狭海之王"后，韦赛里斯国王说弟弟可以留着王冠，"只要不再制造麻烦"），但要宣称最终胜利被证明为时尚早。征服一百一十年，"三城同盟会"派来新舰队和重整的陆军，多恩领也加入他们一方，打击戴蒙羽翼未丰的小王国。

征服一百零七年，阿莉森为韦赛里斯生下伊耿，国王终于有了儿子。王后随后又生下伊耿未来的新娘海伦娜，之后是另一个儿子伊蒙

德。随着儿子们出生，继承问题再度被摆上台面——对此最热心的无过于王后和王后的父亲国王之手奥托爵士，他急于看到自己的血脉超越爱玛的血脉，但步子迈得太大，结果于征服一百零九年被解职，取代他的是得力的法务大臣莱昂诺·斯壮伯爵。在韦赛里斯国王眼中，继承问题早已澄清，雷妮拉是王位继承人，他不想再听任何辩解——尽管根据征服一百零一年大议会的先例，男人永远比女人优先。

当时流传下的记录和信件频频提及"后党"

上图｜"首都亲王"戴蒙·坦格利安和他的"金袍子"

和"公主党"——又多被形象地称为"绿党"与"黑党"——两党分立的直接导火线是征服一百一十一年的比武会。据说在那场比武会上,美丽的阿莉森王后一袭绿裙服,雷妮拉则引人注目地用坦格利安家族的红与黑来打扮自己,彰显继承权。"狭海之王"戴蒙·坦格利安也从战争中抽身前来参加比武会。当科拉克休降落时他头戴王冠,但随即跪在哥哥面前,除下冠冕献上,以示忠顺。韦赛里斯让弟弟平身,把王冠送还,还吻了弟弟的双颊,邀弟弟重新加入御前会议。尽管兄弟俩有诸多嫌隙,但韦赛里斯真心爱着弟弟。场上众人为国王兄弟俩欢呼——欢呼声最响亮的莫过于喜爱叔叔华丽风格的雷妮拉。或许不只是喜爱……我们看到的记载并不一致。

但短短数月后,戴蒙再次被流放。原因何在?各方记载再度大相径庭。有的人,如先后出任大学士的鲁内特尔和慕昆,认为韦赛里斯国王和戴蒙王子发生争吵(他们的兄弟之爱无助于弥合他们时时的意见分歧),最终戴蒙离开;另一些人说是阿莉森(也许在奥托爵士怂恿下)劝说韦赛里斯必须赶走戴蒙。

在这个问题上,我们还有两本珍贵的记录可供参考。其一是尤斯塔斯修士的《韦赛里斯一世国王的统治及随后的"血龙狂舞"》,写于内战刚结束时,其人行文固然晦涩冗长,但长期身处坦格利安王朝权力中心,对很多事件的记述极为准确;另一本是"蘑菇"的《"蘑菇"的证词》。"蘑菇"是身高仅三尺、头颅巨大(命根子也大得出奇,若他的话可信的话)的侏儒,身为宫廷小丑,时人认为是个弱智,因而在他面前说话毫无顾忌。他声称《证词》忠实记录了自己在宫中多年见闻。《证词》由一位姓名不传的文书笔录,充斥着各种阴谋、暗杀、幽会、偷情等见不得光的宫廷轶事——"蘑菇"将这些事描述得纤毫毕现。尤斯塔斯修士的作品和"蘑菇"的证言往往互相矛盾,但在某些问题上却惊人地一致。

尤斯塔斯声称戴蒙王子和雷妮拉公主被亚历克·卡盖尔爵士捉奸在床,韦赛里斯为此将弟弟赶出宫去。"蘑菇"讲了一个不同版本的故事:雷妮拉公主眼中只有克里斯顿·科尔爵士,但骑士屡次拒绝她的求欢之意。公主的叔叔提出指导她床技,好让她顺利诱惑纯洁的克里斯顿爵士打破誓言。可等她自觉就绪,再次邀约骑士时——"蘑菇"发誓说克里斯顿爵士跟老修女一样守身如玉——却只让对方感到惧怕和恶心。而"指导床技"一事很快被韦赛里斯得知。

无论哪个版本是真的,可以确认的是戴蒙的确请求迎娶雷妮拉,只要韦赛里斯解除他与雷娅夫人的婚姻。韦赛里斯拒绝了,他把戴蒙永远放逐,再踏上七大王国便是死刑。于是戴蒙回到石阶列岛继续自己的战争。

右图 | 戴蒙·坦格利安将王冠献给韦赛里斯一世

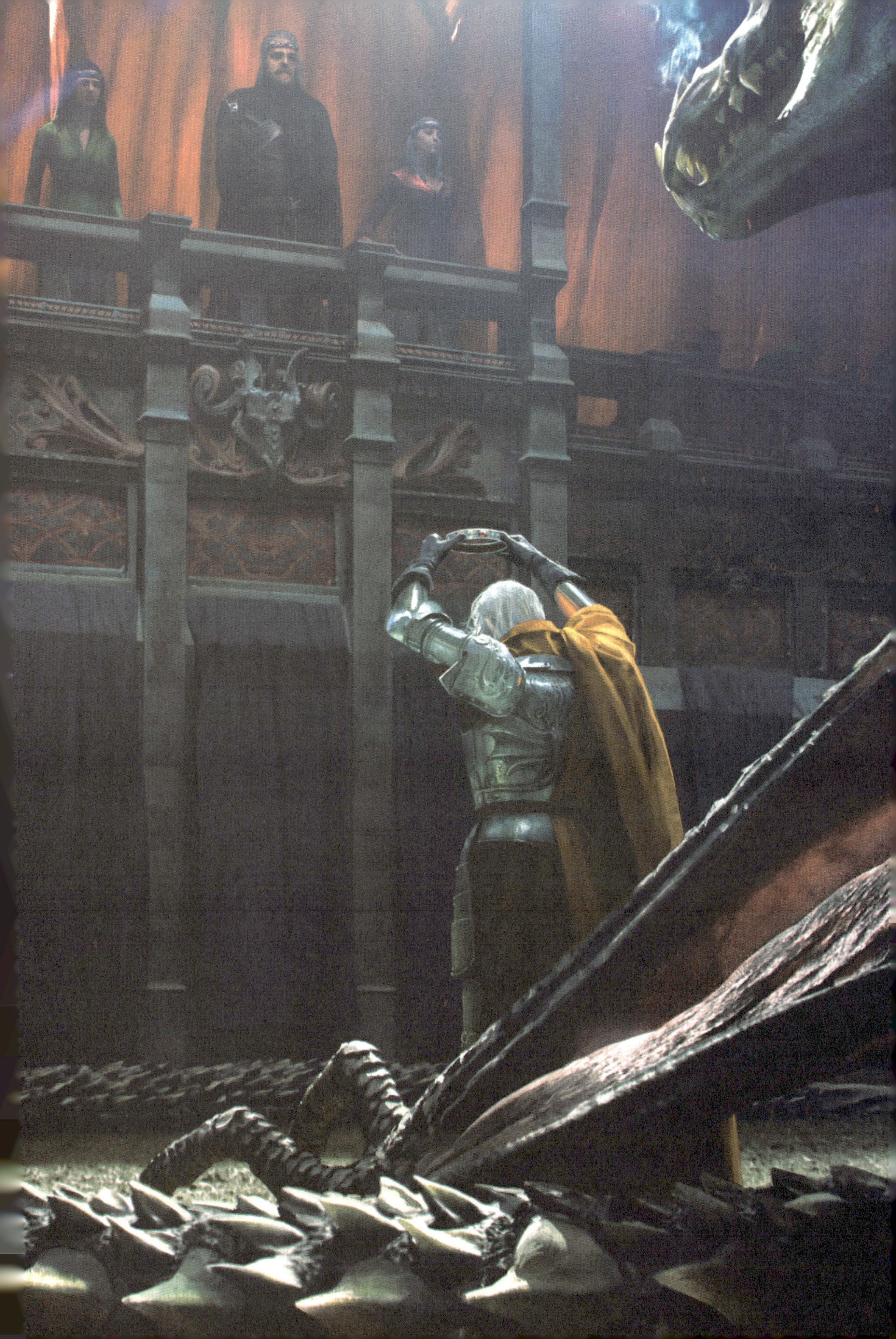

上图｜"王国之光"雷妮拉公主

征服一百一十二年，哈罗德·维斯特林爵士去世，克里斯顿·科尔爵士继之为御林铁卫队长。征服一百一十三年，雷妮拉公主成年。之前数年已有若干贵族向她求爱（包括外号"碎骨人"、被认为是当时七大王国最强壮骑士的赫伦堡继承人哈尔温·斯壮爵士），献上各种礼物（像杰森·兰尼斯特爵士和泰兰·兰尼斯特爵士这对孪生兄弟在凯岩城做的那样），甚至为她的信物决斗（例如布莱伍德和布雷肯两位伯爵的儿子）。有人提出把公主嫁给多恩亲王，促成七大王国一统。阿莉森王后（及其父奥托爵士）理所当然地想让公主和自己的儿子伊耿王子成亲，尽管王子几乎比公主小十岁。然而两个孩子向来不和，韦赛里斯也心知肚明王后替儿子求亲是出于野心，并非因为伊耿对雷妮拉的爱。

　　韦赛里斯忽略了所有求婚者，他心仪的人选是"海蛇"和雷妮丝公主的儿子兰尼诺——征服一百零一年大议会上韦赛里斯本人的竞争者。兰尼诺不仅有龙血，他还有一条龙——华美的灰白巨兽，被他命名为"海烟"——况且这桩婚事可以融合坦格利安家族在一百零一年大议会上对立的两支。但有一个棘手问题：十九岁的兰尼诺从未与任何女人亲密乃至生下私生子，他更喜欢同龄侍从的陪伴。相传梅罗斯国师对此有过精辟见解："这有什么关系？我不喜欢鱼，但端上桌的鱼也照吃不误。"

　　雷妮拉公主另有打算，或许正如尤斯塔斯修士声称的那样，她暗自倾心戴蒙王子；也或如"蘑菇"兴高采烈提示的那般，公主始终想把克里斯顿·科尔引诱上床。但总之韦赛里斯不顾公主强烈反对，声明她若拒婚，便重新考虑继承问题。紧接着发生了克里斯顿·科尔爵士和雷妮拉公主的最终决裂，至今我们仍弄不清这是他俩中的谁触发的。是公主又一次引诱骑士吗？是骑士在公主大婚前终于承认了对她的爱，试图与她私奔吗？

　　真相不得而知。我们同样不知科尔离开她以后，她便将贞操（假如她还有的话）献给哈尔温·斯壮爵士——一位远比科尔行为不检的骑士——的说法的真假。"蘑菇"说自己发现他俩上床，但他的话有一半不是真的——另一半也往往让人难以置信。我们能确定的是，雷妮拉公主和新受封的兰尼诺爵士于征服一百一十四年成婚，为庆祝婚礼照例举行了比武会，而在比武会上，雷妮拉以"碎骨人"为新的代理骑士，克里斯顿·科尔爵士则首度戴上阿莉森王后的信物。关于这场比武会，各方

嫁给戴蒙前，兰娜尔与布拉佛斯前海王的儿子订婚近十年，但那位青年凭仗父亲的权势，肆意挥霍财富，又在高潮城饱食终日，科利斯伯爵引以为耻。因此戴蒙丧偶后造访兰娜尔（据说兰娜尔极其可人）并与"海蛇"达成秘密婚约也就不足为奇了。戴蒙王子冷酷无情地挑衅兰娜尔的布拉佛斯未婚夫，迫使对方不得不与他决斗。海王的浪荡子就此落幕。

记载异口同声地描述了科尔怀着忿怒参赛，打败所有对手——包括粉碎"碎骨人"的锁骨和手肘，以至"蘑菇"改称其为"骨折人"——而他造成的最大伤害莫过于将兰尼诺最宠爱的英俊骑士、人称"热吻骑士"的乔佛里·隆莫斯爵士打下马，浑身是血、人事不省的乔佛里爵士被抬离比武场，苟延残喘六天后死去，兰尼诺为此流下悲伤悔恨的眼泪。

婚后兰尼诺爵士即刻返回潮头岛，许多人怀疑他和妻子是否圆房。夫妇俩大部分时间分居，一个在龙石岛，一个在潮头岛。但若国人曾为公主能否诞下继承人担心，他们并没有等待太久。征服一百一十四年的最后时日，雷妮拉产下一个健康男婴，她命名为杰卡里斯（未按兰尼诺爵士期望的那样取名乔佛里），这个孩子被朋友和家人亲切呼为"小杰"。可疑的是……雷妮拉乃真龙血脉，兰尼诺爵士也从瓦雷利亚先祖那里继承了鹰钩鼻、精致相貌、银白头发和紫色眼瞳，为何杰卡里斯却是棕发棕眼狮子鼻呢？许多人看看王子，又看看强壮的哈尔温·斯壮爵士——爵士现已成为"黑党"首脑和雷妮拉的御用骑士——暗自纳闷。

雷妮拉与兰尼诺·瓦列利安爵士随后又生下两子：路斯里斯（昵称"小路"）和乔佛里，每个孩子都很强健，每个孩子都是棕发狮子鼻，与父母截然不同。"绿党"风传这三个孩子都是"碎骨人"的种，许多人怀疑他们能否驭龙。但在韦赛里斯命令下，三颗龙蛋被放进三个婴儿的摇篮，而这些蛋都孵化了，生出巨龙沃马克斯、阿拉克斯和泰雷克休。国王本人无视所有谣言，决意继续以雷妮拉为继承人。

征服一百二十年发生了四场悲剧，它被永远铭记为"红色春天"（不可与征服二百三十六年的"血色春天"混淆），直接导致"血龙狂舞"。第一场悲剧是兰尼诺的姐姐兰娜尔·瓦列利安的死。兰娜尔一度被认为是韦赛里斯国王可能的续弦对象，后来在戴蒙王子的配偶雷娅伯爵夫人于谷地狩猎身亡后，于征服一百一十五年嫁给王子（戴蒙已厌倦石阶列岛，放弃王冠，后有五人继位为"狭海之王"，直到这个佣兵"王国"最终覆灭）。

兰娜尔给戴蒙生下一对孪生女儿：贝妮拉与雷妮亚。韦赛里斯国王虽然一开始被这桩未经他允许的婚姻激怒，但仍在征服一百一十七年不顾御前会议反对，允许戴蒙带女儿们入朝——因他依然爱着弟弟，也许还希望做了父亲的戴蒙能更成熟。征服一百二十年，兰娜尔再度怀孕，最终产下戴蒙期盼已久的儿子。但从她子宫出来的孩子扭曲畸形，没活多久，兰娜尔很快也随之而去。

对兰娜尔的父母科利斯伯爵和雷妮丝公主而言，这一年的悲伤远未到头。正当他们哀悼女儿时，却得知儿子也忽然殒命。所有记载都说兰尼诺是在香料镇的市集上被谋杀的。尤斯塔斯修士指控兰尼诺的朋友和同伴（甚至可说是情人）科尔·奎瑞爵士，据说兰尼诺喜新厌旧、试图抛弃此人，于是争执发生，刀兵相交，兰尼诺被杀，科尔爵士亡命天涯后销声匿迹。"蘑菇"的故事更黑暗，他说戴蒙王子买通奎瑞谋害兰尼诺，以便迎娶雷妮拉。

第三场悲剧是阿莉森的儿子们和雷妮拉的儿子们之间发生的丑陋争吵。没有龙的伊蒙德·坦格利安试图骑上已故兰娜尔夫人的坐骑瓦格哈尔，男孩们开始推搡，随后拳脚相加，因伊蒙德嘲笑雷妮拉的儿子们是"斯壮"——最终年幼的路斯里斯王子拿小刀刺进伊蒙德的眼睛，从此伊蒙德成了"独眼"伊蒙德，不过他赢得了瓦格哈尔（数年后的内战中，他抓住机会报了一眼之仇，王国却为此付出惨痛代价）。

韦赛里斯不得不出面解斗，声明无论男女、任何人敢再质疑雷妮拉的儿子们的身世就要被拔掉舌头。然后他命阿莉森带孩子们返回君临，雷妮拉及其孩子们留在龙石岛，以免继续争吵。伊利克·卡盖尔爵士作为雷妮拉的随身护卫在龙石岛侍奉，代替被遣回赫伦堡的哈尔温·斯壮爵士。

最后一场悲剧——许多人认为最不值得关注——是赫伦堡火灾烧死了莱昂诺伯爵及其长子继承人哈尔温爵士。认为此事不值得关注的人目光短浅。年老疲惫的韦赛里斯对治国已然逐渐失去兴趣，现在又失去了国王之手，而雷妮拉不仅失去丈夫，还——如某些人宣称的那样——失去了情夫。对于这场火灾，一些记载认为纯属意外，另一些人则认为事有蹊跷。他们相信是"弯足"拉里斯——国王的审问官之一，莱昂诺伯爵的幼子——为得到赫伦堡暗中捣鬼。某些历史学家甚至暗示背后有戴蒙王子的阴谋。

国王没有选拔新的国王之手，而是在阿莉森的劝促下从旧镇召回奥托爵士，令其复职；雷妮拉也没为过世的丈夫服丧，她终于如愿嫁给叔叔戴蒙王子。征服一百二十年的最后几日，她甚至为戴蒙生下其第一个儿子，并以"征服者"之名命名为伊耿（阿莉森王后得知后勃然大怒，因其长子也以"征服者"之名命名，两个伊耿随后被称为大伊耿和小伊耿）。征服一百二十二年，雷妮拉和戴蒙生下第二个儿子韦赛里斯。韦赛里斯不像小伊耿或他同母异父的瓦列利安兄弟那么健壮，但生性早熟。然而放在他摇篮里的龙蛋没有孵化，许多人认为是

上图｜雷妮拉公主诸子（从左到右：杰卡里斯、乔佛里和路斯里斯）

个恶兆。

矛盾就这样不断发酵，直到征服一百二十九年韦赛里斯一世命定的病逝之日。他的儿子大伊耿迎娶了他的女儿海伦娜，海伦娜为伊耿生下双胞胎杰赫里斯和杰赫妮拉（后者是个奇怪的孩子，成长得慢，也不像其他孩子那般爱哭爱笑），征服一百二十年又生下一个男孩梅拉尔。在潮头岛，"海蛇"渐渐体虚，卧病在床。走到人生暮年但性格依旧爽朗的韦赛里斯于征服一百二十六年主持审判时被铁王座所伤，伤口很快感染，最终格拉底斯大学士（他本在龙石岛为雷尼拉公主服务）不得不截掉国王两根手指。但这不足以让国王康复。征服一百二十八年与一百二十九年相交之际，韦赛里斯的健康状况越来越糟。

征服一百二十九年三月三日，给孙子杰赫里斯和杰赫妮拉讲完他们的高祖父及其王后与绝境长城外的巨人、长毛象和野人战斗的故事后，国王累了，他遣走孩子们，随即陷入长眠。韦赛里斯一世一共统治了二十六年，这是七大王国的极盛期，却也播下家道败落和最后的巨龙消逝的种子。

上图 | 韦赛里斯国王诸子（从左至右：伊耿、戴伦和伊蒙德）

伊耿二世

诚如歌手们和慕昆学士所取之名，"血龙狂舞"是有史以来最血腥残酷的战争，且是所有战争中最恶劣的一种——血亲内斗。尽管韦赛里斯对雷妮拉的偏爱毫不动摇，但他尸骨未寒，王后及御前会议仍说服伊耿王子继承王位（伊耿选择伊耿一世的瓦雷利亚钢王冠，杰赫里斯与韦赛里斯的王冠则被人偷到龙石岛上为雷妮拉加冕）。龙石岛公主雷妮拉得报后陷入狂怒，她正在龙石岛上分娩，等待为戴蒙王子生下第三个孩子。

产后，雷妮拉立刻备战。在王族内部及各大诸侯中，她和阿莉森各有党羽，她们也各自

摘自葛尔丹博士的手稿

龙石岛上听不到一声欢呼，海龙塔的厅堂和楼道回荡着雷妮拉·坦格利安的房间传出的凄厉尖叫。公主临盆辛苦了三天。孩子本该下月出世，但君临传来的消息让公主陷入狂怒，以致早产，似乎腹中婴儿也与母亲感同身受，挣命要来人间发泄怒火。

公主生产时一直在恶毒诅咒，召唤诸神的怒火惩罚她的异母弟弟们和他们的母亲太后陛下。她历数在处死他们之前要施加的酷刑，她也诅咒腹中的孩子。"快出来！"公主尖叫着用指甲抓挠大肚子，学士和产婆急忙把她死死按住。"你这怪物，怪物！出来，出来，快出来！"

好容易才诞生的女孩确实是个怪物：一个扭曲畸形的死婴，心脏处是个大洞，还生了一条带鳞片的短尾巴——至少"蘑菇"是这么说的。侏儒告诉我们，将这小东西抱到庭院里火化的正是他。生产次日，靠罂粟花奶镇痛后，雷妮拉公主将死婴取名为维桑尼亚。"她是我唯一的女儿，却被他们害死。他们偷走我的王冠，谋杀我的女儿，他们会为此付出代价。"

战争之初伊耿二世的主要支持者是海塔尔伯爵和兰尼斯特公爵，很快又有拜拉席恩公爵加入。徒利公爵想为国王而战，无奈年老体衰、卧病在床，他的孙子违背他的意愿。雷妮拉的主要支持者是公公瓦列利安伯爵、表亲简妮·艾林夫人和史塔克公爵（虽然史塔克的支援来得很晚，他在入冬前把能用上的人手全部留下帮助收割）。葛雷乔伊大王以女王之名袭击西境，大出伊耿国王意料，国王本指望铁民支持自己。徒利家族的势力最终完全违背已故徒利公爵的想法，加入雷妮拉一方。至于提利尔家族和多恩人，他们在整场战争中保持中立。

上图｜路斯里斯和他的龙阿拉克斯之死

在坦格利安家族长期盘踞的龙石岛，百姓将来自异乡的美貌统治者视为近乎于神的存在。许多被坦格利安领主开苞的处女倘能生下"龙种"，便自认受到祝福。正因如此，龙石岛上不少居民委实——至少也很有可能——流着坦格利安家族的龙血。

有龙，而这果然引发大祸。王国随即发生前所未有的大流血，多年以后伤疤才勉强愈合。

"蘑菇"关于阿莉森王后将"一撮毒药"下在王夫的葡萄酒中、毒死韦赛里斯的说法或许可以无视，事实上，"血龙狂舞"的第一滴血属于年迈的财政大臣毕斯柏里伯爵。老大臣坚称雷妮拉才是韦赛里斯真正的继承人，必须为公主加冕。至于密谋者如何除掉这个障碍，各方记载不一。有人说他被丢进黑牢，感染风寒而死；又有人说是克里斯顿·科尔爵士——即将被人们称作"拥王者"的御林铁卫队长——用匕首在议事桌边就地割了老人的喉咙。"蘑菇"不同意这种说法，他说科尔将毕斯柏里扔出窗外—但值得一提的是，"蘑菇"此时与雷妮拉一道身在龙石岛。

"血龙狂舞"早期发生的谋杀远不止于此，最令人悲伤的无过于雷妮拉之子、小王子路斯里斯·瓦列利安和伊耿的长子继承人杰赫里斯的死。

风息堡宫廷中无数双眼睛见证了小路·瓦列利安的死，对此的记述相当清晰。小路被母亲派往风息堡争取博洛斯公爵的支持，赶到却发现伊蒙德·坦格利安抢先一步。伊蒙德比路斯里斯年长、强壮，也更残忍——而且他痛恨路斯里斯，因为九年前后者夺去他一只眼睛。博洛斯不许伊蒙德在拜拉席恩的厅堂里复仇，但声明对自家屋檐外发生的事不予干涉。于是伊蒙德王子骑上瓦格哈尔，追击骑在年轻的阿拉克斯上逃亡的路斯里斯。小王子及其坐骑——他们受阻于风息堡外肆虐的风暴——在城内众人眼中直直坠入大海，双双殒命。

所有记载都说雷妮拉听到消息就垮了，但路斯里斯的继父戴蒙·坦格利安王子没有倒下。得知路斯里斯的死讯后，戴蒙王子给龙石岛送信："以眼还眼，以子偿子，路斯里斯的大仇必报。"他曾是"首都亲王"，如今在君临的食堂和妓院间仍有很多朋友，其中最重要的是曾经的情妇"白蛆"梅莎丽亚。她替他安排复仇计划，雇了被后世史家分别称为"鲜血"、"奶酪"的打手和捕鼠人。出于职业关系，捕鼠人知道梅葛的所有密道，于是"鲜血"和"奶酪"神不知鬼不觉潜入红堡，擒住海伦娜王后及其三个孩子……并要伊耿二世的妻子做一个残酷的选择：她要三个孩子中哪个去死？王后哭泣、哀求，提出自己来偿命，但最终她被迫挑选梅拉尔——她年幼不懂事的小儿子。然而"鲜血"和"奶酪"杀的却是杰赫里斯，在母亲恐怖的尖叫中，凶手们带着王子的头颅逃之夭夭。他

们好歹遵守诺言，只要了伊耿一个儿子的命。

这场漫长而野蛮的战争伴随着诸多谋杀。杰赫里斯死得悲惨，但代替他活下去的弟弟小王子梅拉尔也没活多久。御林铁卫瑞卡德·索恩爵士受命将其秘密带到旧镇，接受海塔尔家族庇护，却在苦桥为暴民所阻并遇害。随后大批暴民哄抢幼儿，竟把梅拉尔活活撕碎。海塔尔伯爵为报复踏平苦桥，并拿卡斯威男爵夫人问罪。夫人苦苦哀求，她的孩子们才被饶过性命，她自己则吊死在自家城墙上。

就连御林铁卫也不免同室操戈。克里斯顿·科尔爵士派亚历克·卡盖尔爵士潜回龙石岛，伪装成孪生兄弟伊利克·卡盖尔爵士，伺机行刺雷妮拉（或雷妮拉的孩子们，记载在此并不一致）。凑巧的是，亚历克爵士和伊利克爵士

上图和107页图｜雷妮丝公主骑乘梅丽亚斯攻击骑乘"阳炎"的伊耿二世国王

正好在城堡某个大厅中相遇。歌手们说他俩交手前互诉爱意,在感情与责任的煎熬中苦斗了一小时,最终流着眼泪死在彼此怀中。自称目睹决斗的"蘑菇"却说实情非常残酷:兄弟俩互斥对方为叛徒,下手毫不留情,须臾间便双双受了致命伤。

与此同时,克里斯顿·科尔爵士决定惩罚"黑党逆臣"——忠于雷妮拉的王领封臣。他依次拿下罗斯比城、史铎克渥斯堡和暮谷镇。但鸦栖堡的斯汤顿伯爵预先得知科尔进犯,遂关门避战,并派一只乌鸦去龙石岛求援。

前来应援的是雷妮丝公主——时年五十五岁,却跟年轻时一样坚定无畏——及其坐骑"红女王"梅丽亚斯。但科尔也有巨龙支援:伊耿二世骑"阳炎"亲自出马,他弟弟"独眼"伊蒙德骑着当时最大的龙瓦格哈尔。

时人记载,"无冕女王"雷妮丝公主没有临阵退缩。她发出一声欢悦的呐喊,鞭子一挥,驱策梅丽亚斯正面迎战。只有瓦格哈尔和伊蒙德自战斗中全身而退;"阳炎"残废了,伊耿二世国王将将保住性命,落得多根肋骨折断、骨盆摔碎,还烧伤半边身体,其中左臂伤情最严重——龙焰如此炽烈,乃至盔甲活生生融进血肉。几天后,人们在"红女王"残缺的尸骸旁找到雷妮丝的尸体,但已烧焦到不堪辨认。

伊耿孤独地度过当年剩下的日子,力图从可怖的伤势中复原,而战火继续熊熊燃烧。伊耿国王占有诸多军事优势,但不包括龙的数量。开战之初,伊耿一方只有四条龙能作战,他的异母姐姐却有八条,并有机会得到更多。龙石岛上有三条失去驭龙者的老龙:亚莉珊王后的老坐骑"银翼";兰尼诺·瓦列利安爵士的骄傲"海烟";杰赫里斯国王死后便无人骑乘的"沃米索尔"。此外另有三条从未被驾驭、可为潜在战力的野龙:"贪食者",龙石岛百姓说它早在坦格利安家族到来前便定居于此(慕昆和巴斯对此深表怀疑);"灰影",它出名的怕人,喜欢吞食跳出海面的鱼;"偷羊贼",长相平平的棕龙,喜欢偷食羊圈里的羊。杰卡里斯王子立誓("蘑菇"在《证词》中声称是自己的提议)不问出身,只要能驭龙便封为贵族。

许多人尝试驾驭龙石岛上无人骑乘的龙。由于野龙更危险,因此毫不奇怪,被骑过的那些龙最先有了新骑手。新骑手中包括一位勇敢高贵的青年，船壳镇的亚当，他母亲船壳镇的玛尔达带着他和他弟弟埃林去尝试骑龙。玛尔达声称自己的孩子是兰尼诺·瓦列利安的种——普遍认为这非常可疑，科利斯伯爵却不话不说就将两个男孩接纳进瓦列利安家族。

亚当得到兰尼诺的龙"海烟"，他弟弟埃林却未能成功骑上"偷羊贼"，并将终生带着背上和双腿上的龙焰烧伤。

"偷羊贼"最终被一名长相平凡、出生低微、脏兮兮的女孩"荨麻"得到，女孩天天给巨龙送来绵羊，直到巨龙接受她。"偷羊贼"和它的骑者参加了战争，但他们的忠诚不若勇敢的亚当爵士那么无可挑剔。"荨麻"和戴蒙王子成了情侣，而这在雷妮拉女王和她的王夫之间打进了一道致命的楔子。"荨麻"——王子爱怜地唤她"阿妮"——比王子和女王都活得长久，内战结束前跟"偷羊贼"一道消失得无影无踪，多年后人们才知道他们的去向。

所有新晋驭龙者中，最糟糕的是酗酒的"醉鬼"乌尔夫，此人受封骑士后又称"白发"乌尔夫；还有高大强壮的铁匠私生子"铁锤"修夫，又称"硬汉"修夫，受封骑士后以"铁锤"为家名。这两人并不满足于驾驭"银翼"和沃米索尔的荣誉，想进一步获得领主地位和发财致富。他们起初为雷妮拉而战，但第一次腾石镇之战中为领主封号临阵倒戈，从此被永远唾骂为"两大叛徒"。两人的下场都很悲惨，均被装作巴结他们的人杀死——一个死于毒酒，另一个被"无畏的"琼恩·罗克顿爵士用"孤儿制造者"斩杀。

"血龙狂舞"期间的战斗难以统计，数不胜数，大半个王国被冲突分裂。人们树起伊耿国王的三头金龙旗，却发现邻居升起雷妮拉女王红龙和新月猎鹰（来自她艾林家族的母亲）、海马（她过世的丈夫）的四分旗。兄弟阋墙，父子残杀，血流成河。

列位诸侯以其支持的国王或女王之名召集起众多军队，若硬要为双方各选出一员大将，那便分别是戴蒙·坦格利安王子和伊蒙德·坦格利安王子。伊耿二世及其坐骑"阳炎"在鸦栖堡与雷妮丝及其坐骑梅丽亚斯的一战中双双身负重伤后，伊蒙德自封全境守护者和王太弟摄政王，甚至戴上哥哥的王冠——"征服者"伊耿的红宝石瓦雷利亚钢王冠——但没有自立为王。

伊蒙德当家是"绿党"的不幸，因他缺乏经验，行事又极躁进，难以统筹全局。戴蒙王子坐镇赫伦堡，伊蒙德轻率地想一举拿下这死对头，不惜放任君临空虚。他占领空城赫伦堡，为此得意洋洋——直到得知对手放弃城堡的真正原因。原来，伊蒙德朝赫伦堡进军时，戴蒙与雷妮拉女王及其新招募的驭龙者们突袭君临，巨龙在都城上空盘旋，金袍军——许多金袍子仍忠于戴蒙——背叛了伊耿指派的指挥官，经过少许流血后便献出各道城门。随后的连番处决中流了更多血，奥托·海塔尔爵士、贾斯皮·威尔德伯爵（法务大臣，因严厉被称为"铁棍"）、罗斯比伯爵和史铎克渥斯伯爵（这两位伯爵先加入雷妮拉一方，后投靠伊耿国王）都被斩首。阿莉森太后被囚禁。但伊耿二世（他仍未自鸦栖堡一战的伤势中复原）及其剩下的孩子——外加拉里斯·斯壮伯爵——却通过秘密通道逃出了红堡。

"**蘑**菇"为亚当和埃林的身世提供了一种颇具说服力的可能：他们实际是科利斯伯爵的儿子。当初伯爵大人在船壳镇的船厂花去很多时日，玛尔达之父正是个造船工。火爆脾气的"无冕女王"在世时，两个孩子默默无闻，远离宫廷。雷妮丝死后，科利斯伯爵便以某种方式……承认了他们。

王国全境被"血龙狂舞"的疯狂所笼罩，而在君临，疯狂导致若干条巨龙一夜之间丧生。出于戴蒙王子的诡计，君临几乎不流血地落入雷妮拉手中，但第一次腾石镇之战后，暴乱迅速蔓延到全城。腾石镇离都城仅六十里格，它遭到最野蛮的洗劫：数千人被烧死，另有数千人试图游过河却被淹死，女孩和成年女人被残忍地奸杀，魔龙在废墟间吞食尸体。海塔尔伯爵在戴伦王子和"两大叛徒"协助下取得的这场大捷在都城引发大恐慌，君临人确信自己是下一个牺牲品。雷妮拉的军队不仅分散而且屡遭挫败，只能靠龙来保卫都城。

对龙的恐惧和多条魔龙在都城内居住的事实，催生了"牧羊人"登上舞台。他之前的身份我们不得而知，他原来的名字也早已失传。有人认为他是个穷乞丐，也有人认为他是早经查封、但仍在王国境内顽强生存的穷人集会成员。无论真相为何，当时他开始在鞋匠广场宣讲，声称龙是恶魔，是不信神的瓦雷利亚的产物，是人类的灾星。数十人听他演讲——很快增加到数百人、数千人。恐惧变成愤怒，愤怒化为嗜血欲望。当"牧羊人"宣布只有清除巨龙才能拯救都城时，民众相信了。

征服一百三十年五月二十二日，"独眼"伊蒙德和戴蒙·坦格利安展开最后的决斗；同日，混乱和死亡笼罩君临。雷妮拉女王逮捕科利斯伯爵，因其帮助被控叛国的孙子亚当·瓦列利安脱逃，"海蛇"麾下众多誓言骑士遂加入鞋匠广场的暴民，他另一些部下甚至试图翻越红堡来营救他，结果被抓住吊死。海伦娜王后坠楼身亡，被环绕梅葛楼的护城河中的尖刺刺穿——有人说是自尽，也有人说是谋杀。当晚，"牧羊人"的暴民扑向龙穴，要把魔龙斩尽杀绝，全城烈焰滔天。

龙石岛亲王、年轻的乔佛里·瓦列利安试图骑上母亲的龙叙拉克斯，飞往龙穴拯救坐骑泰雷克休，但不幸丧命，胯下的龙也未幸免。五花八门的故事和谣言形容了每条龙的死法：有说被砍翻，有说为"牧羊人"所杀，甚至有说"战士"亲自动手。唯一能确认的是，在那个血腥的夜晚，暴民冲进巨大拱顶下攻击铁链捆锁的魔龙，以极惨重的伤亡达成了目标：君临城中的五条龙全部遇害。

现在"血龙狂舞"开始时的龙已有一半丧命，战火却无稍熄之势。暴动发生后不久，雷妮拉仓皇逃离都城。

巨龙或驾驭巨龙的王子们的死没有为内战画上句号，它将一直持续到引发战争（并带走万千生命）的女王和国王相继丧生。先死的是雷妮拉，王夫戴蒙王子丧命后，瓦列利安家族也起来反对她。待君临易主，身无分文的她仓皇逃命，为搭船返回龙石岛不得不变卖王冠。待她登岛，却撞上又添新伤的伊耿二世及其垂死的坐骑"阳炎"。

慕昆据欧维尔的记述而写成的《血龙狂舞真史》中揭示，拉里斯·斯壮预见到君临沦陷不可避免时，便决定将国王转移藏匿，他狡猾地将伊耿送往龙石岛，正确估计到雷妮拉不会在自己的大本营搜捕。国王花去半年时间在一个偏僻渔村养伤，雷妮拉和她大半个宫廷则在君临执政，此间"阳炎"从蟹爪半岛飞来与国王会合，但它残了一边翅膀，飞行笨拙。国王及其坐骑继续躲藏以恢复体力（"阳炎"出来活动时杀了害羞的野龙"灰影"，许多被误导的人声称是"贪食者"所为）。

伊耿国王发现岛上许多人对雷妮拉心怀不满——因为在她发动的战争中失去了儿子、丈夫或兄弟，甚至只为想象中的轻慢——在他们协助下，他夺取了龙石岛，整个过程只花了不到一小时，几乎没有抵抗……除了戴蒙王子的

雷妮拉得知"铁锤"修夫和"白发"乌尔夫在第一次腾石镇之战中骑龙叛变后勃然大怒，以至想逮捕剩下那些为她驭龙的"龙种"，包括亚当·瓦列利安。但"海蛇"预先警告亚当，让他逃走。

年轻的亚当爵士后来英勇战死于第二次腾石镇之役，以生命为代价，在"两大叛徒"的背叛后为自己正名。征服一百三十八年，他的尸骨从鸦树厅被迎回潮头岛，埃林伯爵在墓志铭上只刻了一个词："忠诚"。

雷妮拉逃亡后，都城彻底陷入疯狂，三教九流依次登台，最奇特的无过于被称为"三王之月"的那段时日，两个自立为王者分割了都城。

　　其一为崔斯丹·真火，声名狼藉的雇佣骑士"跳蚤"佩金爵士的侍从。佩金爵士宣称崔斯丹是韦赛里斯一世的私生子。龙穴被攻占、雷妮拉逃亡后，"牧羊人"的暴民统治了大半城区，但佩金爵士将崔斯丹安置到被遗弃的红堡中，开始颁布谕令。待伊耿二世最终夺回都城，崔斯丹恳求在行刑前被正式承认为骑士，他的要求得到了准许。

　　另一个国王更古怪，乃是被称为"淡发"盖蒙的四岁男孩，母亲是个妓女，她把孩子说成伊耿二世的私生子（以国王早年的放荡生活而论，这并非不可能）。盖蒙的王宫是维桑尼亚丘陵上的甜吻之屋，他有好几千追随者，也颁布过一系列谕令。后来他母亲承认是跟一个银发的里斯水手生下了他，遂被处以绞刑，但盖蒙被饶过性命，收为国王的随从。他和伊耿三世后来成为好友，他长期陪伴国王，负责试毒，最终被可能针对国王的毒药毒死。

"血龙狂舞"的著名战役

✦征服一百二十九年的战役✦

火磨坊之战：
戴蒙王子和布莱伍德家族打败布雷肯家族，夺取石篱城。

喉道之战：
科利斯·瓦列利安的舰队败于伊耿的盟友"三城同盟会"的舰队，龙石岛亲王杰卡里斯及其坐骑沃马克斯战死——死的还包括小伊耿的坐骑"暴云"。

蜜酒河之战：
大伊耿的弟弟戴伦王子从罗宛伯爵、塔利伯爵和科托因伯爵的围攻中拯救海塔尔伯爵，为自己赢得骑士赐封。

✦征服一百三十年的战役✦

红叉河之战：
此役西境大军粉碎河间诸侯，涌入河间地，但侍从长叶的佩特给杰森·兰尼斯特公爵留下致命伤。

湖岸之战（又称"喂鱼大战"）：
"血龙狂舞"最惨烈的陆战发生在神眼湖畔，兰尼斯特军被河间诸侯赶进大湖中，随后的屠杀有数千人丧命。

"屠夫的舞会"：
伊耿二世的国王之手克里斯顿·科尔爵士向加尔巴德·格雷爵士、罗德瑞克·达斯丁伯爵（被称为"毁灭者"）及长叶的佩特爵士（被称为"屠狮者"）发出挑战，但全部遭拒。科尔最终毫无尊严地被射死而非死于剑下，他的部队随后遭全歼。

第一次腾石镇之战：
"两大叛徒"（驭龙者"白发"乌尔夫和"铁锤"修夫）临阵倒戈。"冬狼军"（随达斯丁伯爵参战的头发斑白的北方人）残部从十倍于己的敌军中杀出一条血路，他们的首领罗德瑞克·达斯丁伯爵在阵亡前击杀了"绿党"军队统帅蒙德·海塔尔伯爵及其著名的堂亲布兰登爵士。腾石镇遭野蛮洗劫。

攻打龙穴：
这并非真正的战役，而是无组织的暴民在外号"牧羊人"的男性蛊惑下陷入疯狂，杀了五条龙。威廉·罗伊斯爵士的死及其瓦雷利亚钢剑"悲叹"的失落。仅做了一日御林铁卫队长的葛兰堡·戈德爵士和龙石岛亲王乔佛里的死。

上图｜"暗黑姐妹"

神眼湖上空之战：

"独眼"伊蒙德王子和戴蒙·坦格利安王子——亦是瓦格哈尔和科拉克休——的著名决斗。相传戴蒙王子从科拉克休跳到瓦格哈尔身上，在两条巨龙坠向湖面时用"暗黑姐妹"杀了伊蒙德王子。随后瓦格哈尔、科拉克休和戴蒙·坦格利安也都死了，尽管王子的骨骸没被发现。

第二次腾石镇之战：

在这场战役里，巨龙终于"舞"起来。战役导致"大胆"戴伦王子神秘死亡，亚当·瓦列利安爵士英勇战死，"海烟"、特赛里恩及沃米索尔亦相继殒命。

✦征服一百三十一年的战役✦

国王大道之战：

参战者称之为"泥巴混战"，它是内战的最后一场战役。年轻的徒利公爵在此战中击杀博洛斯·拜拉席恩公爵。

上图 | 攻打龙穴

女儿、十四岁的贝妮拉·坦格利安和她的小龙"月舞"。贝妮拉躲过来抓她的人,找到自己的坐骑,当伊耿二世大摇大摆地骑着"阳炎"准备降落在城堡庭院时,却对上小龙和女孩。

"月舞"的体形比"阳炎"小得多,却也迅捷、灵巧得多,而无论龙还是龙背上的女孩都不缺勇气。小龙猛扑上去,用尖牙利爪攻击"阳炎",不停撕咬抓抠,直到一束龙焰弄瞎它。两条龙交缠坠落,两名骑者也跟着落下,伊耿二世在最后一刻跳下"阳炎"的背,摔断了双腿,

而贝妮拉陪伴"月舞"直到最后。阿尔佛雷德·布鲁姆拔剑要了结躺在地上遍体鳞伤、人事不省的她，但马斯森·维水爵士一把夺下剑，带她去找学士，救了她的命。

雷妮拉对这场惊心动魄的比拼一无所知，她的命运也没有因此改变。对姐姐怀恨在心、又被断腿和坐骑所受的致命伤弄得满腔怒火的伊耿二世当着雷妮拉仅剩的儿子小伊耿的面，把她喂给"阳炎"（此事七大王国尽人皆知）。"王国之光"，君临七大王国半年之久的女王，就这样死在征服一百三十年十月二十二日。

她的异母弟弟也没多活多久。尽管雷妮拉驾崩，小伊耿落入伊耿二世掌握，各地"黑党"却依然活跃。曾为雷妮拉起兵的众诸侯害怕伊耿的报复，事实证明他们比雷妮拉更棘手。博洛斯·拜拉席恩公爵终于整军完毕，出兵勤王，这本该是"绿党"的转折点，不料公爵出师不利，战死在国王大道之战，军队随之溃散。联手打败拜拉席恩公爵的"小子们"——年轻一代河间诸侯的绰号——兵临君临城下，史塔克公爵也正率北境大军沿国王大道南下与之会师。

科利斯·瓦列利安伯爵——伯爵从君临的地牢中获释，得到赦免后加入国王的御前会议——规劝伊耿投降，披上黑衣。国王拒绝了，他打算割下外甥小伊耿一只耳朵，用来警告其支持者。他钻进轿子返回居所，路上喝了一杯葡萄酒。

王室队伍抵达后掀开轿帘，发现国王满嘴是血，气绝身亡。伊耿二世就这样被侍奉他的人毒死——无论国王本人怎么想，众人皆知大势已去。

山河破碎的王国继续流了一阵血，但"血龙狂舞"总算告终，接下来是"虚假的黎明"、"狼时"、摄政团时代和"残破国王"的统治。

左图｜雷妮拉迎接死亡

"血龙狂舞"时期的龙

✦伊耿二世国王一方的龙✦

"阳炎"（伊耿国王）：华丽而年轻，鸦栖堡一战后几乎不能飞行，在龙石岛的战斗中被"月舞"重伤致命。

瓦格哈尔（"独眼"伊蒙德王子）："征服者"伊耿的三条龙中唯一剩下的一条，年迈但庞大强悍，神眼湖上空的战斗中被科拉克休所杀。

"梦火"（海伦娜王后）：曾是杰赫里斯一世的姐姐雷妮亚的坐骑，龙穴之战中被崩塌的拱顶压死。

特赛里恩（戴伦王子）：号称"蓝女王"，在伊耿一方有作战能力的魔龙中年纪最小，第二次腾石镇之战中被杀。

莫古尔（杰赫妮拉公主）：太小无法参战，龙穴之战中被"燃烧骑士"所杀。

斯里科斯（杰赫里斯王子）：太小无法参战，龙穴之战中被"伐木人"哈布所杀。

✦雷妮拉女王一方的龙✦

叙拉克斯（雷妮拉女王）：庞大强悍，龙穴之战中被杀。

科拉克休（戴蒙王子）：号称"嗜血巨虫"，庞大强悍，神眼湖上空的战斗中被瓦格哈尔所杀。

沃马克斯（杰卡里斯王子）：年轻而强壮，喉道之战中和骑手一起牺牲。

阿拉克斯（路斯里斯王子）：年轻而强壮，在破船湾上空和骑手一起被瓦格哈尔所杀。

泰雷克休（乔佛里王子）：年轻而强壮，龙穴之战中被杀。

"暴云"（小伊耿王子）：喉道之战中被弓箭和十字弓杀死。

梅丽亚斯（雷妮丝公主）：号称"红女王"，年老、狡猾，虽然懒惰但实力依然可怖，在鸦栖堡一战中和骑手"无冕女王"一起被杀。

"月舞"（贝妮拉小姐）：苗条、美丽，刚刚能载女孩上天，在龙石岛的战斗中被"阳炎"所杀，但死前也给"阳炎"留下致命伤。

"银翼"（"白发"乌尔夫爵士）：曾是"善良王后"亚莉珊的坐骑，后被身为"龙种"的叛徒乌尔夫驾驭，活过了"血龙狂舞"，战后成为野龙，在红湖中某个岛上筑巢。

"海烟"（船壳镇的亚当爵士）：曾是兰尼诺·瓦列利安的坐骑，后为"龙种"亚当驾驭，第二次腾石镇之战中被沃米索尔所杀。

沃米索尔（"铁锤"修夫爵士）：年长的灰色巨兽，曾是"人瑞王"的坐骑，后为身为"龙种"的叛徒修夫驾驭，第二次腾石镇之战中被"海烟"和特赛里恩所杀。

"偷羊贼"（荨麻）："龙种"荨麻驯服的野龙，战后失踪。

"灰影"：怕生的野龙，从未被驯服，在龙石岛上为"阳炎"所杀。

"贪食者"：贪吃的野龙，捕杀过其他小龙，从未被驯服，战后失踪。

"黎明"（雷妮亚小姐）：太小无法参战，活过了"血龙狂舞"。

伊耿三世

征服一百三十一年,小伊耿在舅舅伊耿二世死后登上铁王座,是为伊耿三世。王国松了一口气,以为麻烦就此告终。伊耿三世的支持者在国王大道之战中打败伊耿二世最后一支军队,随后彻底掌控君临。瓦列利安的舰队再次为铁王座所用,而"海蛇"无疑将为小国王提供睿智的谏言。但希望建筑在沙砾之上,这个时期很快被称为"虚假的黎明"。

伊耿二世曾派人去狭海对岸寻找佣兵,谁也不清楚这些人会不会回来为他们的国王报仇;在西境,"红海怪"及其掠夺者劫掠了仙女岛和西海岸;一个特别严酷的冬天——征服一百三十年少女节由旧镇枢机会首先宣告——迟迟不肯结束,最终将为王国带来六个凄惨的年头。

在七大王国中,严冬对北境影响最深——正是对冬天的恐惧令"冬狼军"聚集在罗德瑞克·达斯丁伯爵旗下,为雷妮拉女王浴血奋战。克雷根·史塔克公爵随后更集结了一支由无后者、无家可归者、未婚者、家中排行靠后者及老人组成的大军,为冒险和劫掠、为光荣战死、

上图 | 少年时代的伊耿三世国王

科利斯伯爵在贝妮拉·坦格利安和雷妮亚·坦格利安干预下得以避开审判，两人说服伊耿颁布谕令，恢复科利斯伯爵的官职和荣誉；同时，黑亚莉·布莱伍德答应史塔克公爵的婚约，条件是对方承认伊耿的谕令。

为了让颈泽以北的亲族少几张需要喂养的嘴南下作战。

伊耿二世被毒杀使北方人失去了劫掠和战死的机会，但史塔克公爵依然长驱直入君临，他另有打算：为支持国王之事惩罚风息堡、旧镇和凯岩城。可是科利斯伯爵已送信去这三地讲和。整整六天，宫中静候信件成败，王国为再度开战的可能性颤抖不已，而克雷根·史塔克公爵独揽大权。这段时间被称为"狼时"。

史塔克公爵有一件事决不让步：毒杀和背叛伊耿二世国王的人必须付出代价。在堂堂正正的战斗中杀死残酷而不公的国王是一回事，但肮脏的谋杀和使用毒药是对为国王加冕的诸神的大不敬。以伊耿三世之名，克雷根逮捕了二十二人——包括"弯足"拉里斯和科利斯·瓦列利安。受公爵胁迫的年幼的伊耿三世——时年十岁——答应任命他为国王之手。

克雷根·史塔克只当了一天首相，这一天他用于审判和处决。大部分被控者选择披上黑衣（由狡猾的"跳蚤"佩金爵士带头），只有两人实际受刑——御林铁卫盖尔斯·贝格莱佛爵士不希望比自己守护的国王活得更长，而"弯足"拉里斯死后，古老的斯壮家族就此消亡。

行刑翌日，史塔克公爵便辞去国王之手。他是史上在位时间最短的首相，也很少有人能像他那样欣然辞职。公爵回到北境，但将许多凶猛的北方人留在南方，有的娶了河间地的寡妇，有的当了佣兵或投入贵族门下，少部分人做了土匪。现在"狼时"告终，国家进入摄政团时代。

伊耿三世的摄政期——从他于征服一百三十一年继承铁王座到征服一百三十六年成年为止——由摄政团辅政。首届摄政团共七人，但只有一位成员（慕昆大学士）度过整个摄政期，其他人有的去世、有的辞职，更迭频繁。最显赫的摄政无疑是"海蛇"，他于征服一百三十二年以七十九岁高龄越过了泪珠织成的帷幕，遗体陈列铁王座下凭吊七日，全国痛泣。

伊耿三世的摄政期混乱不堪。泰兰·兰尼斯特爵士——从自由贸易城邦空手而回的人之一（"三女儿的王国"崩溃后的混战中，佣兵团能获得丰厚酬劳，不愿再远渡重洋参与七国的争斗）——成为得力的国王之手，虽然雷妮拉女王因他隐瞒伊耿三世国库财富去向让刑讯者残害他，还弄瞎了他的眼睛。可惜征服一百三十三年的冬季大风寒夺去了泰兰爵士的生命。【里奥恩·科布瑞伯爵成为全境守护者，因他和弟弟科恩·科布瑞爵士曾奉简妮·艾林

伊耿三世的摄政团

首届摄政团

"谷地处女"简妮·艾林公爵夫人
征服一百三十四年在海鸥镇病逝。

"海蛇"科利斯·瓦列利安伯爵
征服一百三十二年寿终正寝，
享年七十九岁。

峭岩城的罗兰德·维斯特林伯爵
征服一百三十三年死于冬季大风寒。

夜歌城的罗伊斯·卡伦伯爵
征服一百三十二年弃职。

女泉镇的曼佛利·慕顿伯爵
征服一百三十四年因年老和疾病去世。

白港的托伦·曼德勒爵士
征服一百三十二年弃职，
在父兄均因冬季大风寒去世之后。

慕昆大学士
唯一一位度过征服一百三十一年至一百三十六
年整个摄政期的摄政。

递补的摄政

乌尔温·培克伯爵
征服一百三十二年接替科利斯伯爵，
征服一百三十四年去职。

撒迪厄斯·罗宛伯爵
征服一百三十三年接替维斯特林伯爵，征服
一百三十五年被解职。

科恩·科布瑞爵士
曾迎娶雷妮亚·坦格利安，
征服一百三十四年接替慕顿伯爵，
次年在符石城被一名十字弓手射杀。

威廉·斯脱克皮
征服一百三十六年大议会抽签选出。

马柯·玛瑞魏斯
征服一百三十六年大议会抽签选出。

罗伦特·格兰德森
征服一百三十六年大议会抽签选出。

右图 | 伊耿三世解散摄政团，并遣散国王之手曼德勒伯爵

公爵夫人之命率一万大军支持雷妮拉的事业，而泰兰爵士身体羸弱，需要扶助。】

星梭城、杜斯顿伯里和白园城的伯爵乌尔温·培克出任摄政、接着又当上国王之手后，情况开始恶化。伯爵不仅曾积极参与两次腾石镇之战，还对未能入围首届摄政团愤愤不平——他很快通过不断强化自身权力寻找补偿，不仅让族人纷纷占据高位，还在杰赫妮拉王后自杀案后试图把女儿嫁给伊耿三世。他不择手段地打击竞争者。

"海蛇"的孙子埃林伯爵是首相最主要的对手，他接替祖父摄政之位的要求遭到拒绝，随后被派去攻打石阶列岛。在那里，他赢得伟大的海战胜利，获誉"橡木拳"，回到君临这新得的名声却造成摄政团分裂。首相有意用陆军占领石阶列岛，彻底扫灭雷查里诺·雷恩登的海盗王国，而瓦列利安的迅捷行动意味着无须兴师动众。战后"橡木拳"的人气不断上升，摄政们不顾培克伯爵的反对，赐予埃林伯爵许多荣誉和奖励。首相最终说服摄政团调遣"橡木拳"去西境对付"红海怪"的长船——道尔顿·葛雷乔伊大王在内战结束后拒绝放弃战利品，中止劫掠。这道别有用心的凶险命令几乎肯定意在折辱乃至害死埃林，最终却成为"橡木拳"六次伟大航海中的第一次。

所有这些事发生时，伊耿三世——未成年的他尚不能统治——只是听任摆布。他是个忧郁的少年，总是脸色阴沉，对周围事物兴趣缺缺；他喜着黑衣，常一连数日不发一语。他早年唯一的伙伴是那个曾僭越称王的男孩"淡发"

伊耿二世唯一剩下的后嗣杰赫妮拉·坦格利安八岁时嫁给表哥伊耿三世，十岁时跳下梅葛楼，被干涸护城河中的尖刺刺穿，临死前痛苦地弥留了半小时。

她的死是一桩悬案。王后真是自杀吗？人们悄悄谈论这是谋杀，并提出诸多嫌犯，其中最可疑的是乌尔温·培克伯爵的私生兄弟御林铁卫默文·佛花爵士，王后自杀时在门口执勤的正是他。然而就连"蘑菇"也认为佛花没有残忍到冷血地谋害自己守护的对象——一个小女孩。"蘑菇"提出另一种可能：佛花没有亲自动手，只是把杀手放了进去，而杀手是乌尔温伯爵麾下那个寡廉鲜耻的自由贸易城邦佣兵"猛虎"泰斯里奥。

我们永远不可能知晓真相，但从种种迹象看，杰赫妮拉之死恐怕与培克伯爵脱不了干系。

盖蒙，如今已成为他的仆人和朋友。培克伯爵掌权后，盖蒙的新职责是担任国王的替身儿童，代替国王陛下尊贵的御体受罚。"淡发"盖蒙后来死于意在谋害国王和年轻美丽的王后戴安娜拉·瓦列利安的毒药。

戴安娜拉王后是"橡木拳"埃林的亲属戴伦·瓦列利安之女，戴伦本人在石阶列岛为埃林战死。戴安娜拉从小美貌非凡，六岁时便被雷妮亚小姐和贝妮拉小姐带到国王面前——她是参加征服一百三十三年大舞会的一千名处女中最后一批被带到国王面前的。因其他摄政阻止培克伯爵将女儿许配给国王，首相策划了这场大舞会，意在让女儿吸引国王。国王最后的选择令他恼怒万分。

培克逼迫国王反悔的做派遭到伊耿本人和其他摄政的强烈反对，愤怒的乌尔温伯爵遂以辞职要挟摄政团，不料其他摄政欣然同意，并推选摄政撒迪厄斯·罗宛伯爵接任国王之手。

伊耿在这些年只有一桩真正的喜事：弟弟韦赛里斯归来。全国上下都以为韦赛里斯死于喉道之战，国王本人更不能原谅自己骑"暴云"逃跑时抛弃了弟弟。但最终"橡木拳"从里斯接回韦赛里斯，那里的商界巨贾们将他秘密软禁，意在勒索赎金或通过杀他来获利。瓦列利安伯爵为换回王子付出的代价惊人，并很快引发争议，但韦赛里斯获释本身——他还带回长他七岁的美丽里斯新娘拉腊·罗佳尔——是天大的喜事，他成了伊耿余生里唯一完全信任的人。

最终，正是在拉腊·罗佳尔和她富有而野心勃勃的家族协助下，国王打破了摄政团——尤其是培克伯爵——的桎梏。不过事实上，罗佳尔家族也是身不由己。时值"里斯的春天"，罗佳尔银行一度超越铁金库，所以自然也加入

右图 | 坦格利安家族的魔龙残骸："黑死神"贝勒里恩的头骨

了操控统治者们的游戏，而最终许多没来由的事统统归罪到他们头上。摄政时代末期，罗宛伯爵担任国王之手，他被控参与罗佳尔家族的罪行，遭到严刑拷打。出于不明原因（慕昆是当时除罗宛外唯一一位摄政，他在《血龙狂舞真史》中对此三缄其口），马斯森·维水爵士继任国王之手，他逮捕了拉腊夫人的兄弟们，又派人去抓拉腊夫人本人。国王和王弟拒绝交人，于是被维水一伙困在梅葛楼中长达十八天。直到最后马斯森爵士——也许是忽然想起自己的职责——决定执行国王的命令，抓捕那些诬告罗佳尔家族和罗宛伯爵的人，危机才告解除。维水在逮捕自己的誓言兄弟默文·佛花爵士时被对方所杀。

秩序重新恢复，那一年剩下的时间，慕昆成为国王之手和唯一的摄政，直到新的摄政团和新的首相被选出与任命。到国王十六岁命名日那天，摄政期终于结束，国王走进议事厅，直接遣散了摄政们，也解除了时任首相曼德勒伯爵的职务。

伊耿是一位"残破国王"，他的统治堪称残破的统治。他终身郁郁寡欢，几乎没有生活乐趣，常常把自己锁在屋里冥思多日。他也不喜欢被人触碰——哪怕是美丽的王后。王后有了月事之后很久，他才与她圆房……万幸的是，他们的婚姻最终诞下两子三女，他封长子（也是最大的孩子）戴伦为龙石岛亲王和铁王座继承人。

经过"血龙狂舞"的大乱，伊耿三世努力想为王国带来和平与富足，却不懂得安抚领主

和百姓。他的统治本可以是另一番景象，但被他最大的缺点——对臣民的冷酷——所掩盖。王弟韦赛里斯王子在伊耿三世统治后期出任国王之手，他原本颇具魅力，却也因妻子抛弃自己和孩子们返回故乡里斯而愈发严厉。

无论如何，伊耿和韦赛里斯联手收拾了大乱后的残局，包括终结许多轮番出现、自称"大胆"戴伦王子——伊耿二世的幼子，第二次腾石镇之战中被杀，但尸体未经鉴别，导致投机者有机可趁——的僭越者（那些所谓的王子最后都被证明是冒牌货）。他们甚至试图恢复坦格利安家族的龙，伊耿为此按捺住内心的恐惧——对此无人能指责他，毕竟他亲眼目睹生母被活活吞噬，从此见不得龙，更不想骑龙——弟弟让他相信，魔龙的存在大有助于威吓图谋不轨者。根据韦赛里斯的建议，国王从厄斯索斯召来九大法师，试图利用他们的技艺孵化一堆龙蛋。结果不仅失败，还造成灾难。

伊耿三世登上铁王座时，维斯特洛尚有四条龙——"银翼"、"黎明"、"偷羊贼"和"贪食者"，而他将被永远烙上"龙祸"的外号，因为坦格利安家族的最后一条龙在他统治期内死于征服一百五十三年。

"残破国王"——又称"倒霉的"伊耿——三十六岁时肺痨而死。他在许多臣民心目中的年龄比这要大得多，这恐怕要归因于他被无情中断的童年。这位忧郁的国王没给国人留下什么美好回忆，而他的遗产和他两个儿子留下的相比也黯然失色。

慕昆大学士所载国王终止摄政期时对曼德勒伯爵说的话

我要带给人民和平、食物和正义。如果这还不足以赢得爱戴，就让"蘑菇"去巡游吧，或者派一只跳舞的熊。有人曾告诉我老百姓最喜欢跳舞的熊。你要叫停今晚的宴会，让领主们返回各自的领地，把食物分给吃不饱的人。从今往后，吃饱肚子和跳舞的熊就是我的主张。

戴伦一世

当伊耿三世以三十六岁之龄与世长辞时,上距"征服者"加冕已过去一百五十七个年头。伊耿留下二子三女,长子戴伦继他登上铁王座那年不过十四岁。许是因其的魅力与天赋,许是因其父的摄政期内发生了太多变故,韦赛里斯王子没有坚持在国王冲龄登基时出任摄政王,只是继续担任国王之手,而戴伦国王也被证明是得力能干的。

几乎没人预见到戴伦一世会赢得先祖"征服者"伊耿那般的荣耀,虽然他选择的正是伊耿一世的王冠(他父亲乐于戴一圈朴素的头冠)。可惜荣耀来去匆匆。少年戴伦拥有罕见的才华与活力,当他提出"完成大一统"、最终征服多恩领时,立时遭到叔叔、重臣和许多大领主的反对。诸侯们提醒他,他不像"征服者"及其姐妹们那样有龙可用,对此戴伦的著名回应是:"不,真龙就在你们面前。"

国王坚持己见,他的计划——据说是在"橡木拳"埃林·瓦列利安的协助和建议下制订——最终打动了不少人,因其策略比伊耿当年缜密得多。

在征服多恩的战争中,戴伦一世充分展现

上图 | "少龙王"戴伦一世国王

加雷斯学士所著《红沙》中收录的多恩人信件暗示是沙石城的科格尔伯爵策划了对提利尔公爵的暗杀,但其动机存在争议。有人说伯爵的怨气来自此前竭力输诚——他阻止了一位著名叛乱领主煽动民众的行为——却未得提利尔公爵赏识;也有人说他此前的行为是与代理城主周密谋划的结果,专为骗取国王和提利尔公爵的信任。

了自己的能力。此前数百年间,河湾地人、风暴地人乃至坦格利安家族的巨龙都奈何不得多恩人,此次戴伦决定兵分三路,同时进发:一路由提利尔公爵指挥,从赤红山脉间的亲王隘口南下多恩领;一路由国王的亲戚和海政大臣埃林·瓦列利安负责,从海上入侵;最后一路由国王亲率,走的是最艰难的"骨路"。在"骨路",戴伦一世利用其他人觉得太危险的羊肠小道绕开多恩人的瞭望塔,避免了奥里斯·拜拉席恩昔日遭遇的祸端,随后少年国王打败了每一支敢于阻止他的队伍。与此同时,亲王隘口被提利尔公爵占领。更关键的是,王家舰队袭夺板条镇,并顺流而上。

埃林伯爵控制绿血河后,成功切断了多恩领,令其东西两面各自为战。之后爆发了一系列血战,光描述它们恐怕就要花去整整一册书。这场战争有诸多记载,最有价值者莫过于戴伦国王亲笔所著《多恩征服记》,是书的文笔和叙述都堪称简洁优雅之典范。

开战不到一年,入侵者便兵临阳戟城下,攻入所谓的"影子城"。征服一百五十八年,多恩领亲王和四十位最显赫的多恩领主跪在戴伦国王脚边,宣告阳戟城开城投降。"少龙王"达成了"龙王"伊耿未竟的事业,虽然沙漠和群山间仍有抵抗——这些多恩人很快被贬为土匪——但叛军人数稀少。

国王迅速追剿,四处搜捕叛

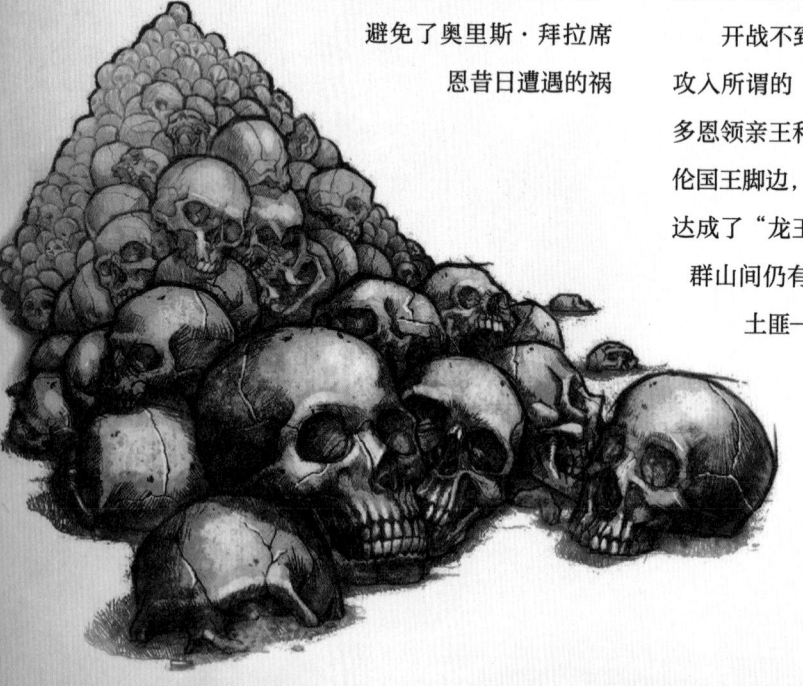

上图 | 多恩人的头骨堆

徒……其间遇到不少困难，尤为凶险的一次是一支射向国王的毒箭最终射中国王的堂哥伊蒙王子（韦赛里斯王子的幼子），伊蒙只能被船运回国疗养。征服一百五十九年，多恩领腹地平定，"少龙王"凯旋返回君临，留下提利尔公爵在多恩领善后。为保多恩人的忠诚与恭顺，国王带走十四名贵族人质——多恩领的豪门世家几乎都献出了儿女。

然而结果完全不如预期。人质的确有助于确保大诸侯们的忠诚，但国王小看了多恩民众的顽强，他忽视了他们。为征服多恩，戴伦一世牺牲了一万名士兵和骑士；而在后来的三年里，为保住征服成果他又损失了四万人，这都是因为多恩普罗大众的顽强抵抗。国王留下的多恩总督提利尔公爵热衷于讨伐叛党，总是从一城搬到另一城，住上一月之后，又扑向别处——叛党的支持者他统统处以绞刑，他还焚毁容纳"土匪"的村庄，施行各种严酷手段。但百姓们依然反抗他，国王军每天都有补给被偷或被毁，营地被烧，马匹被杀，官兵伤亡也逐渐上升——他们在"影子城"的巷道里死去、在沙丘间遭遇埋伏或在宿营地中被谋害。

全面暴动发生于提利尔公爵的沙石城之行后，公爵在那里死在一张落满蝎子的床上。消息传开，多恩领全境揭竿而起。

征服一百六十年，"少龙王"不得不返回多恩平叛。他从"骨路"南下，沿途迭获小胜，而"橡木拳"埃林伯爵也再度自板条镇深入绿血河。征服一百六十一年，貌似山穷水尽的多恩人同意重新臣服效忠、商谈新条款……但盘算的却是背叛和暗杀，并非和平。在一场血淋淋的背叛中，多恩人袭击了打着和平旗帜的"少龙王"一行，三名御林铁卫为护主而死（第四名骑士弃械投降，被万世唾骂）。"龙骑士"伊蒙王子受伤被俘前手刃了两名叛徒，"少龙王"本人手握"黑火"被十几个敌人围攻战死。

戴伦一世的统治只有短短四年，他成为好高骛远的典型。正所谓打江山易，坐江山难——戴伦国王的事迹证明，倘若引发深重的灾难，再伟大的胜利也不足为道。

贝勒一世

戴伦国王驾崩和国王军余部溃逃的消息很快传到君临，群情激奋，叫嚣要立刻报复多恩人质。国王之手韦赛里斯王子把人质统统打进地牢，准备送上绞架。首相的长子伊耿王子甚至向父亲献出自己的多恩情妇，以备处决。

"少龙王"没有结婚也没有子嗣，铁王座依律传给王弟、十七岁少年贝勒。贝勒是坦格利安王朝最虔诚的国王，许多人甚至认为他是七大王国有史以来最虔诚的君主。他登基后第一项举措就是赦免多恩人质——同样的宽恕和

虐敬行为在其十年统治期内比比皆是——并不顾诸侯和御前会议的复仇吁求，公开原谅谋害哥哥的凶手，宣布有意替哥哥发动的战争"包扎伤口"，与多恩领达成和解。为表信仰坚定，他声称要只身前往多恩归还人质、举行和谈，"不带武器也不带军队"。贝勒说到做到，他赤脚徒步、套上粗布衣从君临一路走向阳戟城，人质们骑着好马跟随在后。

后世歌手从圣堂和修女院中听来赞颂贝勒的多恩之行的许多歌谣，并到处传唱。贝勒踏上"石路"，很快来到韦尔家族囚禁堂兄伊蒙王子的地方，发现"龙骑士"被赤身裸体困在笼子里。据说贝勒连番恳求，韦尔伯爵均置之不理，国王最终只能为堂哥祈祷，并发誓会回来解救。令后人遐想的是伊蒙王子当时的感受，眼看着声若游丝、憔悴瘦弱、双足赤裸流血的国王做出保证。然而贝勒继续前进，勉力穿越了曾让无数人谈之色变的"骨路"。

独自横穿从北部丘陵到祸江的大沙漠几乎要了国王的命，但他坚持走下来，完成旅程，最终与多恩领亲王会面，这被很多人视为"受神祝福的"贝勒统治期间展示的第一件奇迹。他的第二件奇迹是成功地与多恩人达成持续他整个统治期的和平，作为协议条件，贝勒答应让侄子戴伦——国王之手韦赛里斯之孙，韦赛里斯长子伊耿王子之子——与多恩领亲王最大的孩子弥丽亚公主订婚。由于两人均未成年，婚礼要若干年后才能举行。

国王在阳戟城旧宫中盘桓一段时日后，多恩领亲王提出派船送他回君临，但少年国王坚称七神要他步行。多恩宫中有人担心贝勒在路上出事（他们肯定国王活不过这趟旅程），韦赛里斯将以此为借口重启战端，无奈之下，亲王只得全力确保沿途的多恩领主善待国王。贝勒一踏上"骨路"便赶去解救伊蒙王子，之前他已请求亲王专门下令释放"龙骑士"。韦尔伯爵接受命令，却不肯直接放人，只是把关押伊蒙的笼子的钥匙给贝勒，让国王自己去救。此时伊蒙不单是赤身裸体困在笼里，白天被烈日烘烤，晚上受寒风侵袭，笼子底下还挖出大坑，坑内全是毒蛇。据说"龙骑士"哀求国王别管他，回多恩边疆地再想办法，贝勒只笑笑，说诸神会保护自己，便踏进蛇坑。

左图｜贝勒一世国王穿越多恩沙漠的苦修

后世歌手宣称毒蛇在贝勒面前低头致敬，实情并非如此。贝勒走向笼子时多次被咬，虽然勉强打开笼子，但在"龙骑士"掀开笼门将他拽出蛇坑之前，几近晕厥。据说韦尔家族的人冷眼旁观伊蒙王子背负贝勒国王挣扎着爬出笼子，幸灾乐祸地下注他们中谁先死，或许正是其残忍激发了伊蒙的斗志，他一气爬上笼顶，跃出坑外。

伊蒙王子背负贝勒走到"骨路"半途，在多恩群山中找到一栋乡村圣堂，修士给他衣服穿，还给他一头驴用来运送人事不省的国王。凭借这些帮助，伊蒙终于来到唐德利恩家族的瞭望塔前，随即被护送到黑港城。当地学士尽全力照料国王，嗣后又把国王一行送往风息堡接受进一步治疗。据说贝勒日渐消瘦，始终没有苏醒。

去风息堡的路上，国王终于有了意识，但只能低声祈祷。经过半年多调养，贝勒才有体力返回君临。这段时间，王国由首相韦赛里斯王子统治，他维护了贝勒与多恩人达成的和平协议。

国人为贝勒重登铁王座而欢欣鼓舞，但贝勒最关心的始终是七神，他新颁布的第一道谕令便让习惯了伊耿三世的理智、戴伦一世的宽

贝勒国王一桩不幸的盲信行为是对焚书的狂热。有的书固然价值不大，甚至包含危险内容，但对知识的毁灭着实令人心痛。贝勒理所当然烧掉了"蘑菇"写满丑闻和污言秽语的《证言》，但巴斯修士的《非自然演化史》——尽管若干设想存在偏差——仍是七大王国有史以来最聪慧的学者的经典作品。巴斯对高等技艺的研究和所谓"修习"足以让贝勒对他满怀敌意，但公平地说，《非自然演化史》的大部分内容既不存在争议也谈不上邪恶。幸运的是，这部经典尚有残篇存世，书中知识不至于全盘失落。

松和韦赛里斯的精明的人们惊惶不已：国王早在征服一百六十年便与妹妹戴安娜成婚，如今却要总主教解除婚约。国王辩称这是他称王前被指定的婚姻，且并未圆房。

不仅如此，贝勒更把戴安娜和他两个年轻妹妹雷妮亚与依伦娜一并关进红堡中的"美人房"——后世称为"处女居"——宣布此举是为保护她们的纯洁，不受世上邪恶和不敬神的男人们的肉欲侵害，但许多人怀疑国王只是担心自己被她们的美貌诱惑。

虽然韦赛里斯、王族三姐妹和朝中众人纷纷抗议，国王仍坚持己见，将她们禁闭在红堡之中，由领主和骑士们送来讨好贝勒的少女们陪伴。

贝勒在君临城内禁止嫖娼引发了更多抗议，但没人能说服他相信这样做会引发的社会问题。据说有上千名妓女及她们的孩子被抓起来逐出都城。贝勒国王无视随之而生的骚乱，全心全意投入一项新工程：在维桑尼亚丘陵顶上营建崭新的宏大圣堂——这是他宣称自己目睹的愿景。大圣堂由是动工，虽然要到国王死后很多年才告竣工。

人们开始怀疑国王在多恩领濒死的经历对其心智产生了影响，随着时间推移，贝勒的决定越来越狂热而不可理喻。尽管老百姓爱戴他——他以鲜花和藤蔓制成王冠，常为慈善倾尽国库，甚至有一年为都城所有居民每天供应一条面包——领主们却越来越不安。国王不仅废除了与戴安娜的婚约，更在影响力日增的总主教唆使和帮助下宣誓成为修士，以确保永不结婚。国王的谕令愈发务虚，同时还耗费惊人，甚至要学城用鸽子全面取代大乌鸦送信（沃格雷夫博士所著《黑色的翅膀、迅捷的传递》对这场灾难有详细记述），又打算豁免那些为自家女儿的贞洁不惜使用贞操带的人的赋税。

贝勒统治末期将更多精力花在斋戒和祈祷上，试图为想象中国王和臣民每日对七神犯下的罪孽和冒渎赎罪。总主教去世后，贝勒将诸神向他揭示的下任总主教人选授意主教们，主教团便迅速将之选为总主教——那是一位名为

左图｜贝勒大圣堂

贝勒一世的妹妹们

戴安娜在三姐妹中最出名,也最受喜爱——她从小性情刚烈,美丽而勇敢,马术上佳（"我是生来要骑龙的",这是戴安娜的口头禅,可惜巨龙死光了）,精通哥哥戴伦从征服战争中为她带回的多恩弓,甚至习练长枪比武（不过她虽多方努力,终究没能参加正式比武会）。戴安娜被关进"处女居"时年仅十六岁,很快得到外号"违命的",因她在被幽禁的三姐妹中反抗最激烈,曾三度化装为仆女或洗衣妇出逃。贝勒统治末期,她甚至怀了孩子——事后观之,人们宁愿她更温顺,因为这个孩子为王国带来无穷的烦恼。

余下二人中,雷妮亚比姐姐戴安娜小二岁,性格柔和忠实,几乎和哥哥一般虔诚,后来做了修女；最年轻的依伦娜比雷妮亚任性,却不及两位姐姐美貌（她十一岁被关进"处女居"时瘦骨伶仃,但随着年岁增长逐渐有了成熟的美。有人说她七十岁时比十七岁时更漂亮）,据说她在"处女居"

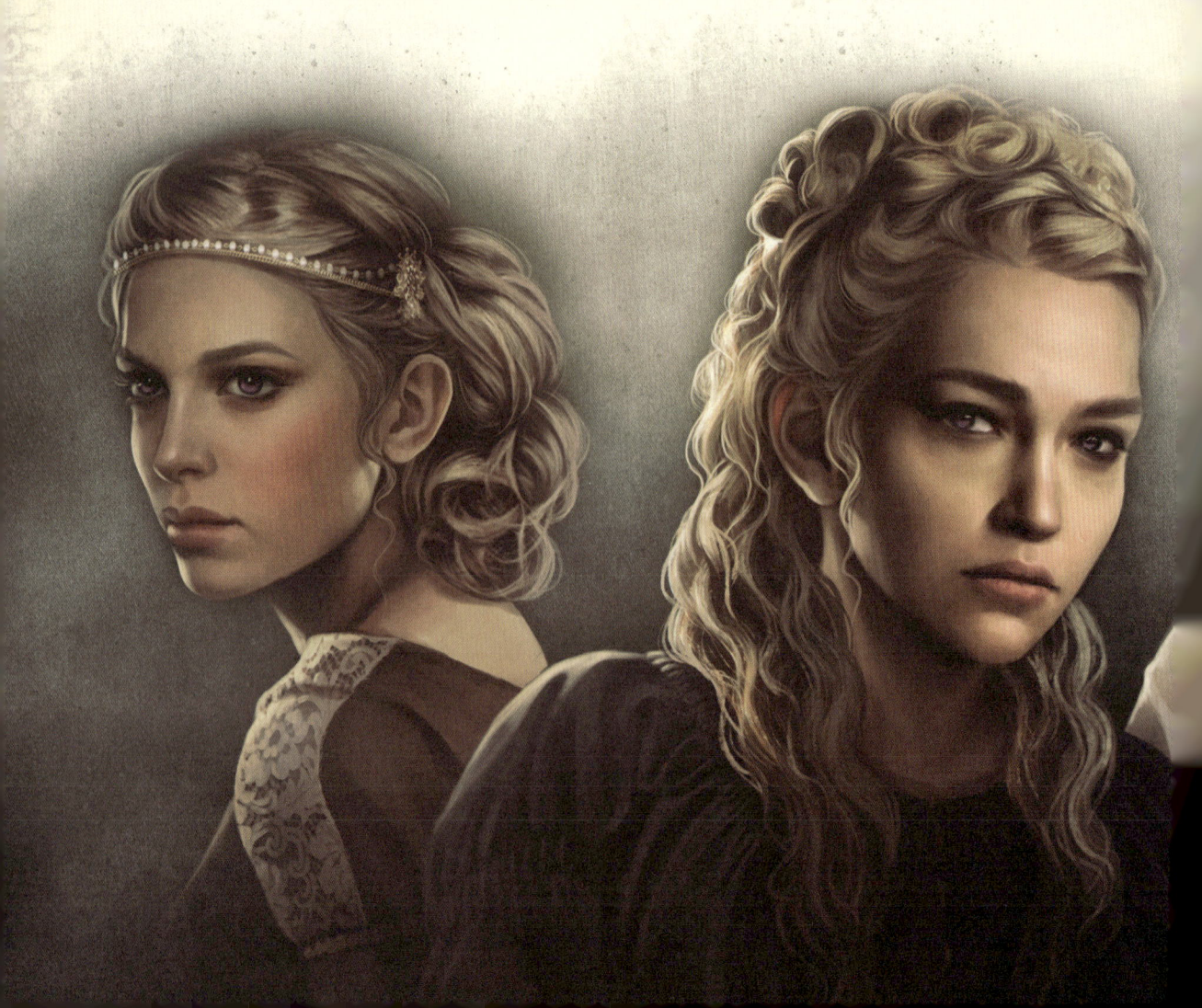

内剪下自己"光荣的王冠"——带有一缕金发的白金长发，她还有一颗与发色相同的龙蛋——送给哥哥乞求自由，保证剃光头发的自己已丑得不能吸引任何男人。她的恳求没有回应。

依伦娜在伊耿三世的儿女里活得最长，离开"处女居"后一度作风放纵。她追随戴安娜的脚步，与挚爱的"橡木拳"埃林·瓦列利安伯爵生下一对双胞胎琼恩·维水和简妮·维水。据记载，她本打算嫁给"橡木拳"，但后者在海上失踪一年后，她放弃了希望，另寻新欢。

依伦娜有三次婚姻。第一次是在征服一百七十六年嫁给富有的老奥斯菲·普棱伯爵，据说老人在圆房过程中就死了，却出人意料地履行了责任，在她体内播下种子。后来有些下流传言说普棱伯爵实际上是被新娘的裸体吓死的（这种说法过于猥琐，或许"蘑菇"觉得有趣，但我们在此不宜复述），而她产下的韦赛里斯·普棱实际上是堂哥伊耿——亦即"庸王"伊耿——的孩子。

她第二次婚姻是遵继"庸王"伊耿为王的"贤王"戴伦之命，嫁给其财政大臣罗纳·庞洛斯伯爵。他们有四个孩子【此后依伦娜便不愿再生，声称为七神生下七个孩子已足够】……而婚后依伦娜成了真正的财政大臣，因她的丈夫虽是位高贵善良的领主，却并不精通算术。她的影响力迅速膨胀，她为国王和王国操劳，得到戴伦国王的完全信任。

她第三次婚姻是出于自愿，她爱上随弥丽亚公主入朝的多恩人米克·曼伍笛爵士。曼伍笛早年曾在学城修习，是一个富于文化教养又极幽默风趣的人，并在戴伦国王和弥丽亚王后婚后成为他们信任的仆人，多次被派往布拉佛斯与铁金库谈判，而他与铁金库的看匙人们的通信记录（盖了爵士的印章，签上爵士的大名，但显然出自依伦娜之笔）也保留至今。

依伦娜在第二任丈夫死后不久嫁给米克爵士，这场婚姻得到戴伦的公开祝福。依伦娜晚年吐露自己爱的并非曼伍笛爵士的聪明才智，而是他对音乐的向往。他常为她弹奏竖琴，在他死后，依伦娜命人将他的雕像刻成手握竖琴的样子，不若其他骑士那般由长剑马刺装饰。

左图｜贝勒一世国王的妹妹们（从左至右：依伦娜、雷妮亚和戴安娜）

佩特的石匠，手艺精妙，但不识读写，头脑单纯，甚至连最简单的祷告都不会。值得庆幸的是，弱智总主教一年后就发烧病逝。

也许并不值得庆幸，因为贝勒这回确信诸神选中一位能施行奇迹的八岁男童——后来传说此人是个街头孤儿，不过更可能是布商之子——贝勒宣称曾目睹那孩子对鸽子说话，而鸽子以男声和女声回应。国王声称那是七神的声音，男童理应被任命为总主教。教团再次遵从，遂选出史上最年轻的水晶冠主人。

戴蒙·维水的出世——国王前妻戴安娜·坦格利安与其拒绝吐露的男性所生（后来天下皆知孩子的父亲便是戴安娜的堂哥、当时的伊耿王子）——让国王进入新一轮绝食斋戒。数年前为堂姐奈丽诗公主的双胞胎刚出生便离世的事，他绝食了一个月，差点把自己饿死，这回他绝食的时间更久，除开清水和一点面包，拒绝任何饮食。国王坚持了四十天，第四十一天倒在圣母的祭坛前。

慕昆大学士尽全力救治，男童总主教也竭尽所能，但奇迹没有发生。贝勒国王于统治的第十年得道升天，时为征服一百七十一年。

围绕韦赛里斯登基有许多恶毒传言——有人认为最先出自史铎克渥斯家族的迈雅夫人——说韦赛里斯毒害国王，以便在十几年的等待后最终登基为王。也有人说韦赛里斯是为王国着想才毒死贝勒，因为那位修士国王开始相信七神要他归化国内所有不信者，这将导致与北境和铁群岛的战争，引发空前的大乱。

上图｜贝勒勇敢地从蛇坑中营救"龙骑士"伊蒙王子

韦赛里斯二世

伊耿三世的两个儿子死后，他的三个女儿仍然在世，一些百姓——乃至一些领主——认为铁王座应传戴安娜，但他们人数不多。戴安娜及其妹妹们被幽禁在"处女居"近十年，无法联络强力外援，而上一回女人坐上铁王座留下的不快记忆仍旧鲜活。众多诸侯认为"违命的"戴安娜野性难驯，外加……作风放荡。去年她刚产下一个被她命名为戴蒙的私生子，还顽固地拒绝吐露孩子的生父。

征服一百零一年大议会和"血龙的狂舞"的先例由是占到上风，贝勒的妹妹们被弃之不顾，王位传给王叔、也即十余年来的国王之手韦赛里斯王子【他选择了他的哥哥伊耿三世的王冠】。

史书所载，当戴伦专心打仗、贝勒专司祈祷时，王国的实际统治者便是韦赛里斯。作为国王之手，他替两个侄儿打理国家十四年，之前也为哥哥伊耿三世服务。时人将韦赛里斯评为巴斯修士之后最精明的首相，纵然他的多番善举在无意迎合和安抚臣民的"残破国王"统治期间难得彰显。喀斯大学士的《四王志》对韦赛里斯不予置评……很多人有理由认为，此书该是《五王志》，不应排除韦赛里斯。书里却直接跳过韦赛里斯，转而记述他儿子"庸王"伊耿的事迹。

"血龙狂舞"时期，韦赛里斯曾在里斯做人质，返回君临时带来貌美如花的里斯新娘拉腊·罗佳尔。她来自一个极富裕极有影响力的世族，高挑苗条，有瓦雷利亚人的银金头发和紫色眼瞳（瓦雷利亚的血统在里斯依然强劲），年长韦赛里斯七岁。她从未习惯宫廷生活，从未在维斯特洛的都城享受到真正的快乐，但她在征服一百三十九年出走返回故乡里斯前还是给韦赛里斯留下三个孩子（拉腊于征服一百四十五年死在里斯）。

韦赛里斯的长子是伊耿，于征服一百三十五年韦赛里斯从里斯回归后出生在红堡。伊耿身体健旺，长大后出落得英俊潇洒，只可惜性格浪荡，追求享乐。他给父亲带来许多麻烦，更给国家带来痛苦。

征服一百三十六年，韦赛里斯的次子伊蒙诞生。伊蒙少年时代和伊耿一般健壮英俊，却没有哥哥的缺点。他的枪剑技艺在同龄人中出类拔萃，是一位配得上"暗黑姐妹"的骑士。他的头盔有三头白金龙装饰，故被称为"龙骑士"，正如之前的戴蒙王子、杰赫里斯一世国王、梅葛一世和维桑尼亚王后那般。至今仍有很多人认为他是有史以来最高贵、最值得传颂的御林铁卫。

韦赛里斯的最后一个孩子是他唯一的女儿奈丽诗，生于征服一百三十八年。传说她皮肤白皙到几近透明，身材娇小（奈丽诗吃得很少，娇弱的体形因此更为明显）但十分美丽，歌手们写下许多赞美她眼睛的歌谣——那是一双淡色睫毛下的深紫色大眼睛。

两个哥哥里，奈丽诗最爱伊蒙，只有他懂得如何让她欢笑——也只有他能部分分享她的虔诚，伊耿对此则毫无兴趣。她像爱伊蒙哥哥一样爱着七神——如果不是程度更深的话——若非父亲大人坚决反对，她本来要当修女。征服一百五十三年，韦赛里斯让她嫁给长子伊耿，婚礼得到伊耿三世国王的祝福。歌手们说伊蒙和奈丽诗在婚礼上相对而泣，史书却记载伊蒙和伊耿于婚宴上争吵，而奈丽诗是在圆房时流的泪，不是在婚礼上。

有人认为"少龙王"和"受神祝福的"贝勒的愚行泰半源自韦赛里斯，也有人认为韦赛里斯已竭尽所能中和他们的虚妄。他自己的统治期尽管只有一年出头，却富于建设性，不仅改革了王室随员的组成和功能，建立了一座新的王家铸币厂，努力扶持与狭海彼岸的贸易，更对"和解者"杰赫里斯在其漫长统治期中订立的诸般律法进行了仔细修订。

韦赛里斯二世本可成为第二位"和解者"，他的精明能干在坦格利安诸王中数一数二，不幸却在征服一百七十二年暴病身亡。

不消说，人们对此深感疑惑，只是当时无法公开谈论，直到十余年后才有人第一次白纸黑字地控诉韦赛里斯是被他的长子继承人伊耿所毒害。

这是真的吗？我们难以断定。考虑到"庸王"伊耿加冕前后的斑斑劣迹，至少这种可能性无法忽视。

伊耿四世

伊耿四世在父亲死后，于征服一百七十二年登上垂涎多时的王位【他打造了一顶又大又沉、红金材质的新王冠，由若干镶嵌宝石眼睛的龙头装饰】。伊耿年轻时英俊潇洒，枪剑娴熟，喜欢打猎鹰狩和跳舞，智力超群，乃是同时代最耀眼的一位王子。他只有一项最大的缺陷：缺乏自律，于是到头来被性欲、食欲和物欲控制不能自拔。他刚坐上铁王座时只是稍显随心所欲，但随着年岁增长越来越无法约束自己，而他的放纵最终让王国的几代人付出惨重代价。"伊尼斯软弱，梅葛残酷，"喀斯写道，"伊耿二世贪婪，但从未有一位国王像伊耿四世那样腐朽。"

伊耿很快让奉承他或是他觉得有趣的人入宫，代替那些高贵、诚实或睿智的廷臣；他的宫廷仕女大抵也是这般人选，任他发泄欲望。他一时兴起，便将贵族的领地随意转封，好比征用布雷肯家族的山丘"双乳峰"送给布莱伍德家族。为满足欲望，他不惜给出无价之宝，譬如为与首相巴特威伯爵的三个女儿上床，他送给首相一颗龙蛋。此外，若看上哪家产业，他还会蛮横剥夺其族人的合法继承权，谣传他在普棱大人于婚礼当天身亡后就是这么干的。

对百姓们而言，伊耿四世的统治期闲言蜚

上图 | 年轻的伊耿王子及其双亲韦赛里斯二世王子和拉腊·罗佳尔

语满天飞，正是找王室乐子的好时候；对那些既不打算进宫也不打算献出女儿的领主们来说，伊耿四世也称得上是个强势果断，虽嫌轻佻但基本无害的君主。但对那些敢于踏入国王的圈子的人，伊耿四世极度善变，贪婪又残酷，无时无刻不让人如坐针毡。

据说伊耿从未独睡，不跟女性交合便不算度过完整的夜晚。他欲壑难填，无论最高贵的公主还是最下贱的妓女，来者不拒。在统治末期，伊耿自称睡过至少九百个女人（具体数目他数不清了），但只真心爱过九个（他妹妹奈丽诗王后不在内）。这九位情妇出身千差万别，大都给他生下私生儿女，但每一位（除最后一位）最终都被他厌弃。不过，有一位著名的私生子却非这九位情妇所生，而是出自"违命的"戴安娜。

戴安娜比照前朝声名远扬的戴蒙王子为孩子取名，讽刺的是，待孩子长成，这个名字却成了危险信号，预示其将来的性情。这个孩子于征服一百七十年出生时是戴蒙·维水，是时戴安娜拒绝吐露其生父，但人们已开始怀疑伊耿。戴蒙在红堡长大，少年英俊，接受了最睿智的学士和最威武的宫廷教头的指导，其中包括性烈如火、人称"火球"的昆廷·波尔爵士。戴蒙酷爱兵器，武艺很快超越常人，许多人认为他是天生的战士，可望成为另一位"龙骑士"。他十二岁时赢得一场侍从间的比武会后，被伊耿国王亲自赐封为骑士（由是超越梅葛，成为坦格利安王朝最年轻的骑士），更令宫廷、王室和御前会议震惊的是，伊耿四世还把"征服者"伊耿的佩剑"黑火"以及领地和其他荣誉赐给戴蒙。戴蒙遂以黑火为家名。

奈丽诗王后——也许是伊耿四世带上床的女人中唯一令他没有快感的——虔诚、温柔、脆弱，这些都不讨国王喜欢。由于娇弱，生产对奈丽诗来说是极大考验。戴伦王子于征服一百五十三年最后一天出世时，奥尔佛德大学士警告说王后若再生产可能有生命危险。奈丽诗就此告诉哥哥："我已尽到妻子的责任，为你产下继承人。我请求你，今后仍以兄妹相待。"据说伊耿答道："一直以来不都是吗？"在妹妹的余生里，伊耿坚持要她履行妻子的义务。

国王夫妇的兄弟伊蒙王子令他们的关系更加恶化。伊蒙从小与奈丽诗形影不离，而显而易见，伊耿嫉恨这个高贵而有名望的弟弟，乐于抓住一切机会羞辱伊蒙和奈丽诗。哪怕"龙骑士"为护驾而死、奈丽诗王后也因为他产子而在次年陨落之后，伊耿四世亦未多加悼念。

待长子戴伦长成、能发出自己的声音，国王对亲族们的嫌恶愈演愈烈。

喀斯在《四王志》中写明是国王自己唆使莫格尔·哈斯提威克爵士对王后进行通奸的虚假指控，虽然伊耿当时予以否认。"龙骑士"与莫格尔爵士的比武审判以后者毙命告终，从而维护了奈丽诗的名节。这场闹剧发生在伊耿国王和戴伦王子为无端入侵多恩的计划发生争执时并非偶然，这也是伊耿第一次（但绝非最后一次）威胁要立某位私生子为继承人取代戴伦。

弟弟和妹妹相继去世后，国王几乎不加掩饰地揣测起儿子的"可疑"身世——这种事他只敢在"龙骑士"身后去做。他那些溜须拍马的随从和廷臣煽风点火，谣言越传越广。

在伊耿统治的最后几年，戴伦王子成了朝中唯一的希望。许多诸侯曲意迎合暴饮暴食、日渐肥胖的国王，只要能讨君主欢心，荣誉、职位和领地都不在话下；另一些遭到打压的诸侯则聚集到戴伦王子身边。尽管做出许多威胁，进行过若干诽谤，还拿继承权的事开了无数干巴巴的玩笑，但国王终究没有正式更换继承人。各方记载对个中原因说法不一：有人说伊耿枯

萎的内心里某些部分还懂得荣誉——至少懂得羞耻——但更可能是因公开废立将引发内战，戴伦的盟友们（首先便是戴伦的内兄弟多恩领亲王）必会起兵维护他的权利。伊耿攻打多恩的计划其初衷或许正在于此，利用边疆地、风暴地和河湾地人对多恩人依旧炽烈的仇恨求得一石二鸟的效果，一举消灭戴伦最有力的支持者。

对王国来说幸运的是，国王在征服百七十四年的行动是一场彻头彻尾的失败。他建造了一支庞大的舰队，企图仿照"少龙王"戴伦的策略发起入侵，不料舰队在途中被风暴吹散和毁灭。

但伊耿根本没有放弃对多恩的愚蠢野心，他转而寻求古老的炼金术士公会中那些可疑的火术士协助，命他们建造"神龙"。火术士造出的木铁怪物内置泵具，能喷射野火，也许能在围城战中派上用场，伊耿却想拖着它们攀登并穿越"骨路"。事实上，"骨路"中有的地方如此陡峭，多恩人甚至必须刻出阶梯。

不过，"神龙"根本没走到骨路——第一条龙刚进御林就起火燃烧，很快所有七条龙都烧起来了。数百人被烧死，一同被焚的还有几乎四分之一个御林。这次事故后，国王终于三缄其口，不再谈论多恩。

征服一百八十四年，"庸王"的生命走到尽头，当年他才四十九岁。由于异常肥胖，他几乎不能行走，许多人好奇他最后一位情妇——里斯的塞蕊娜，西蕊·洋星的生母——如何能承受他的拥抱。国王的死状相当可怕，肿胀的身体无法从床榻上起身，腐烂的四肢长满蛆虫。学士们声称从未见过如此病例，修士们则说这是诸神的审判。大家给伊耿罂粟花奶镇痛，此外无能为力。

所有记载都说，伊耿死前做的最后一件事是留下遗嘱，在遗嘱中，他留给王国一份剧毒的礼物：他将自己的私生子女统统划归正统，从最低微的平民到和贵妇所生的"高贵私生子"概不例外。对他从未承认过的好几十个私生子女来说，这份遗嘱毫无意义，但对已被他承认的那些人意义重大。

而对国家，这意味着延续五代人的血与火。

上页左 | 坦格利安诸王的御用宝剑"黑火"
上页右 | 戴蒙·黑火由其父伊耿四世国王赐封为骑士

"庸王"伊耿四世的九位情妇

菲莱雅·史铎克渥斯小姐
年长国王十岁

征服一百四十九年，菲莱雅小姐让十四岁的伊耿"成了男人"。征服一百五十一年，他们同床的事被一名御林铁卫发现，伊耿的父亲遂令菲莱雅嫁给红堡教头卢卡斯·罗斯坦爵士，并力促国王任命罗斯坦为赫伦堡伯爵，为的是让菲莱雅离开宫廷。尽管如此，之后两年间伊耿仍频繁造访赫伦堡。

✦ 菲莱雅·史铎克渥斯的孩子：没有一个得到国王承认。

梅盖忒（"快乐"梅盖）
年轻丰满的铁匠之妻

征服一百五十五年，伊耿在美人集附近骑行脱了只马掌，找当地铁匠修理时注意到铁匠年轻的妻子，花七枚金龙（外加御林铁卫乔佛里·斯汤顿爵士的威胁）买下她。梅盖忒被安置在君临城中的宅子里，她和伊耿甚至在一名戏子扮演的修士主持下进行过秘密婚礼。梅盖忒在接下来四年中为王子生下四个女儿。最终韦赛里斯王子结束了他们的关系，把梅盖忒送回丈夫身边，把她的女儿们送入教会做修女。不出一年，梅盖忒被丈夫殴打致死。

✦ 梅盖忒的孩子：亚莉珊、莉莉、垂柳、萝希。

卡赛菈·万斯小姐
万斯伯爵的女儿

阳戟城投降后，国王把多恩诸侯献出的人质交伊耿押送回君临。其中有一位弱不禁风的少女卡赛菈·万斯，绿眼，白金色头发，伊耿最终把这位"人质"留在自己的房间。后来多恩人起义，谋害了戴伦国王，君临群情激愤，要求杀光人质时，已然厌倦卡赛菈小姐的伊耿交出了她。不料新王贝勒赦免所有人质，还亲自带他们返回多恩。卡赛菈从未结婚，晚年始终怀着自己是伊耿唯一真爱的幻想，相信国王终有一天会召唤她。

♣ 卡赛菈的孩子：无。

贝乐洁·奥瑟里斯
（布拉佛斯的"黑珍珠"）
走私者和商人，有时亦为海盗，寡妇之风号船长，某位盛夏群岛公主和某位布拉佛斯海王之子的女儿。

征服一百六十一年，奈丽诗怀孕并差点难产而死，随后贝勒国王便派伊耿出使布拉佛斯。当时的记载暗示这是为支开伊耿，好让奈丽诗身体复原。伊耿在布拉佛斯认识了贝乐洁·奥瑟里斯，他和"黑珍珠"的缘分延续了十年，但人们传说贝乐洁在每个港口都有一位丈夫，伊耿不过是其中之一。这十年里她共为王子生下三个孩子，包括两个女孩和一个生父可疑的男孩。

♣ "黑珍珠"的孩子：贝罗娜拉、拿哈和贝勒里恩。

芭芭·布雷肯小姐
石篱城布雷肯伯爵活泼的黑发女儿，曾在"处女居"中侍奉三位公主

贝勒于征服一百七十一年驾崩后，韦赛里斯二世称王，公主们终于可以寻找男性伴侣。伊耿（此时被封为龙石岛亲王和铁王座继承人）迷恋上十六岁的芭芭，等到征服一百七十二年登上王位，伊耿便任命芭芭的父亲为国王之手，将她公开收为情妇。芭芭在奈丽诗王后生产——奈丽诗产下又一对双胞胎，男孩死产，活下来的女孩被命名为丹妮莉丝——前半月生下一个私生子。当王后奄奄一息时，首相（芭芭的父亲）公开谈论要把女儿嫁给国王。待王后恢复，首相当初的逾越导致芭芭失势，年轻的戴伦王子联合舅舅"龙骑士"强迫伊耿遣送她和她的私生子。那个私生男孩在石篱城布雷肯家族中长大，被命名为伊葛·河文，后来天下皆知的外号是"寒铁"。

♣ 芭芭·布雷肯的孩子：伊葛·河文（"寒铁"）。

蜜利莎·布莱伍德小姐
（"蜜茜"）
最受爱戴的情妇

蜜利莎小姐比芭芭小姐更年轻漂亮（但不及后者丰满），也更端庄温和，她有一颗善良美好的心，连奈丽诗王后（及"龙骑士"和戴伦王子）也与她为友。她在"母仪天下"的五年里共为国王生下三个私生子女，最著名的是男孩布林登·河文（生于征服一百七十五年），其人后得外号"血鸦"。

♣ 蜜利莎·布莱伍德的孩子：米亚、关文斯、布林登（"血鸦"）。

蓓珊妮·布雷肯小姐
芭芭小姐之妹

蓓珊妮的父亲和姐姐专门培养她来取代蜜利莎·布莱伍德、赢回国王欢心。征

上页（从左至右）| 蜜利莎·布莱伍德小姐；里斯的塞蕊娜；菲莱雅·史铎克渥斯小姐；贝乐洁·奥瑟里斯

服一百七十七年，蓓珊妮在国王前来石篱城看望私生子伊葛时成功引起注意。当时的伊耿已是肥胖而暴躁，但蓓珊妮百般讨好，遂被带回君临。不过蓓珊妮之后却暗中嫌弃国王的怀抱，转与御林铁卫特伦斯·托因爵士私通。伊耿在征服一百七十八年亲自撞破奸情，托因爵士被拷打致死，蓓珊妮小姐及其父都被处决。之后托因爵士的兄弟们试图为其复仇，"龙骑士"伊蒙王子为保护哥哥伊耿国王而死。

✦ 蓓珊妮·布雷肯的孩子：无。

简妮·罗斯坦小姐

国王第一位情妇菲莱雅夫人之女，出自卢卡斯·罗斯坦伯爵或国王本人

简妮的母亲于征服一百七十八年带十四岁的她入宫，伊耿随后任命罗斯坦伯爵为国王之手，据说（但未有见证）他与母女俩同时上床。然而很快，国王把处决蓓珊妮小姐后找妓女过夜时感染的疹子传染给简妮，于是罗斯坦家族又被统统逐出宫去。

✦ 简妮·罗斯坦的孩子：无

里斯的塞蕊娜
（"甜美的"塞蕊娜）

出自一个古老而潦倒的世家的里斯美女，被新任首相琼恩·海塔尔伯爵带进宫。

塞蕊娜在伊耿的诸位情妇中最美貌，谣传是个女法师。她生下国王最后一个私生子女西蕊·洋星，但因生产而死。西蕊后来长成七大王国首屈一指的美人，被两位同父异母哥哥"寒铁"和"血鸦"同时追求，西蕊选择了"血鸦"，两人的竞争最终激化为仇恨。

✦ 塞蕊娜的孩子：西蕊

上图（从左至右）｜蓓珊妮·布雷肯小姐；芭芭·布雷肯小姐；梅盖忒（"快乐"梅盖）；卡赛菈·万斯小姐；简妮·罗斯坦小姐

戴伦二世

伊耿征服后第一百八十四年,"庸王"伊耿终于咽气。得知父亲死讯后,他的长子继承人戴伦王子半月之内离开龙石岛,迅速由总主教在红堡加冕为王。他选择了父亲的王冠——大概为平息关于身世的残余谣言。

戴伦称王后立即拨乱反正,首先辞退前朝所有御前重臣,并亲自挑选继任者,其中大都是睿智得力的人才。随后他花去一年多时间对都城守备队进行同样的大换血,伊耿国王用守备队里的肥差来犒劳马屁精,作为回报,这些人确保都城的妓院——乃至良家妇女——满足伊耿的欲望。

戴伦多方挽回弥补父亲的腐败与不作为对王国造成的伤害。他勤恳谨慎,希望借此平衡父亲将所有私生子女划归正统带来的巨大影响。虽然他无法——也不会——废除父亲的遗嘱,但尽力把"高贵私生子"们留在身边,赐予荣誉,继续支付父亲给他们的年金。他履行了伊耿对泰洛西大君的承诺,拿出大笔嫁妆让私生弟弟戴蒙·黑火按父亲希望的那样迎娶泰洛西的罗翰妮,尽管戴蒙爵士当时只有十四岁。在婚礼上,他赠送戴蒙黑水河边的大片领地,给予新婚夫妇建造一座城堡的权利。有人说国王这样做是为稳定自己的统治,

戴蒙·黑火反叛后，有种广为流传的说法声称他对戴伦的嫉恨由来已久。持此论者认为戴蒙与泰洛西的罗翰妮结合是出于伊耿——并非戴蒙本人——的意愿，而戴蒙爱的是戴伦之妹、年轻的丹妮莉丝公主。丹妮莉丝比戴蒙小两岁，歌手们说她与这位私生王子相爱，但无论伊耿四世还是戴伦二世都不允许出现这种冒天下之大不韪的结合。伊耿渴望结交泰洛西，也许是想利用泰洛西舰队再次入侵多恩。

这种说法貌似有理，而更夸张的说法声称戴蒙并不反对迎娶泰洛西的罗翰妮，因他深信自己可以步"征服者"伊耿和"残酷的"梅葛的后尘，一夫多妻。伊耿甚至可能答应过他这个要求（许多黑火的支持者后来坚称这是事实），但戴伦毫不让步。他不仅拒绝私生弟弟一夫多妻的要求，还让丹妮莉丝嫁给马伦·马泰尔，作为将多恩领最终并入七大王国的协议的一部分。

至于丹妮莉丝究竟爱不爱戴蒙——为黑龙起兵的人认定她的爱确凿无疑——又有谁说得清？丹妮莉丝出嫁后一直是马伦亲王忠实的妻子，即便她曾为戴蒙·黑火哀悼，也失于记载。

与"高贵私生子"们确定君臣关系；也有人说这是出于善良和公正。无论目的为何，令人扼腕的是戴伦的举动最终没能得到好的回报。

国内当时的问题不只是"高贵私生子"，也不止于伊耿的恶政。戴伦与多恩的弥丽亚——现已成为七大王国的王后——的婚姻幸福而多产，戴伦登基后另一项重大举措便是与内兄弟多恩领的马伦亲王商谈，力图将多恩归于坦格利安王朝治下。经过两年多艰苦谈判，协议终于达成，马伦答应待戴伦之妹丹妮莉丝成年便予迎娶。婚礼最终于次年、也即征服一百八十七年举行，马伦跪在铁王座前，宣誓效忠。

戴伦国王在排山倒海的欢呼声中扶起多恩领亲王，两人一同离开红堡，骑行到大圣堂，将一顶黄金花冠戴在"受神祝福的"贝勒的雕像脚边，宣布："贝勒，你心愿已了。"这是一个伟大的历史时刻，在这一刻，"征服者"伊耿将长城到夏日之海的土地合而为一的梦想终于实现——戴伦二世同时避免了"少龙王"戴伦一世为此付出的骇人的鲜血代价。

七国统一的次年，戴伦在多恩边疆地建筑了一座雄伟的城堡，它位于河湾地、风暴地和多恩领三地的交界处附近，被命名为"盛夏厅"，以荣耀国王达成的和平。实际上，盛夏厅与其说是城堡，不如说像一座大宫殿，它没有很好的防御工事。后来有许多坦格利安家族的子孙被封到这里（譬如戴伦的幼子梅卡亲王），成

左图｜戴伦二世和马伦·马泰尔亲王在贝勒国王的雕像前

为盛夏厅亲王。

马伦亲王在协议中获益匪浅，一干多恩领主因之享有王国其他各大诸侯所不能享受的特权——包括保留亲王头衔，以自己的律法进行自治，自行征收和缴纳对铁王座的财税、红堡对此只进行非正式监督，诸如此类。对此的不满是引发第一次黑火叛乱的主因之一，许多领主认为多恩人在国王驾前影响力太大——戴伦二世让大量多恩人入朝，又多授以权柄。

不过总体来说，戴伦迅速稳定了国内局势，很快被贵族和平民一致赞为"贤王"。即便是那些对他的多恩王后不断增强的影响力不满的人，也承认他的公正和善良。戴伦本人不是战士——当时的笔记中说他身形小、胳膊瘦、肩

膀圆,一副学者风度——但他的四个儿子中的二个却早早露出成为优秀的骑士、领主乃至王位继承人的潜质:长子贝勒王子十七岁时在丹妮莉丝公主的婚礼比武会上名动天下,得到"破矛者"的外号,他在决赛里打败了戴蒙·黑火;幼子梅卡王子实力与之相仿。

但许多人看到贝勒的黑发黑眼,便窃窃私语说他与其说是个坦格利安,不如算是个马泰尔——无论贝勒如何证明自己和父亲一般慷慨公正,如何举重若轻地赢得尊重。多恩边疆地的骑士和领主越来越不信任戴伦和贝勒,越来越怀念"旧时光",在那些岁月,多恩人是沙场死敌,并非是国王驾前的竞争对手。他们开始指望戴蒙·黑火——戴蒙成年后高大强壮,在凡人中犹如半神,且手握"征服者"的宝剑——并浮想联翩。

在厄斯索斯,"寒铁"纠集了流亡的领主和骑士们及他们的后代,于征服二百一十二年组建黄金团,很快成为争议之地上最强大的自由佣兵团。"黄金在下,寒铁在上"是黄金团的战斗口号,传遍整片大陆。"寒铁"死后,佣兵团由戴蒙·黑火的后代领导,直到他最后一位男性后嗣"凶暴的"马里斯在石阶列岛被杀。

叛乱的种子就此播下,虽然若干年后才结出果实。戴蒙·黑火背叛戴伦国王并没有什么最后的侮辱和最终导火线,若真是为了对丹妮莉丝的爱,何必等待八年才发难?为爱复仇的说法可谓荒诞,尤其考虑到罗翰妮已为戴蒙生下七个儿子和几个女儿,丹妮莉丝也为马伦生了许多后代。

事实上,叛乱发源仍要追溯到"庸王"伊耿。伊耿仇恨多恩人,多次派兵入侵,许多领主渴望回到当初——无论当初的恶政有多不堪——不满如今天性和平的国王。许多著名的战士失落地看着平静的国土和宫中的多恩人,随后将目光转向戴蒙。

或许一开始戴蒙·黑火只是虚荣心作祟才勉强容忍这些大逆不道的言论,无可争议的事实是,从首度有人劝进到叛乱真正爆发相隔若干年。究竟是什么导致戴蒙态度大转变呢?我们推测很大程度上是由于另一位"高贵私生子":"寒铁"伊葛·河文爵士。许是由于布雷肯血统令他易怒而不易恕;许是由于布雷肯家族在伊耿四世朝中可耻地败落导致伊葛被逐出宫廷,故而怀恨在心;更许是由于伊葛爵士和同父异母的私生弟弟"血鸦"布林登·河文之间的竞争,后者在宫中颇有影响力——其母生前备受喜爱,也被众人追念,布莱伍德家族在国王抛弃出自他们家的情妇之后并未若布雷肯家族一般失势。

左图 | "寒铁"率领黄金团

无论原因为何，伊葛·河文很快开始怂恿戴蒙·黑火攫取王位，而戴蒙将长女卡利拉许配给他后，身为女婿的伊葛更是火上浇油。他外号"寒铁"，舌头更为冰冷，他朝戴蒙耳中灌输毒药，随他聒噪的还有一干心怀不满的骑士与领主。

经年累月的酝酿终于开出毒花，戴蒙·黑火下定决心。但他行事轻率，以致戴伦国王很快就得知了黑火打算在一月内自立为王的消息（我们不清楚消息怎么传到戴伦耳中的，梅龙大学士未完成的《红龙与黑龙》中说与另一位"高贵私生子"布林登·河文有关）。国王派遣御林铁卫赶在戴蒙起事前加以逮捕，戴蒙却事先得到警告，在脾气火爆的著名骑士"火球"昆廷·波尔爵士协助下毫发无伤地逃出红堡。戴蒙·黑火的支持者以此为借口开战，声称戴伦无端陷害戴蒙，甚至公然指称戴伦为野种，重复着"庸王"伊耿在其统治晚期反复散播的谣言：戴伦的生父并非伊耿国王，而是王弟"龙骑士"伊蒙。

第一次黑火叛乱于征服一百九十六年全面爆发。叛军将传统的坦格利安旗帜反转为红底黑龙，拥戴戴安娜公主的私生子戴蒙·黑火一世，宣称他才是伊耿四世国王真正的长子继承人，而其同父异母的哥哥戴伦出自私生。黑龙与红龙的战争随即在谷地、西境、河湾地等地蔓延开来。

一年后，内战终结于红草原决战。许多人描述过戴蒙一方将士的勇敢，也有许多人鞭挞过他们的背叛，但无论他们在战场上如何表现、对戴伦的恨意有多深，那一天遭遇了决定性失败。戴蒙和他最大的两个儿子——伊耿与伊蒙——丧生于布林登·河文及其贴身卫队"鸦齿卫"的箭雨之下。之后"寒铁"手执"黑火"发动疯狂反扑，试图重振士气，他与"血鸦"沙场相遇，那场可歌可泣的决斗夺去了"血鸦"一只眼睛，但"寒铁"也被逼退。

待"破矛者"贝勒王子率风暴地人和多恩人组成的大军从叛军后方杀到，同时年轻的梅卡王子重振艾林公爵被粉碎的前锋部队，战局终于不可逆转。前者是铁锤，后者是不可动摇的铁砧，夹击之下，对手土崩瓦解。为戴蒙·黑火虚妄的野心，那日有一万人阵亡，更多人受伤或残废。戴伦国王的和平努力毁于一旦，尽管错不在他——或许，除了他对心怀嫉妒的私

上图｜戴蒙·黑火在"红草原之战"率军冲锋

生弟弟过于仁慈。

在战后处置上，戴伦国王出人意料地严厉。许多支持黑龙的领主和骑士被剥夺领地、城堡和特权，并被迫交出人质。戴伦信任过他们，也尽了力所能及的一切公正统治，他们却恩将仇报。戴蒙·黑火剩下的儿子们逃往他们母亲的家乡泰洛西，"寒铁"也跟着一道流亡，王国此后的四代人还要被黑火家族对王位的虎视眈眈所滋扰，直至戴蒙·黑火的男性后嗣彻底断绝。

戴伦国王终于解决同父异母弟弟的问题，儿子和继承人们又给了他强力支持，许多人认为坦格利安王朝将从此高枕无忧、绵延长久。天下一致认同"破矛者"贝勒会是一个伟大君主，因他充满骑士精神，又有睿智的灵魂，是父王最得力的国王之手。可惜没人能参透诸神的意志，"破矛者"贝勒竟在正当壮年时被亲弟弟梅卡所杀。那是征服二百零九年的岑树滩比武会，事故并非发生在长枪比武或团体混战中，而是一场七子审判——一世纪以来头一次——贝勒为一名毫无家世可言的下等雇佣骑士出战。

几乎可以肯定，他的死是场意外，许多记载说梅卡王子郁郁终生，每年都在事故发生日缅怀悼念。毫无疑问，梅卡和全国上下都疑惑一名雇佣骑士是否值得龙石岛亲王和国王之手以命犯险（他们还不知道这名雇佣骑士将来的作为，那是另一段历史）。

贝勒有两个儿子——"少王子"瓦拉尔和"少少王子"马塔瑞斯——梅卡有四个儿子，戴伦国王还有另外两个儿子（但国人对伊里斯持怀疑态度，伊里斯热爱书本，醉心钻研与魔法相关的话题；雷格虽善良，却有一丝疯狂）。但比武会后不久，春季大瘟疫席卷七大王国，除开及时关闭港口与山隘的谷地和多恩。君临受害最深，诸神在世间的代言人总主教被带走了，走的还有三分之一的大主教及几乎所有静默姐妹。尸体在龙穴的废墟里一直堆到十尺，最终"血鸦"命火术士就地焚烧。大火烧掉都城的四分之一，这也是无可奈何的事。

最糟的是，病逝的包括"破矛者"贝勒的两个儿子和"贤王"戴伦。戴伦统治了二十五年，大多数年头和平而富足。

伊里斯一世

戴伦国王的次子伊里斯于征服二百零九年登上铁王座，他从未想过能成为国王，也完全不适合治理天下。某种程度上，伊里斯堪称博学多闻，但兴趣点主要集中于研究关于古老预言和高级神秘术的尘封典籍。他娶了表亲艾林诺·庞洛斯，却对产子毫无兴趣，谣传甚至从未圆房【绝望的王后每天都为此去大圣堂祈祷】。焦急的御前会议只能寄望国王只是单纯地嫌弃王后，故劝促他另寻新欢。国王对此置之不理。

伊里斯一世在春季大瘟疫期间戴上王冠【他和父亲一样，继承伊耿四世的王冠】，从第一天起就得面对纷乱时局。疫情刚刚减退，铁群岛大王达衮·葛雷乔伊就派出长船掠袭整个落日之海的海岸，而"寒铁"和戴蒙·黑火的儿子们在狭海对岸虎视眈眈。也许正因国事艰难，伊里斯才任命布林登·河文为国王之手。

"血鸦"恪尽职守，他挖掘情报的能力亦可与当年的小梅夫人相提并论。谣传他和同父异母的妹妹及情妇西蕊·洋星用巫术探求秘密，老百姓说他控制了国王，有"一千零一只眼睛"，于是国人无论贵贱高低都开始互不信任，担心对方是"血鸦"的间谍。公平地说，在春季大瘟疫后的乱局中，伊里斯的确需要情报，随之而来的夏季大旱持续长达两年，有人归罪于国王，更多人则怪罪"血鸦"。乞丐帮公然宣讲叛国言论，有些骑士和领主也参与其中，更有人窃窃私语道出惊人观点：把狭海对岸的黑龙

有人认为"血鸦"掌权更可能的原因是伊里斯对魔法知识和上古历史的兴趣与其相当，河文大人对高级神秘术的研究在当时是公开的秘密。"血鸦"在伊里斯登基时已是朝中一股重要势力，但少有人料到伊里斯会任命他为国王之手。这道任命造成国王和王弟梅卡王子关系紧张，梅卡本以为首相职位非己莫属，矛盾激化后他干脆离开君临返回盛夏厅蛰伏多年。

下页｜逮捕戴蒙·黑火二世

迎回应属于其的王位上。

葛蒙·培克伯爵是新一轮叛乱的核心人物，由于在第一次黑火叛乱中的作为，他的家族数世纪来领有的三座城堡被剥夺了两座。春季大瘟疫和夏季大旱后，葛蒙伯爵说服戴蒙·黑火幸存的儿子中年龄最大的小戴蒙横渡狭海，争夺王位。

密谋预定于征服二百一十二年在白墙城的婚礼比武会上发动，白墙城是巴特威伯爵在神眼湖畔修筑的雄伟城堡。巴特威曾是戴伦的首相，但在戴蒙·黑火叛乱初期行为乖张，因而被哈佛伯爵取代。许多领主和骑士以庆祝巴特威伯爵再婚、参加婚礼比武会为由聚集到白墙城，拥戴黑火。

若非"血鸦"在密谋者中事先安插间谍，小戴蒙原能在河间地腹心发动一场规模不小的叛乱，结果比武会尚未结束，首相已亲统大军赶到白墙城现场，第二次黑火叛乱胎死腹中。平叛后，以葛蒙·培克为首的主谋者被处决，巴特威伯爵之流被剥夺领地和家堡，戴蒙则被饶过性命，以人质身份幽禁在红堡多年。有人质疑这种处置，但事实上这很明智：只要戴蒙活着，他弟弟哈耿就无法自立为王。

第二次黑火叛乱被轻松瓦解，但麻烦并不总能手到擒来。征服二百一十九年，哈耿·黑火和"寒铁"发动第三次黑火叛乱，这次叛乱的诸番事迹——梅卡的英明指挥、"明焰"伊利昂的作为、梅卡的幼子的英勇、"血鸦"与"寒铁"的第二次决斗——读者们都很清楚，在此不再赘述。篡夺者哈耿·黑火一世战后放下武器，却被背信弃义地杀死，"寒铁"伊葛·河文爵士遭生擒锁拿回红堡。至今，许多人依旧认为若是就地处决"寒铁"——正如伊利昂王子和"血鸦"力促的那样—便能早早断绝黑火的野心。

伊里斯国王没这么做，"寒铁"经过审讯，叛国罪成立，但被饶过性命，送去长城以黑衣人的身份度过余生。这被证明是妇人之仁，因黑火在宫中仍不乏朋友，许多人乐意通风报信。载有"寒铁"和其他十多名俘虏的船在前往东海望途中于狭海上被劫，伊葛·河文重获自由，

再度执掌黄金团。当年年末,"寒铁"在泰洛西将哈耿的长子加冕为戴蒙·黑火三世,继续策划推翻刚刚饶他一命的国王。

伊里斯在铁王座上继续统治了近两年,直到征服二百二十一年病逝。

此间,国王确立过许多继承人,但无一出自己身,直到他驾崩王后依然没怀孕。国王的三弟雷格(同为"贤王"戴伦所生)早逝,征服二百一十五年在宴会上被鳗鱼派呛死。雷格之子伊勒继之为龙石岛亲王和铁王座继承人,两年后却在一场可怕的意外中被孪生妹妹和妻子伊萝拉所杀,这场事故也让伊萝拉在悲伤中发了疯(更可悲的是,伊萝拉后来在一场蒙面舞会上遭后世称为"鼠"、"鹰"和"猪"的三人袭击,事后自杀身亡)。

伊里斯最后确立的继承人最终继承了王位,那便是国王仅剩的兄弟梅卡王子。

小戴蒙的称王野心路人皆知,但大家也清楚"寒铁"并不支持他。"寒铁"拥戴他父亲而不拥戴他的原因是学城的大厅里争论的热门话题。许多人说小戴蒙和葛蒙伯爵的计划未令"寒铁"信服,这是事实,培克一心想要复仇和夺回家堡,乃至失去理智与冷静,而戴蒙自信能凭一己之力力挽狂澜;又有人认为"寒铁"身为一介武夫,打心眼里不信任爱做梦、喜欢音乐和漂亮事物的戴蒙;更有人注意到戴蒙和年轻的库克肖男爵非同寻常的亲密关系,推测仅此一点就足以让"寒铁"避而远之。

下图 | 逮捕戴蒙·黑火二世

梅卡一世

梅卡是个精力充沛的国王和优秀的战士，但脾气暴躁，总是急于评判和指责他人。他没有长兄贝勒的交际天赋，而亲手杀死长兄——无论多偶然——令他变得更为严苛而不易宽恕。为表与过去决裂的决心，他打造了一顶新王冠——一顶属于战士的冠冕（因"征服者"伊耿的王冠早在戴伦一世于多恩驾崩后便失传），红金头圈上挺立起黑铁尖刺。好在梅卡的统治期位于两次黑火叛乱之间，相对和平，主要问题来自他的儿子们。

首当其冲是继承问题。梅卡有不少儿女，他们的统治能力却颇为可疑。长子戴伦王子是著名的醉鬼，宁愿被封为盛夏厅亲王也不愿做龙石岛亲王，只因后者过于阴暗；次子伊利昂王子外号"明焰"和"明火"，是个强悍的骑士，却残酷而任性，并钻研黑暗伎俩。这两人都死在父亲之前，但都留下后代。戴伦王子在征服二百二十二年生下一个女儿瓦莱拉，可惜是个弱智；"明焰"伊利昂的儿子诞生于征服二百三十二年，父亲给儿子取了梅葛这样一个不祥的名字，但"明焰"王子当年就因饮下一杯自信能让自己成龙的野火而毙命。

梅卡的三子伊蒙酷好读书，早年即被送往学城，铸造完颈链后宣誓成为学士；幼子伊耿王子少年时代是一名雇佣骑士——就是那名"破矛者"贝勒为之战死的雇佣骑士——的侍从，化名"伊戈"。宫中流传的笑话形容三个王子是"笑料戴伦、魔鬼伊利昂和农民伊耿"。

征服二百三十三年，梅卡国王率军讨伐在多恩边疆地叛乱的培克伯爵时战死，继承问题依旧悬而未决。国王之手"血鸦"为避免另一场"血龙狂舞"，决定召开大议会。

同年，上百位大小诸侯齐集君临，梅卡年

上图 | 梅卡一世国王的王冠

长的两个儿子已薨，现下有四位潜在继承人。大议会即刻否决了戴伦王子甜美而单纯的女儿瓦莱拉，也只有少数人为"明焰"伊利昂的儿子梅葛说话——给婴儿加冕意味着漫长的摄政期，大家还担心那孩子继承了乃父的残酷与疯狂。

最可能的选择是伊耿王子，但有许多领主不信任他，说他和雇佣骑士浪迹天涯，是个货真价实的"农民"。出于某些人的记恨，大议会开始考虑让伊耿的哥哥伊蒙学士解除誓言，但最终无果。

大议会争论期间，又一份继承要求传到君临，它来自伊尼斯·黑火，戴蒙·黑火七子中的第五子。召开大议会的消息宣布后，流亡泰洛西的伊尼斯便写来声明，希望用言辞打动诸侯，不费一兵一卒赢得先人三次起兵都未曾赢得的铁王座。国王之手"血鸦"给予提出继承要求的黑火安全保证，邀其亲至君临申诉。

伊尼斯鲁莽地接受了，结果刚进城就被金袍子逮捕，拖进红堡即刻斩首，人头送到大议会上向诸侯们展示，以警告任何仍同情黑火的人。

不久，大议会以多数票选出"鸡蛋王子"。身为第四子的第四子，伊耿五世以其在少年时代如此靠后的继承顺位而最终登上铁王座被天下称为"不该成王的王"。

伊耿五世

伊耿登基后第一项举措便是逮捕国王之手布林登·河文，因其谋杀伊尼斯·黑火。"血鸦"并不否认用安全保证诱骗篡夺者赶来君临，但辩称是牺牲个人荣辱以维护国家安全。

许多人同情"血鸦"，也乐意见到又一位黑火篡夺者人头落地，但伊耿国王自觉有必要为首相定罪，以免世人将铁王座的保证视为一纸空文。死刑判决后，伊耿给"血鸦"提供披上黑衣、加入守夜人军团的机会，后者接受了。征服二百三十三年底（梅卡国王战死和大议会召开的同年），布林登·河文爵士被送往长城，同行有二百人，许多是他的私人卫队"鸦齿卫"

>   "血鸦"于征服二百三十九年当上守夜人军团总司令，征服二百五十二年他在一次长城外的巡逻中失踪。

的弓箭手，国王的哥哥伊蒙学士也在内，这次航行很顺利，没人劫船。

即位后的伊耿【他选择伊耿三世的王冠】面临严峻考验，其统治始于隆冬，已然持续三年的冬天没有结束迹象。北境出现了一百年前"血龙狂舞"时代的饥荒和雪灾（那个漫长的冬季从征服一百三十年延续到征服一百三十五年）。伊耿国王总是关心贫民和弱者的福祉，他尽一切努力将粮食和其他食物输往北境，许多人感到他太过热心。

伊耿身为王子时干涉过不少领主的事务，试图削减特权，称王后其统治很快遭遇这些人的挑战；伊尼斯·黑火的死亦未终结黑火的威胁，"血鸦"的背信弃义反而坚定了狭海对面流亡者们的敌意。征服二百三十六年，长达六年的残酷冬天终于到头，随即爆发第四次黑火叛乱，哈耿之子、戴蒙一世之孙戴蒙·黑火三世在"寒铁"和黄金团支持下横渡狭海，再来争夺铁王座。

入侵者在黑水湾以南的马赛岬登陆，但他

们的支持者不多。伊耿五世国王带着三个儿子亲征，于文德河桥之役大获全胜，戴蒙三世被御林铁卫"高个"邓肯爵士所杀——邓肯就是"伊戈"幼年服侍的雇佣骑士——"寒铁"再次逃脱，数年后回到争议之地率领佣兵继续参与泰洛西和密尔之间无意义的小型战争，于六十九岁时战死，据说他死得其所，手握长剑，口中喝骂。伊葛·河文的事业将由黄金团和他毕生侍奉与保护的黑火后嗣延续。

伊耿五世的统治期内还爆发了其他战争，"不该成王的王"被迫将许多精力花在披挂出征上，以平定此起彼伏的叛乱。纵然百姓爱戴他，他却因打压贵族而在国内诸侯里制造出许多敌人。他雷厉风行地进行改革，给了老百姓许多他们前所未知的权利和保护，但每项措施都引发强烈反弹，甚至是领主们的公开暴动。伊耿五世的死对头称他为"双手沾满鲜血、一心想要剥夺诸神赐予我们的权利与自由的暴君"。

众所周知，不断的反抗消磨了伊耿的耐心——尤其是身为国王必须做出的妥协让他的改革前景愈发遥远。对历次事件的处理上，国王往往不得不向顽固的诸侯们低头。伊耿五世酷爱历史和书本，人们常听他说只要像伊耿一世那样有龙，就能重塑王国，带给所有人和平、富足与正义。

这位善良国王的儿子们也给他带来了无穷烦恼，他们本该支撑父亲的事业。伊耿五世为爱而娶了鸦树厅伯爵活泼（有人说是任性）的女儿贝丝·布莱伍德小姐——因其黑眼和乌黑头发日后被称作黑贝丝。他们结婚于征服二百二十年，当时新娘十九岁伊耿二十岁，由于伊耿在继承顺位上靠后，因此婚姻无人反对。黑贝丝后来为伊耿生下三个儿子（邓肯、杰赫里斯和戴伦）和两个女儿（莎亚拉和雷蕾）。

坦格利安家族的传统是兄妹通婚，以保持龙血纯正。出于种种原因，伊耿五世相信近亲结合弊大于利，他打算让孩子们和七国各大诸侯的子女联姻，以此赢得对改革的支持，并巩固王权。

在黑贝丝协助下，国王达成一系列对王室有利的婚约，并于征服二百三十七年举行了庆祝。他的孩子们当时都还小，而若这些婚约得以履行，王国也将大为安泰……但国王没料到他的血脉继承了他的思想，黑贝丝的孩子们不仅和母亲一样倔强，还想跟父亲一样凭心择偶。

伊耿的长子龙石岛亲王和铁王座继承人邓

荒石城的珍妮将一个发育不良、患有白化病、据说是河间地的森林女巫的女人带进宫。出于无知，珍妮夫人称那女人是森林之子。

左图 | "不该成王的王"伊耿（图中背景人物）及其诸子（从左至右：邓肯、杰赫里斯和戴伦）

肯首先起来反对父亲。邓肯被许婚给风息堡拜拉席恩家族的女儿，却在征服二百三十九年于河间地旅行时爱上一位神秘女郎，这位被称为荒石城的珍妮的奇女子十分可爱，她居住在废墟间，几乎算是半个野人，自称是早已逝去的先民国王的后代。附近村庄的村民们嘲笑她的故事，坚称她不过是疯疯癫癫的农夫之女，甚至是个女巫。

伊耿的确爱民如子，可谓在百姓中长大，但也不可能答应让铁王座继承人迎娶一介来历

杰赫里斯与莎亚拉有两个孩子，伊里斯和雷拉。根据荒石城的珍妮带来的森林女巫的建议，杰赫里斯王子决定让伊里斯迎娶雷拉，至少宫廷实录中是这么说。满心挫折的伊耿国王决定不予过问，让王子随心所欲。

不明的平民。国王想尽办法解除他们的婚姻，要求邓肯放弃珍妮，但王子和父亲一般顽固，决不让步。即便总主教、大学士和御前会议联名要国王强迫儿子在铁王座和森林里的野女人之间做出选择，邓肯也没妥协。他为了珍妮不惜将王位继承权让给弟弟杰赫里斯，同时还让出龙石岛亲王之位。

邓肯的主动牺牲没能换得和平，也没能赢回风息堡的支持。那个被抛弃的女儿的父亲、风息堡公爵莱昂诺·拜拉席恩——外号"狂笑风暴"，有万夫不当之勇——的自尊心极强，他掀起一场短暂但血腥的叛乱，直到御林铁卫邓肯爵士在一对一决斗中打败莱昂诺公爵，伊耿国王庄严立誓将小女儿雷蕾嫁给莱昂诺公爵的继承人蒙德·拜拉席恩才罢休。为确保婚约，雷蕾公主被送往风息堡担任莱昂诺公爵的侍酒和公爵夫人的侍女。荒石城的珍妮——被人们礼貌地称作珍妮夫人——最终得到宫廷承认。七国上下的老百姓尤为爱戴她，她和她的王子——后世永远铭记为"龙芙莱亲王"（即"蜻蜓王子"）——是歌手们最爱传唱的人物之一。

无奈一波未平一波又起，继邓肯成为龙石岛亲王的杰赫里斯王子继续挑战国王的底线。伊耿国王早年流浪民间时深知百姓厌恶近亲结婚的瓦雷利亚传统，杰赫里斯王子却与父亲想法相左：他从小爱上妹妹莎亚拉，梦想按坦格利安家族古老的方式迎娶她。伊耿国王和贝丝王后发现苗头后，尽可能分开儿子和女儿，可惜距离更点燃了王子与公主的爱欲之火。

杰赫里斯王子的性格不及哥哥激烈，但目睹邓肯凭心择偶成功，迫使国王和宫廷屈服，他决定有样学样。征服二百四十年，即邓肯王子婚后一年，杰赫里斯王子与莎亚拉公主躲开各自的监护人秘密成婚，当年杰赫里斯只有

摘自科尔索学士的信件

……龙族血脉汇聚……

……七颗蛋，荣耀七神，但国王的修士曾警告……火术士……

……野火……

……大火失控……滔天……如此炽烈……

……死了，但因御林铁卫队长的英勇……

左图 | 盛夏厅的毁灭

十五岁而莎亚拉十四岁。待国王夫妇发觉，王子和公主已然圆房。伊耿感到别无选择，只能接受既成事实，并被迫再次应付受冒犯的大贵族的怒气，极力安抚对方受伤的自尊：杰赫里斯本与奔流城公爵之女瑟丽娜·徒利订婚，莎亚拉的丈夫本该是高庭的继承人罗斯·提利尔。

伊耿国王的幼子戴伦王子受两个哥哥的榜样熏陶，也来忤逆父亲。他九岁时与同年的青亭岛的奥莲娜·雷德温小姐订婚，却在十八岁时、也即征服二百四十六年悔婚……戴伦王子并非爱上某位女人，他短暂的一生终生未娶——身为天生的战士，他热爱比武和战争，喜欢时髦的年轻骑士杰里米·诺瑞吉爵士的陪伴，两人少年在高庭做侍从时成为伙伴。征服二百五十一年，戴伦王子率军讨伐"鼠"、"鹰"和"猪"时身亡，留给其父伊耿深深的悲哀。杰里米爵士和戴伦王子并肩战死，但叛乱平定了，叛徒要么被杀要么被绞死。

征服二百五十八年，一场威胁伊耿统治的新风暴在厄斯索斯酝酿，九名强盗、流亡者、商人、海盗和佣兵队长在争议之地的王冠树下集合，缔结了一个罪恶的联盟。"九人团"发下互助的毒誓，要为每个成员打造一个王国，成员中就有最后的黑火"凶暴的"马里斯，他是黄金团团长，而"九人团"答应为他打造的正是七大王国。邓肯王子得知协议后，讲过一个著名笑话称这帮人的王冠只值一铜板，由是"九人团"在维斯特洛被讽为"九铜板王"。时论认为厄斯索斯的自由贸易城邦无疑会很快扑灭这可笑的联盟，但为防万一，伊耿国王仍旧发出整军备战的信号，以防敌人登陆。不过这并非当务之急，他最关注的还是国内事务。

准确地说，他关注的是龙。随着年岁增长，伊耿五世愈发梦想看到魔龙再度高飞于维斯特洛七国上空。在这点上，他和祖先们并无二致：有的坦格利安国王让修士为最后的龙蛋祈祷，有的让法师施法，还有的让学士研究。国王的朋友与重臣们试图规劝，但这反而更坚定了国王的想法：只有魔龙才能带来变革的力量、迫使骄傲顽固的七国诸侯俯首听命。

伊耿在统治的最后几年忙于搜集有关瓦雷利亚生育魔龙的上古知识，据说曾命人旅行远至阴影旁的亚夏，希望得到在维斯特洛不存的文献与资料。

寻龙的梦想最终把一个欢乐的时刻演变为惨烈的悲剧。那是悲惨的征服二百五十九年，国王邀请多位亲朋好友前往盛夏厅——他最喜欢的城堡——庆祝他第一个曾孙出世。这孩子是杰赫里斯王子的儿子伊里斯与女儿雷拉所生，日后被命名为雷加。

另一件值得惋惜的事，乃是盛夏厅的悲剧只有极少数见证者幸存，而这些人也大多三缄其口。盛夏厅的学士死前寄出的信件断章暗示了许多，可惜墨点泼洒沾染后难以辨识。

杰赫里斯二世

盛夏厅的悲剧让杰赫里斯二世在征服二百五十九年登上铁王座，他刚戴上王冠【他选择了祖父梅卡一世的王冠】，王国就被卷入另一场战争——"九铜板王"征服和洗劫自由贸易城邦泰洛西，轻松占领石阶列岛后，将目光投向维斯特洛。

杰赫里斯早已知悉"九人团"意在为"凶暴的"马里斯夺取七大王国，而马里斯也自立为王，号称马里斯·黑火一世。但跟父亲伊耿五世一样，杰赫里斯曾寄望于"九人团"盗贼联盟自行瓦解或自由贸易城邦联手干涉。伊耿五世国王驾崩时，一起死去的还有龙芙莱亲王，善战的戴伦王子数年前战死，留下来面对马里斯的将是伊耿三子中最文弱的杰赫里斯。

新国王以三十四岁之龄登基，外貌几无优点。杰赫里斯·坦格利安二世和他两个兄弟截然不同，生得骨瘦如柴，终生被各种病症缠绕，但他不缺勇气和智慧。他迅速放下悲伤，依父亲的计划纠合诸侯前往石阶列岛迎击"九铜板王"，宁可拒敌于国门之外，也不让战火烧到七大王国本土。

杰赫里斯意欲亲征，但妹夫兼国王之手蒙德·拜拉席恩公爵说服他这不明智。首相指出，国王于严酷的远征无所助益，自身武力也不强，而盛夏厅悲剧后让继位新君以身犯险无疑过于轻率。杰赫里斯勉强答应和王后一起留守君临，将指挥权托付给国王之手蒙德公爵。

征服二百六十年，公爵麾下的坦格利安大军在石阶列岛的三个岛上登陆，血腥的"九铜板王之战"全面爆发。那一年的大部分时间，战火在群岛和岛屿间的海峡中燃烧。伊恩学士的《九铜板王之战实录》是关于此战最优秀的作品之一，忠实记录了战争细节，从各场陆战海战到各色人物的英勇事迹。维斯特洛一方的指挥官蒙德·拜拉席恩公爵在战争初期英勇献身，他被"凶暴的"马里斯亲手打倒，死在儿子和继承人史蒂芬·拜拉席恩怀中。

全军指挥权交到年轻的新任御林铁卫队长"白牛"杰洛·海塔尔爵士手中。海塔尔受命之初承受了巨大压力，战争处于胶着状态，直到年轻骑士巴利斯坦·赛尔弥在一对一决斗中杀死马里斯，赢得无可争议的荣耀。这场决斗成为战争转折点，"九人团"剩下的成员对维斯特洛兴趣缺缺，很快抽身离开。"凶暴的"马里斯是第五个也是最后一个僭越称王的黑火，他的殒命标志着"庸王"伊耿将族剑交到私生子手中带给七大王国的诅咒最终化解。

石阶列岛和争议之地上的艰苦战争继续进

"九人团"成员的名字与外号，
他们在厄斯索斯和石阶列岛酿成大乱

"老母"：
一位海盗女王。

"最后的瓦雷利亚人"萨马罗·桑恩：
出自里斯一个臭名昭著的海盗家族的臭名昭著的海盗，有瓦雷利亚血统。

"乌木王子"贾哈巴·奎哈卡：
盛夏群岛的流亡王子，在争议之地找到营生，领导一个佣兵团。

"战神"莱昂蒙德·莱斯尔：
著名的佣兵团长。

"屠夫"斑点汤姆：
来自维斯特洛，在争议之地领导一个佣兵团。

"烂苹果"戴里克·佛索威爵士：
维斯特洛流亡者，声名狼藉的骑士。

"九眼"：
"欢乐伙伴"号船长。

"银舌"阿奎多·阿德里斯：
富有而野心勃勃的泰洛西商业巨子，"九人团"征服争议之地后，阿奎多说服其他人助他拿下泰洛西，扶持他成为泰洛西的首脑。

"凶暴的"马里斯·黑火：
黄金团团长，外号得自巨大的躯干与手臂、天授神力和凶蛮脾性。他脖子上生出不比拳头大的第二颗脑袋。他打败堂亲戴蒙·黑火赢得黄金团大权，在那场比斗中，他一拳打死堂亲的战马，然后将戴蒙的脑袋从脖子上拧下。

右图｜巴利斯坦·赛尔弥爵士缠斗"凶暴的"马里斯

行了半年,直至它们从"九人团"的铁蹄下解放,六年后,泰洛西的僭主阿奎多·阿德里斯被王后毒死,泰洛西大君复位。对七大王国而言,这场战争固然历经艰辛,夺去许多人命,但无疑是伟大的胜利。

国家恢复了和平,杰赫里斯二世虽不强壮,但治国有方,他重整国内秩序,缓和与许多曾因伊耿五世的改革尝试而疏远铁王座的大诸侯的关系。可惜他在位不长,征服二百六十二年,杰赫里斯二世国王卧床不起,很快病逝,临终前抱怨突然喘不过气。国王驾崩时只有三十七岁,成为铁王座的主人不过三年。

伊里斯二世

伊里斯·坦格利安二世于征服二百六十二年以十八岁之龄登上铁王座，他父亲杰赫里斯只统治了短短三个年头便抱病驾崩。伊里斯年轻时相貌堂堂，在"九铜板王之战"中曾于石阶列岛英勇奋战。他虽不以勤勉和聪慧闻名，却有非凡的人格魅力，以此赢得了不少朋友。但他同时也自负、骄傲和善变，这让他容易成为奉承与谄媚的对象，然而登基之初，这些缺点并未立即彰显。

哪怕最睿智的智者也预料不到伊里斯二世会成为"疯王"，为统治维斯特洛近三个世纪的坦格利安王朝画下句点。也许是命运的安排，在伊里斯戴上王冠那年，一个名叫劳勃的健壮婴儿出生在风息堡，他是伊里斯的表亲史蒂芬·拜拉席恩之子（史蒂芬的次子史坦尼斯出生于征服二百六十四年），而在遥远北境的临冬城，瑞卡德·史塔克公爵也在庆祝长子布兰登出世，不到一年后，史塔克的次子艾德也诞生了。这三个婴儿长大后将在真龙王朝的覆灭中扮演至关重要的角色。

国人庆幸的是，新王登基时已有继承人，那便是在盛夏厅大火中诞生的雷加，并且伊里斯和他妹妹雷拉王后年纪轻轻，可望有许多后代。继承问题是时人关注的焦点，因"不该成王的王"伊耿五世统治时期发生的诸多不幸已让坦格利安王室大为缩减。

伊里斯二世不缺野心。他在加冕现场【他选择了伊耿四世华丽的金龙冠】宣布有志成为七国古往今来最伟大的君主，朋友们的恭惟加深了他的狂妄，他们说未来的史书将称他为"睿智的"伊里斯乃至伊里斯大帝。

他父亲的廷臣多为经验丰富的老人，其中不少人也曾为伊耿五世国王服务。伊里斯二世将他们统统遣散，代之以同辈的年轻领主。尤为重要的是，他辞退了行事持重的老首相埃德加·斯洛安，提拔凯岩城的继承人泰温·兰尼斯特爵士。泰温爵士年仅二十，由是成为七国历史上最年轻的国王之手。时至今日，许多学士仍认为这项任命是"睿智的"伊里斯一生中最睿智的决定。

伊里斯和泰温从小一起长大。泰温·兰尼斯特少年时代在君临担任王室侍酒，他、伊里斯王子和另一位更年轻的侍酒、王子的表亲风息堡的史蒂芬·拜拉席恩三人形影不离。"九铜板王之战"中，三位伙伴并肩战斗，泰温身为新受封的骑士，史蒂芬和伊里斯王子担任侍从。当伊里斯王子于十六岁那年当上骑士时，有幸赐封他的正是泰温爵士。征服二百六十一年，泰温·兰尼斯特平定了乃父辖下两个最强大的封臣塔贝克家族和雷耶斯家族的叛乱，赢

得带兵打仗的声誉,并趁势将两个古老的家族斩草除根。其狠辣手段固遭非议,但无人怀疑泰温爵士将乃父统治时代混乱不堪、争斗不休的西境带回了正轨。

必须指出,伊里斯·坦格利安和泰温·兰尼斯特是一对奇特的伙伴。国王年轻时生气勃勃,喜爱音乐、舞蹈和假面舞会,尤其乐于追逐年轻女人,宫中满是全国各地来的少女。有人说他的情妇数量堪比祖先"庸王"伊耿(据我们所知,这种说法过于夸张)。伊里斯二世与伊耿四世的不同在于,前者似乎总是很快对情人失去兴趣,往往只有半个月,鲜有能维持半年的。

伊里斯不缺雄心壮志。加冕后不久,他宣布要征服石阶列岛,将之永久并入七大王国;征服二百六十四年,临冬城瑞卡德·史塔克公爵到君临觐见让国王重燃对北境的兴趣,意欲在现有的绝境长城以北一百里格处新建一道长城,从而归并中间的土地;征服二百六十五年,被"君临的臭气"所冒犯的国王谈及在黑水湾南岸用大理石打造一座"纯白大城";征服二百六十七年,和布拉佛斯铁金库就父王统

上图 | 伊里斯二世

有种卑鄙的谣言声称乔安娜·兰尼斯特在伊里斯的父亲韦赛里斯的加冕式当晚就把贞操给了伊里斯王子，而伊里斯登上铁王座后曾短暂地将乔安娜收为情妇。这不足为信。派席尔在信中坚称，倘是这样，泰温·兰尼斯特根本不可能迎娶堂妹，"他极度骄傲，决不可能接手他人的残汤剩羹"。

但可靠记录表明，在乔安娜自己的婚礼闹洞房时，伊里斯国王对其有不同寻常的非礼之举，这让泰温很不高兴。不久，雷拉王后便将乔安娜·兰尼斯特赶走，原因不详，乔安娜夫人即刻返回凯岩城，从此鲜少造访君临。

治期间借贷的款项发生争执后，国王宣布要建造世界历史上最庞大的舰队，"令泰坦屈膝"；征服二百七十年，国王造访阳戟城期间告诉多恩领公主，他有意"改造多恩沙漠"，在山脉里挖出一条巨大的地下运河，实现自雨林而下的北水南调。

这些大而无当的计划没有一个结出果实，往往不出一月就被国王遗忘。伊里斯二世跟厌倦情妇一样迅速厌倦治国方略，然而在他统治的最初十年，王国实现了大繁荣，因为国王之手具备国王所不具备的一切素质——勤勉、果断、不知疲倦、明察秋毫、公正严明。"诸神塑造此人来统治国家。"在御前会议中共事两年后，派席尔国师在写给学城的信件中如此评价泰温·兰尼斯特。

泰温的确统治着国家。随着国王的行为愈发乖张，治国的日常事务愈发落到首相肩头，而泰温·兰尼斯特把一切打理得井井有条——以至伊里斯国王的反复无常似乎不足为虑，毕竟此前诸多坦格利安族人都有过类似倾向。于是从旧镇到长城，人们开始谈论虽然戴上王冠的是伊里斯，但泰温才是真正的七国统治者。

利用凯岩城的黄金来偿还杰赫里斯二世的借款，泰温·兰尼斯特解决了王室与布拉佛斯的纠纷（令国王不满的是，他并未"令泰坦屈膝"），从此王室欠下兰尼斯特家族一笔巨款；泰温彻底废除伊耿五世约束贵族特权的种种措施，赢得许多大诸侯认可；泰温降低商船出入君临、兰尼斯港和旧镇这三大城市的关税和贸易税，令富商阶层感恩于心；泰温新建和维护道路，为讨好骑士和平民在王国上下举办许多精彩的比武会；泰温更大力发展与自由贸易城邦的贸易，严惩面包师在面包里混入木屑、屠夫把马肉当牛肉卖等犯罪行为。在施政过程中，他得到派席尔大学士的鼎力相助，国师关于伊里斯二世统治时期的诸多记录忠实反映了当时风貌。

尽管取得伟大成就，泰温·兰尼斯特却不

右图 | 国王之手泰温·兰尼斯特公爵

受爱戴。他的对手指控他毫无幽默感、气量狭小、冷漠、骄傲又残忍。封臣们尊敬他，无论和平或战争都忠实地追随，但没有一个跟他真心结交。泰温鄙视软弱、肥胖而无能的父亲泰陀斯·兰尼斯特公爵，与弟弟提盖特·吉利安的关系也出了名的恶劣。他更看重二弟凯冯——凯冯从小跟他走得近，一直在他身边侍奉——及妹妹吉娜。但即便对这俩人，泰温的态度也是责任多于感情。

征服二百六十三年，即担任国王之手一年后，泰温爵士娶了年轻美丽的堂妹乔安娜·兰尼斯特。乔安娜于征服二百五十九年杰赫里斯二世加冕时入宫，之后一直作为雷拉公主（后为王后）的侍女。泰温夫妇从小在凯岩城认识，虽然泰温·兰尼斯特在外人面前不假颜色，但据说对夫人一往情深。"只有乔安娜夫人真正了解盔甲下的那个人，"派席尔国师在给学城的信中写道，"那个人的微笑也只属于她。我发誓曾亲眼目睹她让他欢笑，不止一次，而是在三个不同场合！"

可叹伊里斯·坦格利安二世和妹妹雷拉却婚姻不谐，王后对国王诸多风流韵事睁一只眼闭一只眼，唯独不许"把我的侍女变成他的妓女"

（乔安娜不是第一个被王后突然赶走的侍女，当然也不是最后一个）。当雷拉无力为国王顺产更多后嗣时，国王夫妇的关系愈发紧张：王后于征服二百六十三年和征服二百六十四年二度流产；征服二百六十七年产下一个死产女婴；征服二百六十九年生下戴伦王子，但只活了半岁；征服二百七十年产下第二个死产婴儿；征服二百七十一年第三度流产；征服二百七十二年伊耿王子早产两月出世，于次年夭折。

起初国王安慰悲伤的雷拉王后，但随着不幸一次又一次发生，他的同情变成了怀疑。到征服二百七十年，伊里斯已认定王后对他不忠。"诸神不让野种坐上铁王座，"国王告诉御前会议，声称雷拉死产、流产和夭折的王子都不是他的种。他严禁王后再离开梅葛楼的住所，并让两个修女每晚和王后同床，"以保证她忠于婚姻誓言"。

泰温·兰尼斯特对此有何看法史书不载，但征服二百六十六年，乔安娜夫人在凯岩城生下一对双胞胎，一男一女，"健康美丽的婴儿，发色犹如融金"。这次顺产令伊里斯·坦格利安二世与其国王之手的关系变得更为紧张。"我好像娶错了女人，"据说伊里斯得知喜讯后如此评论。无论如何，国王送给两个孩子等重的黄金做命名日礼物，并命泰温一旦孩子们能出门就带进宫，"把他们的母亲也带来，寡人太久未曾一睹她的芳颜。"国王强调。

次年，即征服二百六十七年，泰陀斯·兰尼斯特公爵以四十六岁之龄逝世。据记载，公爵是在爬一段陡峭的螺旋楼梯去情妇的卧房时，心脏病突发一命呜呼。泰陀斯死后，泰温·兰尼斯特爵士成为凯岩城公爵和西境守护，他返回西境参加父亲的葬礼、并整顿领内秩序时，伊里斯国王决定与之同行。国王把王后留在君临（王后怀着后来死产的莎亚妮公主），但带上了八岁的龙石岛亲王雷加及大半个宫廷。征服二百六十八年的大半时间，七大王国的行政中心仿佛搬到了兰尼斯港和凯岩城，国王和首相同时留居于此。

征服二百六十八年末，王室返回君临，一切照旧……但显而易见，国王和国王之手的友谊破裂了。此前伊里斯在绝大多数问题上赞同泰温·兰尼斯特的决断，如今两人出现越来越多的分歧。密尔-泰洛西联盟与瓦兰提斯的贸易战期间，泰温公爵主张严守中立，伊里斯却认定给瓦兰提斯提供金钱和武器更有利；泰温公爵裁决布莱伍德和布雷肯家族的边界纠纷时倾向前者，国王却越过首相将存在争议的磨坊判给布雷肯伯爵。

国王不顾国王之手的强烈反对，将君临和旧镇的关税翻倍，兰尼斯港和王国其他港口的关税更增为三倍。当小领主和富商们组成代表团觐见铁王座抱怨时，伊里斯却将增税全部怪罪于首相，他说："泰温公爵本能拉出黄金，不幸近来便秘，只好广开财源解决国库问题。"随后国王将关税和贸易税恢复原状，为自己赢得名声，却把泰温·兰尼斯特置于尴尬境地。

在官职任免上，国王和国王之手的不和也不断加剧。国王从前总是征求首相的意见，根据泰温公爵的建议选拔官员、分配荣誉、安排继承，征服二百七十年后，国王开始回绝首相的建议，单凭己意任免。许多西境人仅因被怀疑是"首相的人"就遭解职，换成国王的人选……但国王天性多疑，心意没有定数，他的恶感甚至蔓延到首相的族人身上，譬如泰温公爵希望任命弟弟提盖特·兰尼斯特爵士为红堡教头，伊里斯国王得知后提拔了威廉·戴瑞爵士。

那时，伊里斯国王对世人流传的看法已经了然于胸，知道人们说他是个空架子而泰温·兰尼斯特是七大王国真正的主人。这让他怒不可遏，决心证明自己，并通过折辱"逾越的仆人"来"让他明了自己的位置"。

征服二百七十二年，在庆祝伊里斯即位十周年于君临举办的盛大比武会上，乔安娜·兰尼斯特自凯岩城带来六岁双胞胎詹姆和瑟曦入宫觐见。国王（当时喝多了）询问乔安娜喂奶是否"毁了你那对如此挺拔、骄傲的乳房"。这问题让泰温公爵的对手们非常开心——他们乐于见到首相成为侮辱和玩笑的对象——却玷污了乔安娜夫人的名誉。泰温·兰尼斯特第二天清晨试图交出职位锁链，但国王拒绝接受。

伊里斯二世当然随时可以赶走泰温·兰尼斯特，另行任命国王之手，但出于某些原因，国王始终把这位童年好友留在身边，为自己操劳，同时又想尽一切办法加以诋毁。嘲笑和轻慢逐渐成为家常便饭，试图钻营的廷臣很快发现能打动国王的最便利办法就是编造笑话嘲讽严肃而缺乏幽默感的国王之手。尽管如此，泰温·兰尼斯特依然默默承受着。

征服二百七十三年，乔安娜夫人在凯岩城产下泰温公爵的次子时去世。那个被命名为提利昂的孩子是个畸形侏儒，腿短，头大，双眼颜色不一，宛如恶魔（有人甚至说他有尾巴，乃是被他父亲下令切掉的）。老百姓认为这个怪胎是泰温公爵的灾星和祸患，而得知消息后，伊里斯得意洋洋地宣称"诸神不能容忍这般傲慢，于是从他手中摘下一朵鲜花，还给他一只怪物，好让他明白谦卑的道理"。

国王的评论不久传到在凯岩城闭门哀悼的泰温公爵耳中，两人残存的旧谊彻底冰消瓦解。泰温公爵是个喜怒不形于色的人，他继续出任国王之手，料理七大王国繁琐的日常事务，国王则越来越反复无常、暴躁和多疑。伊里斯的间谍不断增加，他为靠不住的谣言、闲话和叛国故事给出重赏，无论那些东西是否出于想象。当有人报告说首相的私人卫队队长伊林·派恩爵士夸口泰温公爵才是真正的七国统治者时，国王派御林铁卫将那位骑士抓来，用火红的钳子拔掉舌头。

国王坠入疯狂的势头在征服二百七十四年一段时间内得以暂缓，因雷拉王后终于替他顺产一个儿子。国王喜出望外，乃至暂复旧观……可惜杰赫里斯王子于当年晚些时候夭折，绝望不已的伊里斯在愤怒中认定是婴儿的奶妈所为，将之斩首。不久，国王又改了主意，宣称杰赫里斯王子是被自己的情妇毒害，那位情妇是国王驾前某某骑士年轻漂亮的女儿，于是女孩及其所有亲属都被拷打至死。在残酷的拷问下，每人都承认了谋杀罪行，证词各自记录在案，但彼此间却天差地远。

伊里斯国王事后斋戒禁食半月，然后进行悔罪游行，穿越都城前往大圣堂，和总主教一起祷告。自圣堂返回后，国王宣布今后只与合法的妻子雷拉王后同寝。若编年史家们记载无误，伊里斯的确遵守誓言，从征服二百七十五年宣布决定那日起，就彻底失去了对女人的兴趣。

国王对婚誓新生的忠贞无疑感动了天上圣母，次年，也即征服二百七十六年，他终于得到祈求已久的次子——韦赛里斯王子——这婴儿个头虽小但精神健旺，其外貌在坦格利安家族中也称得上美丽。虽然时年十七岁的雷加王子具有继承人所需的一切品格，全维斯特洛仍为他弟弟的出世、为坦格利安王朝的延续得以巩固而欢欣鼓舞。

可惜韦赛里斯王子的出世却让伊里斯二世更加疑神疑鬼、难以理喻。小王子的健康看来无须担忧，国王却唯恐他和早前的哥哥们一样落得夭折的命运，遂令御林铁卫日夜看守，未经国王允许，任何人不得触碰王子，连王后也不准和儿子独处。王后的奶水不足时，伊里斯坚持要自己的试毒人吸过奶妈的奶子才让王子喝，以防乳头被人涂毒。七国各地的诸侯为小王子送来无数贺礼，国王却命堆在院子里统统烧掉，以防其中有巫术或诅咒。

当年晚些时候，泰温·兰尼斯特公爵——此举或许并不明智——在兰尼斯港为庆贺韦赛里斯王子诞生举办了一场盛大比武会，也许是作为和解的姿态。兰尼斯特家族将在大会上向天下展示他们的富裕和权势，伊里斯国王起初拒绝出席，后来勉强答应，但把王后和新生儿留在君临严密看守。

国王在凯岩城阴影下，由数百名贵族簇拥，目睹新近成为骑士的长子雷加王子将提盖特·兰尼斯特和吉利安·兰尼斯特挑下马，甚至战胜了英勇的巴利斯坦·赛尔弥爵士，只是在冠军决赛中被著名的御林铁卫"拂晓神剑"亚瑟·戴恩爵士打败。

泰温公爵或许想趁热打铁,当晚即对兴奋的国王提出王太子的婚姻问题亟待解决,雷加理应生下自己的继承人,而公爵之女瑟曦正好合适。伊里斯粗暴地拒绝婚约,他说泰温公爵是个得力能干的仆人,但终究是个仆人。国王也拒绝让泰温公爵之子詹姆担任雷加王子的侍从,他将这份荣誉给了一些宠臣的后代,那些人都是兰尼斯特家族和国王之手的对头。

显而易见,伊里斯·坦格利安疯狂的程度正迅速加深。征服二百七十七年"暮谷镇之乱"后,国王朝深渊的跌落已不可逆转。

在"百国争雄"时代,古老的暮谷镇曾是国王的都城,一度成为黑水湾中的首要港口,但君临兴旺发达后其贸易地位日衰,财富随之日减。年轻的丹尼斯·达克林伯爵试图挽回家族颓势。长久以来,人们不断争论达克林伯爵采取过激做法的原因,绝大多数人认同他的密尔妻子塞蕾拉夫人与此有关。尖锐的批评者将一切归罪于她,称她"蕾丝蛇",说她在枕边往丈夫耳朵里灌输毒药;少数维护者坚持认为愚行源于丹尼斯伯爵的荒唐想法,而他的夫人只因来自异乡、敬拜异国神便成了替罪羊。

丹尼斯伯爵打算为暮谷镇争得王家特许状,好比多恩领从前赢得的宽松自治,由此引发一系列变乱。在伯爵看来,这是个合理要求,而我们几乎可以肯定,塞蕾拉夫人告诉他这种特许在狭海对岸十分普遍;但在国王之手泰温公爵眼中,对方的请求必须严词拒绝,以防留下危险先例。被激怒的达克林伯爵定下一个新计划(目的只在于降低暮谷镇的关税和贸易税,好让暮谷镇和君临重新展开竞争)——一个彻头彻尾的愚蠢计划。

"暮谷镇之乱"就这样悄然发动。丹尼斯伯爵利用行为愈发狂悖的伊里斯国王和泰温公爵之间的紧张关系,拒绝上缴给王室的税款,并邀请国王亲临暮谷镇听取请愿。伊里斯国王本不可能接受……但泰温公爵建议用最严厉的措辞予以回绝,国王随即决定前往。他告诉派席尔大学士和御前会议,他要亲自解决纠纷,让犯上作乱的达克林乖乖就范。

在随行人员安排上,国王再度无视泰温公爵的建议,只带了由御林铁卫加尔温·戈特爵士率领的一支小卫队。结果这果真是陷阱,坦格利安君王盲目踏入彀中,卫队被即刻拿下,其中许多人——尤其是高贵的戈特爵士——为护主而死。

"暮谷镇之乱"震惊君临,随即引发公众的愤怒。一些人力促发起突袭营救国王,并惩罚无耻的叛逆。但暮谷镇有坚固的城墙环绕,俯瞰港口的暮堡——达克林家族古老的家

左图 | 封锁暮谷镇

堡——甚至更为坚固，强攻很难迅速奏效。

考虑到复杂形势，泰温公爵一边派骑手和乌鸦去各地调兵勤王，一边严令达克林家族交出国王。丹尼斯伯爵的回复是只要看到攻城迹象就处死国王。有的御前重臣质疑伯爵的话，认为维斯特洛人不可能犯下如此伤天害理的罪行，但泰温公爵不愿冒险，他带着一支相当规模的军队围住暮谷镇，从海陆两面加以封锁。

眼看国王军兵临城下，切断了补给，达克林伯爵动摇了。他多次提议谈判，泰温公爵均不予理会，坚持要他无条件投降，献出市镇和城堡，并释放国王。

变乱持续了半年。暮谷镇内，食物给养日蹙，士气一落千丈，但丹尼斯伯爵躲在古老的暮堡中，坚信泰温公爵终究会做出让步，向他提出有利条款。

那些了解泰温·兰尼斯特的人不这么认为。实际上，随着日子一天天过去，首相的决心愈发坚定，他最终向暮谷镇伯爵下达了最后通牒。泰温公爵在通牒中保证，若对方再不回头，他便发兵攻打，届时必将玉石俱焚，城中男女老少统统会被处死（民间流行的活灵活现的细节，即泰温公爵派自己的歌手去传达最后通牒，并在丹尼斯伯爵和"蕾丝蛇"面前表演《卡斯特梅的雨季》，很遗憾，得不到任何记录的支持）。

此时，几乎整个御前会议都在暮谷镇外首相的军营中，个别成员反对进攻，认为这可能危及伊里斯国王的生命。"他也许会动手也许不会，"据说泰温·兰尼斯特如此回答，"如果他动手，我们会有一位更好的国王。"公爵说着指向雷加王子。

学者们至今仍在争论泰温公爵当时的真实意图。他是真的认定达克林伯爵会在最后关头屈服吗？抑或他是希望——乃至故意借助——对方除掉伊里斯，好让雷加王子登基？

无人知晓，而这都要归功于御林铁卫巴利斯坦·赛尔弥爵士的英勇。巴利斯坦爵士提议由他潜进镇中，偷偷进入暮堡，将国王带到安全地带。赛尔弥年少时就得到"无畏的"外号，但泰温·兰尼斯特认为此举即便对他也太过冒险，堪称疯狂。出于对巴利斯坦爵士的能力和勇气的认可，泰温公爵同意在进攻前给他一天时间尝试。

关于巴利斯坦爵士救主的歌谣实在太多，其人的慷慨与奋勇令歌手们极难得的无须添油加醋。巴利斯坦爵士的确在漆黑的夜晚仅凭徒手翻越城墙，前往暮堡途中化装成兜帽乞丐，然后再度翻越暮堡，还在城墙走道上杀了一名守卫，没让对方报警。凭借高超的潜行技巧和非凡的勇气，他找到关押国王的地牢，但当救出伊里斯·坦格利安时，国王的失踪被人发觉，四处响起叫喊与警报。巴利斯坦爵士没有慌乱，而是以真英雄的风采挺身战斗，决不屈服出卖国王。

在拼杀中，他抢先出击，出其不意地杀了达克林伯爵的姻亲与教头西蒙·霍拉德爵士及其身边的两个卫兵——为死于霍拉德之手的铁卫兄弟加尔温·戈特爵士报了仇——然后把国王迅速带到马厩，从试图阻止的人群中杀出一条血路，并赶在城门关闭前与国王骑马逃出暮堡。他们在暮谷镇街道上纵马狂奔，周围号角声和喇叭声大作。他们奔向城墙，泰温公爵的弓箭手正努力为他们清除守卫。

国王安全脱逃后，丹尼斯伯爵只能投降，当时他可能并不清楚国王计划的恐怖复仇。达克林一家被锁拿到国王面前，伊里斯下令统统处死——不仅是近亲，还包括三亲四戚，乃至暮谷镇中的远亲。达克林家族的连襟霍拉德家族也被剥夺权利，加以摧毁，幸免于难的只有西蒙爵士年幼的侄子唐托斯·霍拉德——这仅是因为巴利斯坦爵士为他请命，恳求国王手下留情，而国王无法拒绝救命恩人。"蕾丝蛇"遭受了最残酷的刑罚，伊里斯先割她的舌头与下体，然后活活烧死（她的对头们却说比起她造成的灾难，伊里斯对她太仁慈）。

暮谷城被囚的经历粉碎了伊里斯·坦格利安二世仅存的一点理智，此后，国王毫无疑问陷入了疯狂，而且情况每一年都在加重。达克林家族敢于侵犯他的身体，粗暴地推搡他，剥下他的王家服饰，甚至施以殴打，获释后的国王再也不允许任何人的触碰，连贴身仆人也不行。他不修边幅也不洗澡，任头发疯长蓬乱，而变得又长又硬的指甲让他的双手犹如两只怪诞的黄爪子。除了誓言效命的御林铁卫，他禁止任何人在他身边携带武器。他的裁决也变得愈发严苛而残忍。

无论有何种事由，国王都不愿再离开红堡，

左图 | 伊里斯二世国王处决达克林家族

接下来四年间，他实际上成了自己城堡中的囚犯。在这段时间里，他对周围人的怀疑日益加深——尤其针对泰温·兰尼斯特——甚至蔓延到长子继承人雷加王子身上。伊里斯认定王子和泰温·兰尼斯特串通要强攻暮谷镇，逼迫达克林伯爵杀他，这样雷加可以坐上铁王座，泰温可以把女儿嫁给雷加。

伊里斯国王一心一意要阻挠这场想象中的联姻，便转向另一位童年好友求助——风息堡的史蒂芬·拜拉席恩被召来加入御前会议。征服二百七十八年，国王派史蒂芬公爵横渡狭海去古瓦兰提斯，为雷加王子物色合适的新娘，"一位有古瓦雷利亚血统的高贵少女"。国王将这项使命交给风息堡公爵而非国王之手或雷加王太子本人，已经很说明问题。盛传的谣言是国王只等史蒂芬公爵凯旋便命其接任国王之手，泰温·兰尼斯特将被解职后逮捕，以叛国罪论处。许多领主对此喜闻乐见。

但诸神另有想法。史蒂芬·拜拉席恩的使命以失败告终，而当他从瓦兰提斯返航时，在破船湾风息堡的视线范围内触礁沉船。公爵夫妇在他们最年长的两个儿子目睹下被大海吞噬。消息传到君临，伊里斯国王勃然大怒，他告诉派席尔大学士这都是泰温·兰尼斯特从中作梗，谋害了拜拉席恩公爵。"若我把他解职，他会连我一起杀。"国王肯定地对大学士说。

于是泰温·兰尼斯特继续出任国王之手，国王疯狂的程度也继续加剧。除非七铁卫同时在场，伊里斯不与泰温见面。国王确信平民和领主都想谋害他，甚至雷拉王后和雷加王子也参与其中，于是他从狭海对岸的潘托斯找来一个叫瓦里斯的太监出任情报总管，认为只有在维斯特洛无亲无故的人才可能对他据实以报。

在七国百姓间，这太监很快得到"八爪蜘蛛"的外号，他利用国库的财富编织出一张庞大的情报网。在伊里斯剩余的统治期里，瓦里斯都蛰伏在国王身边，朝国王耳中窃窃私语。

"暮谷镇之乱"后，国王开始显露对龙焰的迷恋，这一点和列代先祖极为类似。伊里斯相信自己若能驭龙，达克林伯爵决不敢造次。可他孵化龙石岛深处找到的龙蛋（有的蛋太古老，乃至成为化石）的企图统统无果而终。

满心挫败的伊里斯转而求助古老的炼金术士公会，会中智者们知晓制造易挥发的翠绿色物质"野火"的秘密，据说这种物质与龙焰相近。就这样，火术士成了迷恋火焰的国王的宫中常客。自征服二百八十年起，伊里斯二世开始火烧叛徒、杀人犯和阴谋家，不再处以斩首或绞刑。国王似乎从火刑中得到极大乐趣，而火刑总由炼金术士公会会长罗萨特智者主持……后来国王甚至赐给罗萨特伯爵头衔，并让其加入御前会议。

任何人都能看出国王疯了。从多恩到长城，人们开始广泛称呼伊里斯二世为"疯王"，而在君临他又得名"血痂国王"，因其被铁王座屡屡割伤。不过有"八爪蜘蛛"瓦里斯及其间谍网在，人们不敢把这些话说得太大声。

伊里斯国王和雷加王太子的关系愈发疏远。征服二百七十九年初，龙石岛亲王雷加·坦格利安与伊莉亚·马泰尔公主正式订婚，伊莉亚是时任多恩领公主优雅精致的女儿。次年，婚礼在君临的贝勒大圣堂隆重举行，但伊里斯二世没有出席——他告诉御前会议，只要他离开红堡就有性命之忧，御林铁卫也难保周全。他甚至不允许二儿子韦赛里斯参加哥哥的婚礼。

新婚的雷加王子夫妇决定定居龙石岛而非

红堡，这也掀起轩然大波，谣言迅速传遍七大王国，有人说王太子企图代父自立；又有人声称伊里斯国王打算废黜雷加，另立韦赛里斯为继承人。伊里斯国王首个孙辈的出世——征服二百八十年出生在龙石岛的雷妮丝公主——也没能缓和父子关系。雷加王子带女儿回红堡觐见父母时，雷拉王后亲切地拥抱了婴儿，伊里斯国王却拒绝拥抱乃至触摸孩子，还抱怨孩子"闻起来一股多恩味"。

泰温·兰尼斯特公爵在这险恶局势中一直坚持履行国王之手的职责。"公爵大人若巍巍凯岩城，"派席尔大学士写道，"从未有哪位国王拥有如此能干尽责的首相。"史蒂芬·拜拉席恩死后，泰温公爵的地位似乎得到巩固，以至他将年轻漂亮的女儿瑟曦接进宫来。

但在征服二百八十一年，年迈的御林铁卫哈兰·格兰德森爵士于熟睡中去世，伊里斯二世将白袍赐予泰温公爵的长子，国王和首相长期的紧张关系终于走到尽头。

泰温公爵的长子詹姆·兰尼斯特年方十五，业已当上骑士——这份荣誉还是由"拂晓神剑"亚瑟·戴恩爵士亲手赐予。亚瑟爵士被公认为是骑士精神的化身，詹姆随他剿灭被称为"御林兄弟会"的匪帮，因无可挑剔的英勇而受封。

另一方面，詹姆爵士身为泰温公爵的继承人，寄托了兰尼斯特家族延续的希望，因为公爵的另一个儿子提利昂是个畸形侏儒。事实上，在国王做出决定时，首相正为儿子谈判一桩非常有利的婚姻。伊里斯的只纸片语不仅剥夺了泰温的继承人，还让泰温显得虚伪和愚蠢。

派席尔大学士告诉我们，伊里斯二世在铁王座上宣布对詹姆爵士的任命后，公爵只是单膝下跪，感谢国王赐予兰尼斯特家族的巨大荣誉，随即以疾病请辞。

伊里斯国王欣然接受，泰温公爵遂交出职位锁链，离开宫廷，把女儿一同带回凯岩城。国王以欧文·玛瑞魏斯伯爵顶替，玛瑞魏斯是个上年纪的老人，为人和气，擅拍马屁，只要国王说的笑话或俏皮话，无论多无聊，他都笑得最大声，并以此出名。

国王告诉派席尔，从此没有人能质疑戴王冠的人才是七国统治者。

伊里斯·坦格利安和泰温·兰尼斯特自幼相知相识，在"九铜板王之战"中并肩浴血，然后共治天下逾二十载。可叹在征服二百八十一年，他们之间曾为国家结出丰硕果实的漫长关系，走到了苦涩的终局。

不久，沃尔特·河安伯爵在其家堡赫伦堡举办了一场盛大的比武会，以庆祝女儿的命名日。伊里斯二世国王选择这场盛会来正式赐封詹姆·兰尼斯特爵士为御林铁卫……结果引发连锁反应，导致"疯王"倒台和坦格利安家族在七大王国漫长统治的结束。

The Fall of the Dragons

真龙王朝的
覆灭

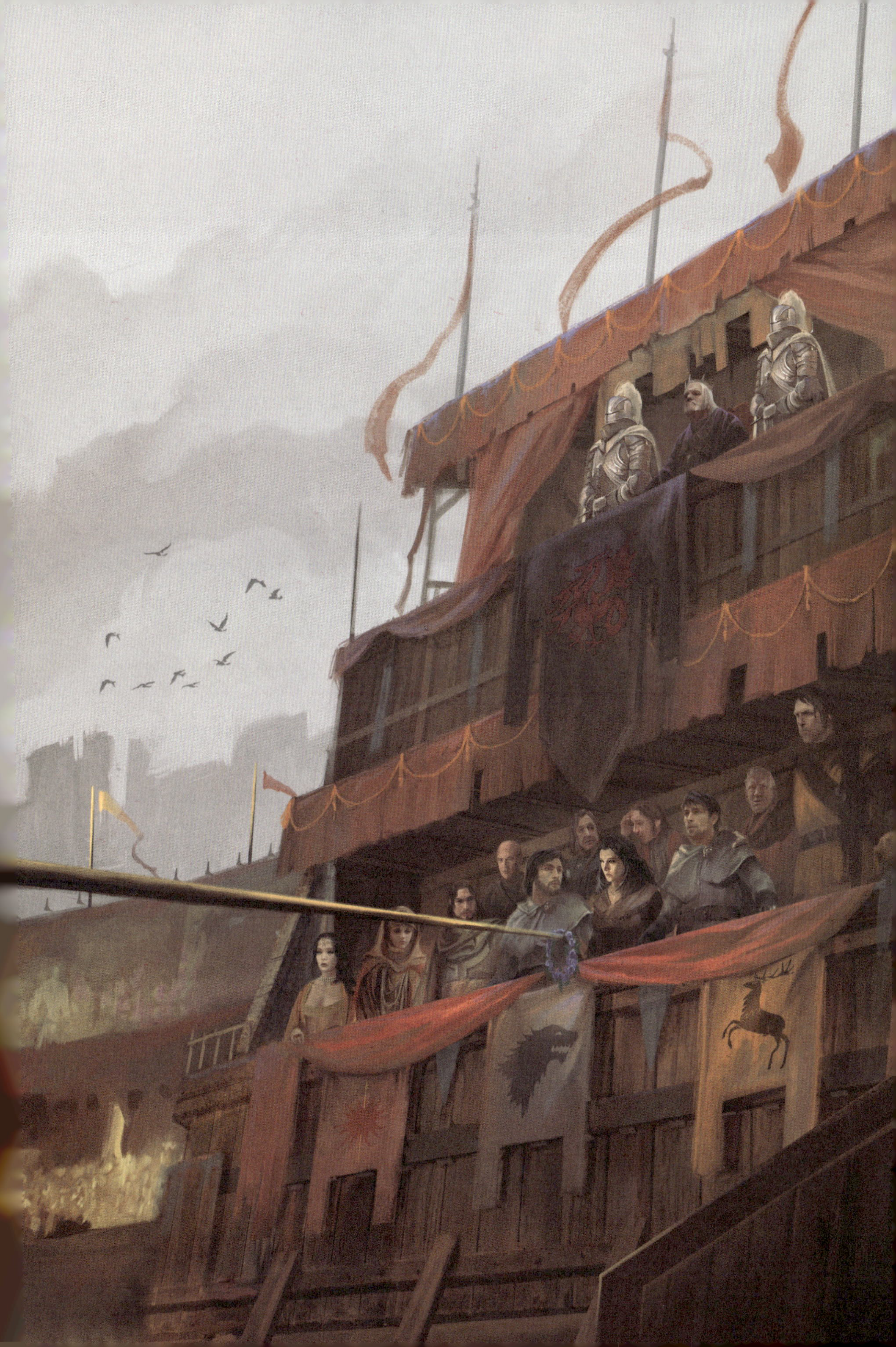

错误的春天

在维斯特洛的编年史中，征服二百八十一年被称为"错误的春天之年"。之前严冬持续几近两年，而今冰雪终于融化，树木发绿，日子也变长了。虽然白鸦并未预报季节变换，但就连旧镇学城里的许多人士也相信冬天即将结束。

暖风从南方吹来，七国各地的领主和骑士们聚集到赫伦堡，在神眼湖畔参加河安伯爵主办的盛大比武会，他们相信这将是"不该成王的王"伊耿以来全国规模最大、最为华丽的比赛。

这场盛会存世的记载极多，赫伦堡下发生的事不仅有二十多位编年史家亲临记录，还在许多信件和证词中频频提及，但其中内幕依然扑朔迷离。因为当七大王国最强大的骑士们冲杀比试时，在"黑心"赫伦被诅咒的城堡的厅堂内、在诸侯们的营帐里，进行着更危险的游戏。

河安伯爵的比武会也催生出许多故事：密谋和暗算，协议与背叛，谜中之谜。但这些几乎全是凭空想象，只有极少

数人知道真相，而其中一些人早已离开尘世，再不可能开口。因此，要想再现这场命运的盛会，谨慎的学者必须小心翼翼地分辨想象与现实，在确切所知与推测、信念及谣言之间划出一道清晰的界限。

以下是确凿的事实：比武会最初由赫伦堡伯爵沃尔特·河安在征服二百八十年年末宣布，就在他弟弟御林铁卫奥斯威尔·河安爵士前去拜访他之后不久。这场比武会从一开始就显露出无以伦比的规模，因为河安伯爵设定的奖金是四年前泰温·兰尼斯特公爵在兰尼斯港为庆祝韦赛里斯王子诞生而举办的盛大比武会的三倍。

大多数人认为河安只是企图超越前首相，以显示家族的财富与权势；但也有人意识到比武会恐怕是个幌子，而河安伯爵是被推作前台傀儡。他们发现，伯爵根本无力支付如此高额的奖金，势必有人暗中资助——某个不缺金子，但宁愿待在幕后，让赫伦堡伯爵去奔走主持并赢得荣耀的人。必须承认，我们没有任何"幕后黑手"存在的证据，但这种推测当时就为有识之士所广泛认同，至今依然如此。

假如"幕后黑手"真的存在，那又是谁？此人为何不肯登上前台？多年来，人们提出十几种可能，其中一个名字似乎最可信：龙石岛亲王雷加·坦格利安。

假如这是真的，那么雷加王子便是以伯爵的弟弟奥斯威尔爵士为中间人，促成沃尔特伯爵举办比武会；巨额奖金也来自王子，意在吸引尽可能多的骑士和领主赶来赫伦堡。据说王子对比武会本身并无兴趣，他打算召集国内各大贵族，举行一届非正式的大议会，讨论如何应对他父亲伊里斯二世国王的疯狂，或许会采取摄政乃至强行废黜的极端方式。

假如这是比武会的目的，可以说雷加·坦格利安进行了一场凶险的游戏。虽然全国上下几乎一致认定伊里斯已然丧失理智，但涉及铁王座易主，许多人依旧会坚决反对——这些人从国王的反复多变中攫取到财富与权力，而若雷加王子上台，一切将化为乌有。

纵然"疯王"极度残忍——他把臆测的危险人物统统烧死时将这点暴露无遗——但也懂得收买人心，赐给取悦自己的人荣誉、官职和领地。伊里斯二世身边不乏擅拍马屁的领主，他们从国王的疯狂中大把获利，于是千方百计地中伤雷加王子，挑拨国王父子的关系。

"疯王"的支持者以御前会议中三位诸侯为首：财政大臣科尔顿·切斯德、海政大臣路斯里斯·瓦列利安和法务大臣赛蒙·斯汤顿。此外，情报总管太监瓦里斯和炼金术士公会会长智者罗萨特也都是国王的亲信。与之相对，支持雷加王子的是宫中年轻一代，如琼恩·克林顿伯爵、女泉城的米斯·慕顿爵士、瑞卡德·隆莫斯爵士等，随伊莉亚公主入宫的多恩人也站在王子一边，其中最有名的是伊莉亚的叔叔及御林铁卫成员勒文·马泰尔亲王。当然，在雷加所有的朋友和支持者中，最重要的无疑是名满天下的"拂晓神剑"亚瑟·戴恩爵士。

维持平衡的任务不可避免地落到派席尔国师和国王之手欧文·玛瑞魏斯伯爵头上，随着

前页｜雷加王子将冬雪玫瑰王冠献给莱安娜·史塔克
左图｜"疯王"伊里斯二世

双方怨恨的加深，这项任务也越来越艰巨。在一封写给学城的信中，派席尔提及红堡的分裂让他极为不安地联想起一世纪前"血龙狂舞"前夕的党争，阿莉森王后和雷妮拉公主的对立曾让王国一分为二、血流成河。他警告道，若国王和王子的支持者不能达成某种妥协，七大王国或许面临同样的大乱。

几乎可以肯定，若教伊里斯国王的私党得到一丝雷加王子图谋父亲的证据，他们必会用来扳倒王子。事实上，国王身边某些人已建议伊里斯废黜"不忠"的儿子，改立小王子韦赛里斯为铁王座继承人。韦赛里斯王子只有五岁，由他即位很可能要经历摄政期，如此这些提议的人便能当上摄政。

在这种紧张氛围下，河安伯爵的盛会邀约无疑引起了诸多怀疑。切斯德伯爵请求国王加以阻止，斯汤顿伯爵甚至要求禁止所有比武会。

然而盛会是民众的一大娱乐，玛瑞魏斯伯爵劝告伊里斯，无端阻止只会让自己更不受欢迎。国王决定改变策略，亲自与会——这是"暮谷镇之乱"以来伊里斯二世头一回离开安全的红堡。无疑，国王是考虑到敌人不敢在他眼皮底下密谋反对他，派席尔大学士信中说，伊里斯更希望自己在盛会上露面能赢回民众爱戴。

倘若国王打着这样的盘算，那可真是大错特错。他出席一事的确为本已隆重盛大的比武会锦上添花，吸引来全国各个角落的领主与骑士，但很多人被君主现在的模样惊呆了：发黄的长指甲、纠结的胡须、未经梳洗的绳子般的头发……种种样貌把国王的疯狂昭示天下。国王的行为也与正常人大异其趣，他会在眨眼间由欢笑转为忧愁，赫伦堡比武会留下了许多伊里斯歇斯底里发笑、长久沉默、惆怅泪下和勃然震怒的记录。

伊里斯二世国王所有行为的核心是怀疑：对长子继承人雷加王子的怀疑；对主人河安伯爵的怀疑；对每一位来赫伦堡参赛的领主和骑士的怀疑……他甚至更怀疑缺席者，为首便是前首相凯岩城公爵泰温·兰尼斯特。

比武会开幕式上，伊里斯国王举行隆重的授职仪式，任命詹姆·兰尼斯特爵士为御林铁卫的誓言兄弟。全身白甲的年轻骑士跪在国王帐前的青草地上，宣誓效命，全国一半的领主到场观睹。奥斯威尔·河安爵士扶他起身，杰洛·海塔尔爵士将白袍系在他肩头，观众发自内心地齐声欢呼，因为詹姆爵士的勇气、风度和剑术闻名遐迩，尤其在西境。

泰温·兰尼斯特本人虽不愿出席赫伦堡比武会，但他属下有数十位封臣和数百名骑士到场，他们为新晋的、史上最年轻的御林铁卫发出响彻云霄的欢呼。而据说，疯狂的国王居然认为他们是在为他喝彩。

仪式刚结束，伊里斯二世国王就对自己的新护卫产生怀疑。派席尔大学士告诉我们，国王让詹姆爵士加入御林铁卫原本动机不纯，乃是存心折辱老友。但到木已成舟的现在，他突然意识到这等于让泰温公爵的儿子与自己朝夕相伴……对方手中还有武器。

派席尔证实，国王吓得六神无主，当晚宴会什么也吃不下。随后，伊里斯二世召来詹姆爵士（在蹲夜壶时召唤，有人认为这丑陋的细节出自后人添加），命其赶回君临保护并未随国王前来比武会的雷拉王后和韦赛里斯王子。御林铁卫队长杰洛·海塔尔爵士请求代詹姆爵士前往，却被伊里斯回绝。

年轻骑士渴望在比武会上显山露水，粗暴

的遣退无疑令其极度失望。但无论如何，詹姆爵士谨守誓言，立刻前往红堡，他与赫伦堡比武会此后的发展再无瓜葛……当然，"疯王"疯狂的意识中或许不这么想。

在赫伦堡的高墙下，整整七日里，白天，七大王国最优秀的骑士和最高贵的领主们用枪和剑进行比试；夜里，胜负双方一同来到城堡巨大的"百炉厅"欢宴庆祝。神眼湖畔这些日夜留下了太多歌谣和故事，其中有些是真的。我们在此不想复述当时的种种比拼和谈笑——那些事我们乐于留给歌手——但有两件事无法略过，因其引发的严重后果。

第一件事是一位神秘骑士的现身。那是一位瘦小的年轻人，穿着七拼八凑的盔甲，纹章是一棵刻着扭曲笑脸的白色鱼梁木。此人被称作"笑面树骑士"，在连续三场长枪比武中挑下三人，让民众大为兴奋。

但伊里斯二世对一切神秘人物都怀有戒心，他相信神秘骑士盾上的笑面树是在嘲讽他，从而认定——尽管无凭无据——此人正是詹姆·兰尼斯特爵士。新晋的御林铁卫无疑是藐视他的命令，私自返回参赛，国王对每个人都这么说。

恼怒的国王命令麾下骑士们在第二天比赛重开时挑战"笑面树骑士"，挑开此人的面甲，将其背信弃义的行为昭示天下。但"笑面树骑士"竟连夜消失，再未现身，这让国王更为不满，确信身边有人警告了这位"藏头遮脸的叛徒"。

上图｜龙石岛亲王雷加·坦格利安

长枪比武最后的冠军是雷加王子。王太子通常不参加比武会，这回却披挂整齐，打败了所有对手——包括四名御林铁卫——震惊世人。在决赛中，他将巴利斯坦·赛尔弥爵士挑落马下，赢得桂冠，后者被普遍认为是七大王国最擅长长枪比试的骑士。

全场欢呼震耳欲聋，伊里斯国王却没出声。国王并不为继承人惊人的表现而骄傲自豪，反倒视为威胁。切斯德伯爵和斯汤顿伯爵火上浇油，声称雷加王子参赛是为收买人心，是为提醒到场众诸侯他才是真正的战士、是"征服者"伊耿的传人。

当大获全胜的龙石岛亲王指名临冬城公爵之女莱安娜·史塔克为爱与美的皇后，用长枪枪尖将一顶蓝玫瑰花冠放在她膝上时，那几位擅于逢迎的大人更是向国王大肆宣扬雷加的不忠。王太子为何要侮辱王妃——多恩的伊莉亚·马泰尔公主（公主随王子到场）？除非是为图谋铁王座。所有记载都认同，被加冕的史塔克少女是个男孩子气的野姑娘，毫无伊莉亚公主那种精致的美。赛蒙·斯汤顿对国王分析，雷加青睐这女孩只有一种可能，那便是讨好临冬城，寻求支持。

倘若这是真的，为何莱安娜小姐的哥哥们对王子赐予的荣誉如此不满呢？临冬城的继承人布兰登·史塔克在众人阻止下才没当场挑战雷加，因为莱安娜·史塔克早已与风息堡公爵劳勃·拜拉席恩订婚，这被布兰登视为对妹妹名誉的侮辱；布兰登的弟弟、劳勃的密友艾德·史塔克较为冷静，但也不开心。至于劳勃·拜拉席恩本人，有人说他哈哈大笑，宣称这是莱安娜应得的……但那些了解他的人提到年轻的公爵耿耿于怀，从那天起就决心报复龙石岛亲王。

可悲可叹！为一顶淡蓝色玫瑰花冠，雷加·坦格利安揭开了七大王国改朝换代的序幕，不仅害死自己，连累成千上万人，还将一位新王送上铁王座。

征服二百八十一年"错误的春天"只持续了不到两月，当年年末，寒冬仿佛怀着复仇心再度席卷维斯特洛。这一年最后一天，君临开始降雪，黑水河被薄冰覆盖，大雪断断续续下了近半月，到头来将黑水河整个冻硬，都城每座塔楼的屋顶和阴沟都滴水成冰。

冷风肆虐时，伊里斯二世国王求助火术士，命他们用魔法驱赶寒冬。于是整整一月里，巨大的绿火堆沿红堡城墙点燃。但雷加王子并未在都城观睹这番景象，也没在龙石岛陪伴伊莉亚公主和他们的幼儿伊耿。新年前夕，王太子带着六七位心腹密友上路，最终回到河间地，在离赫伦堡不到十里格的地方绑架了临冬城的莱安娜·史塔克，并把她带走，由此点燃了一把终将吞噬他的家族、亲属和所有他热爱的人——以及半个国家——的大火。

个中情节大家非常熟悉，在此不再赘述。

劳勃起义

雷加臭名昭著的诱拐莱安娜·史塔克事件带来坦格利安家族的覆灭。在对待史塔克公爵、公爵的继承人及其支持者的方式上，伊里斯国王展现出彻头彻尾的疯狂。对方前来投诉雷加，伊里斯国王非但不秉公处理，反而将其残忍杀害，之后还要琼恩·艾林公爵处死曾经的养子劳勃·拜拉席恩和艾德·史塔克。事件的亲历者多半将艾林公爵拒绝国王的命令、为捍卫正义而勇敢地召集封臣视为劳勃起义的真正发端，但并非所有谷地诸侯都支持琼恩的决定，那些忠于国王的领主很快起兵反对艾林公爵。

战争犹如野火，从谷地迅速蔓延到七大王国，领主和骑士纷纷选择阵营。许多当代人参加过这场战争，他们的了解无疑远胜并未在场的我，故此，应由更合适的人来对劳勃起义的过程进行忠实而详尽的记叙，而非由区区在下进行拙劣的事件整理或对历史人物擅加褒贬，这对在世的参战者是种冒犯。我在此只提及那位最终赢得铁王座、并着手治愈几被"疯王"的疯狂所摧毁的国家的领主和骑士。

劳勃·拜拉席恩在战争中证明自己是个无所畏惧、不屈不挠的战士，越来越多的人聚集到他旗下。格拉夫森伯爵宣布支持坦格利安家族，劳勃便身先士卒翻过海鸥镇的城墙，将其打败；随后他从海鸥镇航回风息堡——冒着被王家舰队捕获的风险——召集封臣。并非所有风暴地诸侯都响应召唤，伊里斯的国王之手玛瑞魏斯伯爵说动某些领主对抗劳勃公爵，但在盛夏厅，劳勃大显身手，一天里赢得三场战斗的胜利：他迅速集结部队，依次打败格兰德森伯爵和卡伏伦伯爵，又单打独斗杀死费尔伯爵，随后俘虏其著名的儿子"银斧"。

后来劳勃公爵率风暴地诸侯北上与盟友艾林公爵及北境人会合，打了更多胜仗，至关重要的是石堂镇的著名大捷。此战又称"鸣钟之役"，劳勃在战斗中击杀著名骑士米斯·慕顿爵士——曾为雷加王子的侍从——和其他五人，甚至可能杀掉新任国王之手克林顿伯爵。这场大捷决定了河间地的倒向，很快徒利公爵的两个女儿便分别嫁给艾林公爵和史塔克公爵。

国王一方被接连不断的失败弄得士气低落、军力涣散，只能竭力振作。御林铁卫们被派去整顿克林顿伯爵的残部；雷加王子从南方返回，接过自王领征募的新兵；提利尔公爵在岑树滩的小胜促使劳勃向河间地进军，于是风暴地门户洞开，富有的河湾地诸侯汇集兵力，一路扫荡，直叩风息堡城下。不久后，派克斯特·雷

德温伯爵率一支强大的舰队从青亭岛赶到，完成对风息堡海陆两面的封锁，但直到战争结束，此城都未陷落。

为捍卫伊莉亚公主，多恩人不惜派出一万长矛兵沿"骨路"北上增援君临，加入雷加王子的军团。宫中时人回忆伊里斯的行为不可理喻，除开御林铁卫不信任任何人——实际上，连御林铁卫他也并非完全信任，例如他把詹姆·兰尼斯特爵士日夜带在身边，作为人质防备爵士的父亲。

雷加王子沿国王大道朝三叉戟河的最后进军带上了除年轻的詹姆·兰尼斯特爵士（詹姆爵士依然被国王扣在君临）之外的所有御林铁卫："无畏的"巴利斯坦·赛尔弥爵士、琼恩·戴

上图 | 劳勃·拜拉席恩一世国王

瑞爵士和多恩的勒文亲王随军效力，其他三人另有安排。勒文亲王指挥外甥道朗亲王派来的多恩部队，据说道朗亲王派出如此大军仅是由于"疯王"的威胁，国王时刻担心多恩人倒戈相向。

至于三叉戟河上那场著名决战，记录和口述多如繁星。众所周知，两军在后来因雷加王子盔甲上散落的红宝石而被称为红宝石滩的渡口交锋，实力势均力敌。雷加的军队约莫四万人，其中近十分之一是骑士；起义军人数稍逊，但战斗经验更丰富，而雷加的部队多为未经考验的新手。

渡口的血战非常激烈，双方伤亡惨重。琼恩·戴瑞爵士和多恩的勒文亲王都在战斗中阵亡，但他们的死并非战斗的高潮。

劳勃公爵和雷加王子的对决决定了会战结果，这或许是诸神的意愿，也或许纯属运气——再或是他们自己的选择——总之两人在渡口浅滩相遇。所有记载都说，两位伟大的骑士在战马上英勇奋战。雷加王子尽管德行有亏，但决非懦夫，他打伤了劳勃公爵，直到最后拜拉席恩的蛮力和为被偷走的未婚妻复仇的欲望占到上风。劳勃的战锤结结实实打中雷加，锤上尖刺砸入对手的胸膛，王子胸甲上价值连城的闪耀红宝石纷纷溅落。

双方战士几乎同时停止打斗，跳进河水中捞取珍贵的宝石，随后王军开始溃退，并迅速逃离战场。

劳勃公爵的伤势使他无法追击，只能把任务交给艾德·史塔克公爵，但这位未来的国王派出自己的学士救治受重伤的伟大骑士巴利斯坦爵士，体现了骑士精神，从而赢得朋友和同盟者的衷心拥戴——鲜少有人能像劳勃·拜拉席恩那么慷慨仁慈。

结局

红宝石滩一战的结局被乌鸦和信使带往全国各地。消息传到红堡，据说伊里斯诅咒多恩人，确定是勒文背叛了雷加。他把怀孕的雷拉王后和次子韦赛里斯（如今是新的继承人）遣往龙石岛，但强迫伊莉亚公主和雷加的孩子们留在君临，作为针对多恩领的人质。由于前任国王之手切斯德已因指导战争不善被活活烧死，伊里斯任命炼金术士罗萨特——一个出身低贱、除开放火和花言巧语一无所知的人——为国王之手。

红堡防御由仅剩的御林铁卫詹姆·兰尼斯特爵士主持。骑士和金袍军被部署在都城城墙上，静候敌人到来，但首先出现在城下的军队却飘扬着凯岩城的狮子旗，由泰温公爵率领。伊里斯国王心急火燎地打开城门，以为老朋友和前首相终于赶来助阵，就像在"暮谷城之乱"时帮他解围一样。但泰温公爵绝非为拯救"疯王"而来。

泰温决心拯救天下苍生，结束伊里斯的疯狂统治。他的士兵一进城立刻制服了君临守军，街上血流成河。公爵亲自挑选的精锐迅速扑往红堡，翻越城墙，搜捕伊里斯，执行正义的审判。

红堡迅速沦陷，多恩的伊莉亚和她的孩子雷妮丝及伊耿在混乱中遭遇不幸。这是一桩悲剧，战争让有罪者和无辜者都流下鲜血，而奸杀伊莉亚公主的凶手逃脱了惩罚。至于是谁在床上谋害雷妮丝，又是谁将尚为婴儿的伊耿王子的头颅砸碎在墙上，我们不得而知。有人悄悄传说是伊里斯得知大势已去后下的令，也有人说是伊莉亚亲自动手，以免孩子们落入亡夫的仇敌手中。

伊里斯的首相罗萨特怯懦地试图逃离城堡，结果在一扇边门旁被杀。伊里斯国王是红堡中被杀的最后一人，动手的则是他自己的御林铁卫詹姆·兰尼斯特爵士。詹姆爵士和父亲一样，决心以天下苍生为念，了断"疯王"的疯狂统治。

劳勃起义大获全胜，坦格利安家族就此覆灭——由此终结了统治七大王国近三百年的坦格利安王朝，开启拜拉席恩王朝的黄金时代。

右图 | 红堡和君临

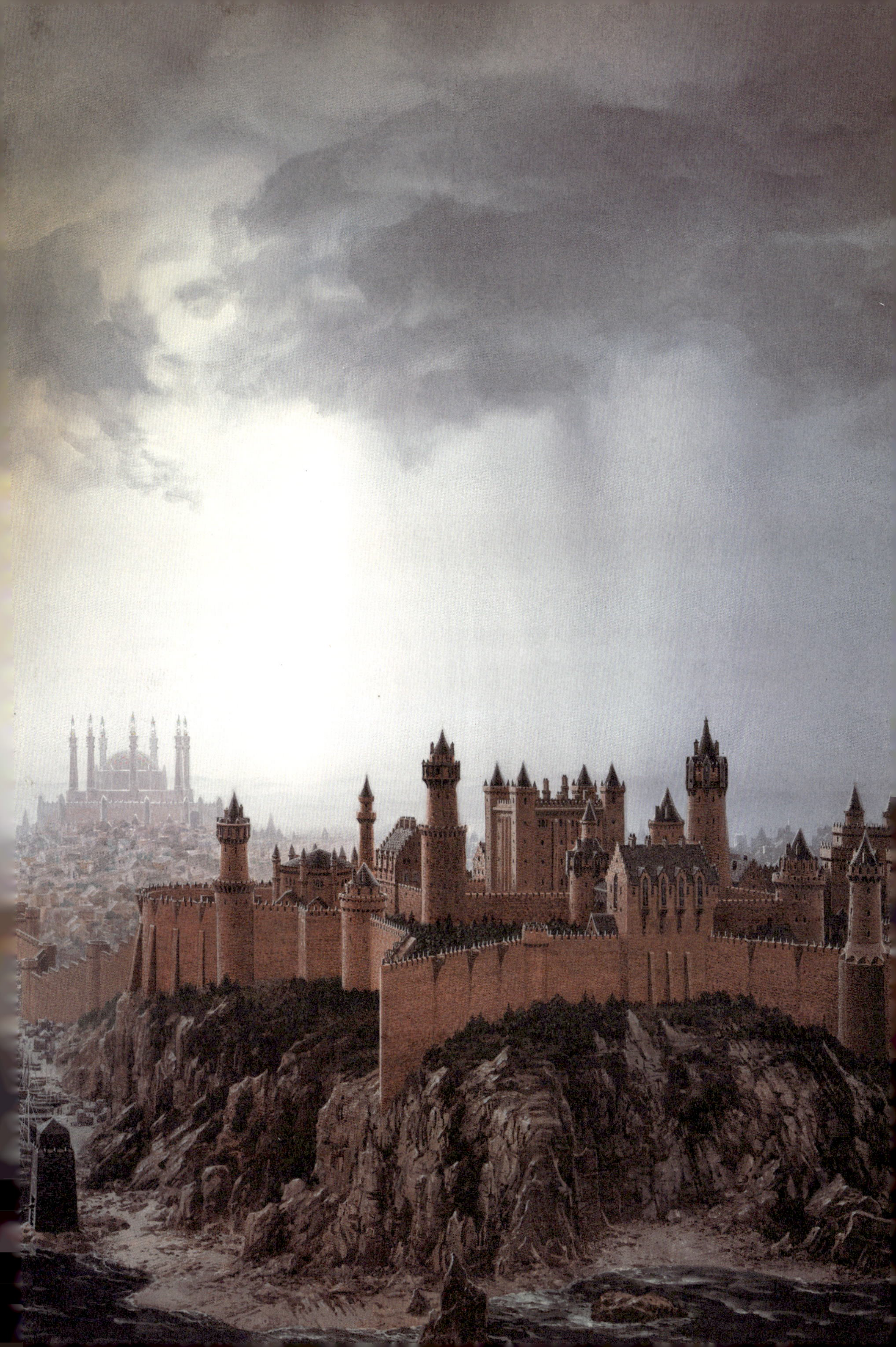

光荣的统治

坦格利安家族覆灭后，国家前途豁然开朗。劳勃一世国王迅速治愈四分五裂的维斯特洛，扫清"疯王"父子的流毒。未婚的国王登基后首要安排便是迎娶绝代佳人兰尼斯特家族的瑟曦，由此补偿了该家族在伊里斯时代所应得的一切荣誉。泰温公爵本应再度为相，但国王将职位慷慨授予老朋友和保护人琼恩·艾林公爵。从此，睿智公正的艾林公爵辅佐中枢，天下大治。

劳勃的统治也非一帆风顺。加冕后六年，巴隆·葛雷乔伊无端叛乱——非为任何曲直，也非为子民福祉，仅出于一己野心。劳勃的二弟史坦尼斯·拜拉席恩公爵指挥王家舰队出动，劳勃亲率大军自陆路征讨。在平叛战争中，劳勃国王再度展现非凡的战斗力，把战火一路烧到敌人的老巢派克城，攻而克之，让巴隆·葛雷乔伊——一度自立为铁群岛之王——重新臣服铁王座。为确保忠诚，巴隆唯一剩下的儿子被收为人质。

国家恢复了和平，劳勃实现了登基时作出的所有许诺。我们高贵的君主赢得了若干世纪以来最漫长的一个夏天，风调雨顺，国泰民安。不仅如此，国王与他挚爱的王后还为国家诞下三个黄金孩儿，预示着拜拉席恩王朝必将千秋万代、绵延长久。近来虽有人自诩"塞外之王"，但那曼斯·雷德不过是守夜人军团的背誓逃兵，一如既往必将遭到黑衣人的迅速制裁。历史证明，野人王只是癣疥之疾。

但未来并非全可预料。纪元更迭，世事变迁，黎明纪元至今已数千年，无数城堡兴建而后倒塌，无数王国兴起而后灭亡；农夫操劳一生后因病痛或年迈撒手人寰，他们的孩子继续劳作；王子登基加冕，随后在战争里、床榻上或比武场中殒命，留下或伟大、或渺小、甚或千夫所指的名声。世界在"长夜"里体验了寒冰，在"末日浩劫"中经历过烈火，从冰封海岸到阴影旁的亚夏，这个冰与火的世界拥有漫长而光辉的历史，其中许多段落还等待书写。倘能发现更多葛尔丹博士的手稿残篇——或其他类似的无价之宝（至少在我们学士眼中）——人类的知识必将得到极大增进。毫无疑问，在下一个千年及之后的无穷岁月中，会有更多人生老病死，历史会继续演进，且正如我的谦卑之笔为大家呈现的那般奇妙、复杂而又打动人心。

无人全知全能，但了解过去的人或能尽力而为，来避免重复前人的错误，来争取再现祖先的业绩，来为子子孙孙及他们的后代创造一个更和谐的世界。

以光荣的劳勃一世国王之名，卑臣对七国列代君主的记述到此告终。

上图 | 史塔克家族（正中）及其部分封臣的纹章（自顶端顺时针起）：葛洛佛家族、罗斯威尔家族、曼德勒家族、达斯丁家族、波顿家族、陶哈家族、黎德家族、安柏家族、卡史塔克家族、霍伍德家族和莫尔蒙家族

上图丨徒利家族（正中）和河间地过去现在一些重要家族的纹章（自顶端顺时针起）：梅利斯特家族、慕顿家族、戴瑞家族、穆德家族、派柏家族、斯壮家族、凡斯家族、布雷肯家族、布莱伍德家族、河安家族、罗斯坦家族和佛雷家族

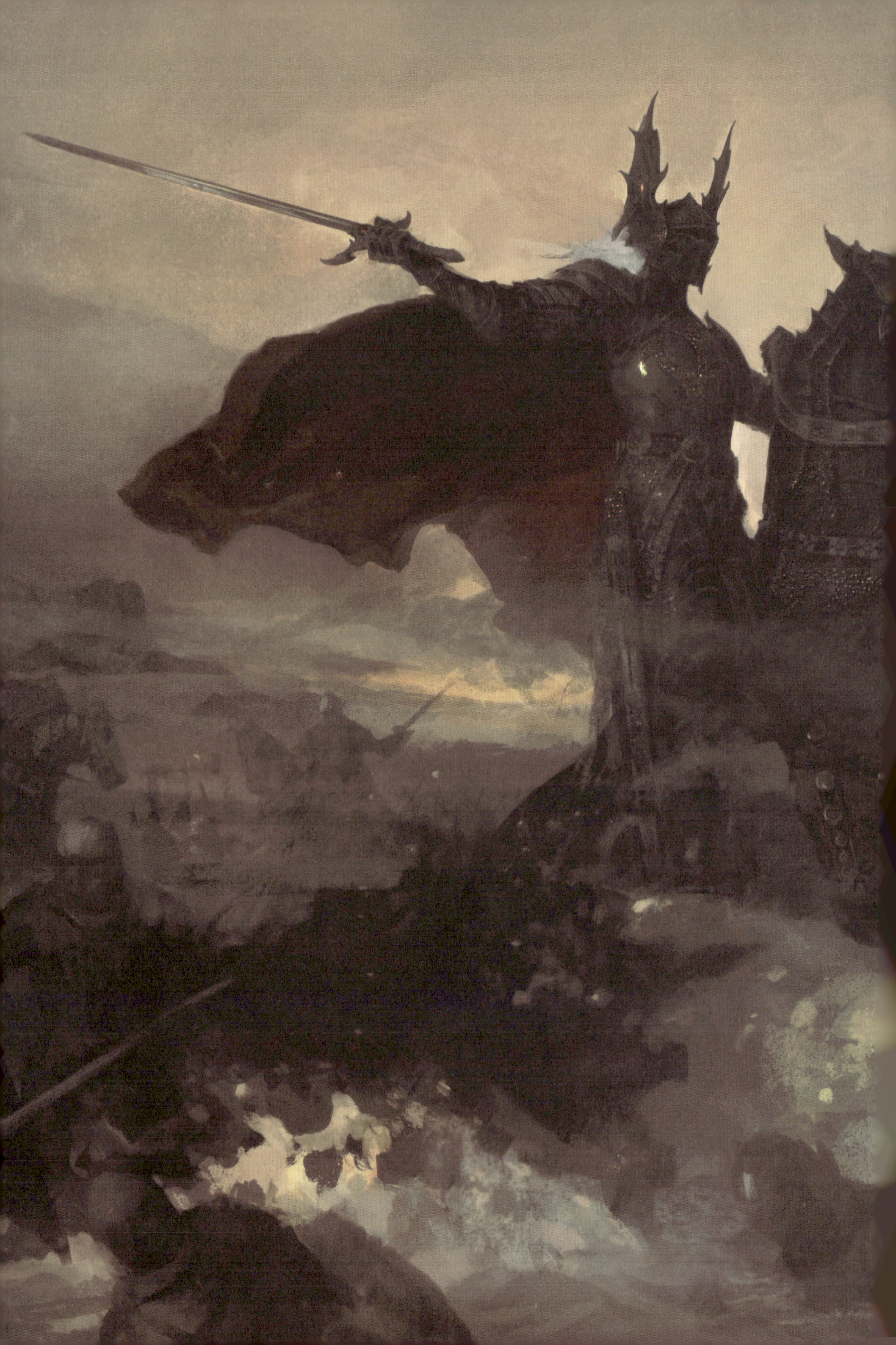

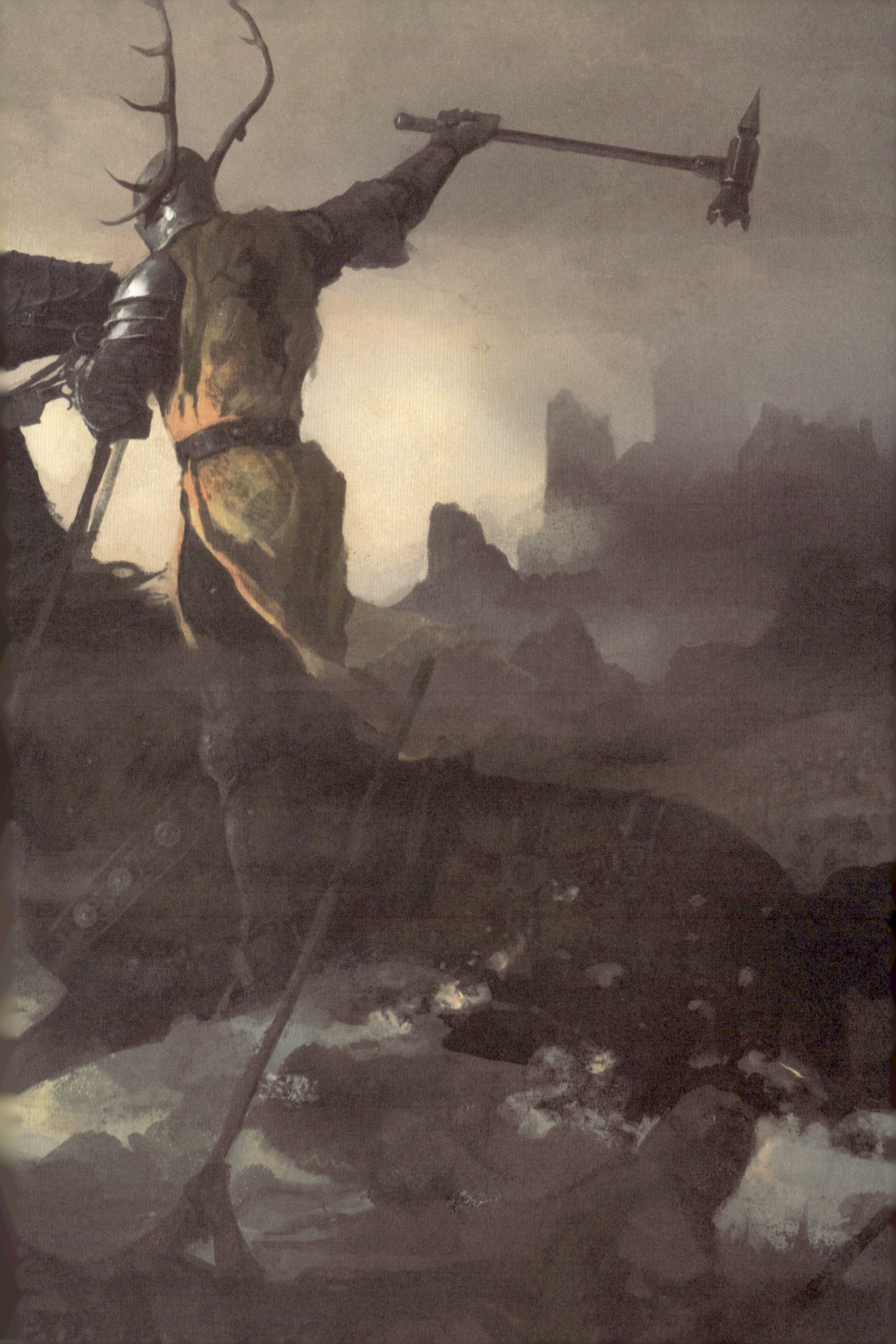

THE WORLD OF ICE & FIRE
冰与火之歌的世界 别册

冰与火之歌的世界
·悦享版·

世系表

the WORLD OF ICE AND FIRE
THE UNTOLD HISTORY OF WESTEROS AND THE GAME OF THRONES

重庆出版集团 重庆出版社

坦格利安世系

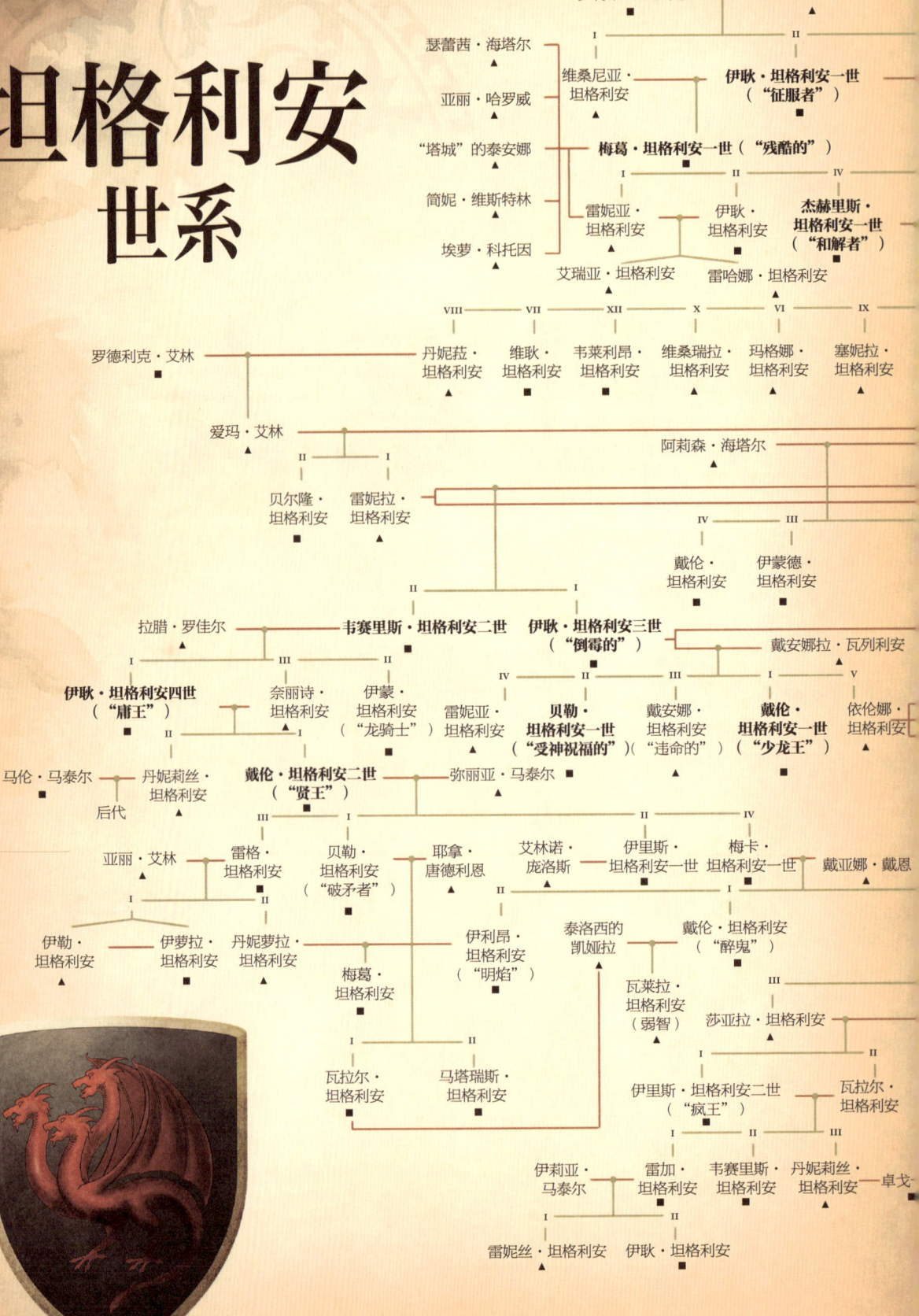

伊利昂·坦格利安 —— 瓦莱安娜·瓦列利安
    I   II

瑟蕾茜·海塔尔 ▲
亚丽·哈罗威 ▲ —— 维桑尼亚·坦格利安 —— 伊耿·坦格利安一世（"征服者"）
"塔城"的泰安娜 ▲ —— 梅葛·坦格利安一世（"残酷的"）
                         I   II   IV
简妮·维斯特林 ▲ —— 雷妮亚·坦格利安 —— 伊耿·坦格利安 ■ —— 杰赫里斯·坦格利安一世（"和解者"）
埃萝·科托因 ▲

艾瑞亚·坦格利安 ▲   雷哈娜·坦格利安 ■
   VIII   VII   XII   X   VI   IX

罗德利克·艾林 —— 丹妮菈·坦格利安   维耿·坦格利安   韦莱利昂·坦格利安   维桑瑞拉·坦格利安   玛格娜·坦格利安   塞妮拉·坦格利安

爱玛·艾林
  II   I
贝尔隆·坦格利安 —— 雷妮拉·坦格利安 —— 阿莉森·海塔尔 ▲
                                                      IV   III
                                                 戴伦·坦格利安   伊蒙德·坦格利安
      II   I
拉腊·罗佳尔 —— 韦赛里斯·坦格利安二世 —— 伊耿·坦格利安三世（"倒霉的"） —— 戴安娜拉·瓦列利安
            III   II   IV   III   V

伊耿·坦格利安四世（"庸王"）   奈丽诗·坦格利安 ▲   伊蒙·坦格利安（"龙骑士"）   雷妮亚·坦格利安 ▲   贝勒·坦格利安一世（"受神祝福的"）   戴安娜·坦格利安（"违命的"）   戴伦·坦格利安一世（"少龙王"）   依伦娜·坦格利安

               II   I
马伦·马泰尔 ■ —— 丹妮莉丝·坦格利安 —— 戴伦·坦格利安二世（"贤王"） —— 弥丽亚·马泰尔
后代
                      III   I   II   IV
亚丽·艾林   雷戈·坦格利安   贝勒·坦格利安（"破矛者"）   耶拿·唐德利恩   艾林诺·庞洛斯   伊里斯·坦格利安一世   梅卡·坦格利安一世   戴亚娜·戴恩
                   I   II

伊勒·坦格利安   伊萝拉·坦格利安   丹妮萝拉·坦格利安   梅葛·坦格利安   伊利昂·坦格利安（"明焰"）   泰洛西的凯娅拉 —— 戴伦·坦格利安（"醉鬼"）

                                                                I   II   III
                                           瓦莱拉·坦格利安（弱智）   莎亚拉·坦格利安
                     I   II   II
瓦拉尔·坦格利安   马塔瑞斯·坦格利安   伊里斯·坦格利安二世（"疯王"） —— 瓦拉尔·坦格利安
                                                                                       I   II   III
                                                               伊莉亚·马泰尔 ■ —— 雷加·坦格利安   韦赛里斯·坦格利安   丹妮莉丝·坦格利安 —— 卓戈
                                                                                                              I   II
                                                                                           雷妮丝·坦格利安   伊耿·坦格利安

家谱图（坦格利安家族）：

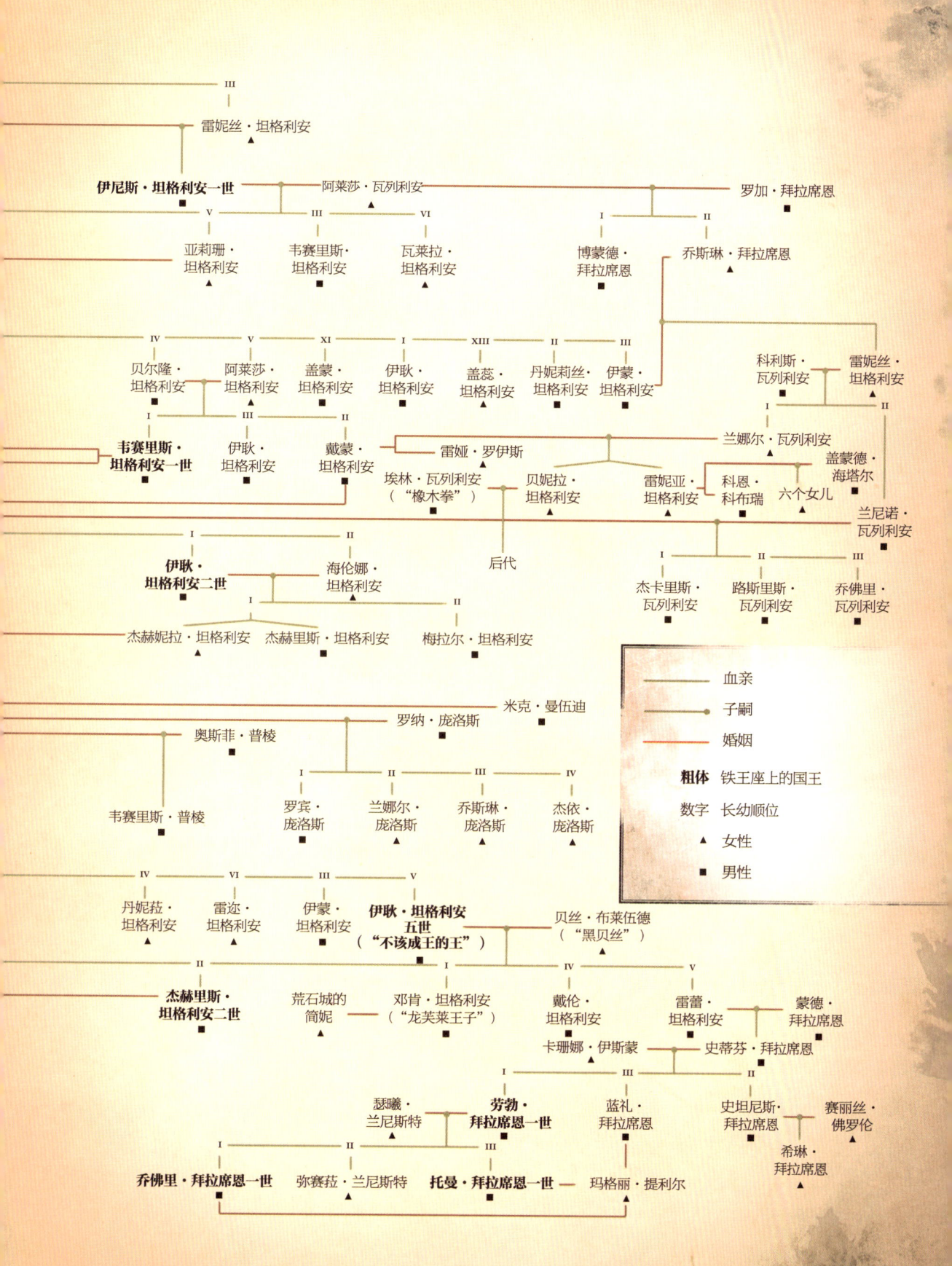

- III 雷妮丝·坦格利安
- 伊尼斯·坦格利安一世 ── 阿莱莎·瓦列利安 ── 罗加·拜拉席恩
  - V 亚莉珊·坦格利安
  - III 韦赛里斯·坦格利安
  - VI 瓦列拉·坦格利安
  - I 博蒙德·拜拉席恩
  - II 乔斯琳·拜拉席恩

- IV 贝尔隆·坦格利安
- V 阿莱莎·坦格利安
- XI 盖蒙·坦格利安
- I 伊耿·坦格利安
- XIII 盖蕊·坦格利安
- II 丹妮莉丝·坦格利安
- III 伊蒙·坦格利安
- 科利斯·瓦列利安 ── 雷妮丝·坦格利安 II

- I 韦赛里斯·坦格利安一世
- III 伊耿·坦格利安
- II 戴蒙·坦格利安
- 雷娅·罗伊斯
- 埃林·瓦列利安（"橡木拳"）
- 贝妮拉·坦格利安
- 雷妮亚·坦格利安
- 兰娜尔·瓦列利安
- 科恩·科布瑞 ── 六个女儿
- 盖蒙德·海塔尔
- 兰尼诺·瓦列利安

- 后代
- I 伊耿·坦格利安二世 ── 海伦娜·坦格利安
- 杰卡里斯·瓦列利安
- II 路斯里斯·瓦列利安
- III 乔佛里·瓦列利安

- 杰赫妮拉·坦格利安
- I 杰赫里斯·坦格利安
- II 梅拉尔·坦格利安

图例：
- 血亲
- 子嗣
- 婚姻
- **粗体** 铁王座上的国王
- 数字 长幼顺位
- ▲ 女性
- ■ 男性

- 米克·曼伍迪
- 罗纳·庞洛斯
- 奥斯菲·普棱
- 韦赛里斯·普棱
- I 罗宾·庞洛斯
- II 兰娜尔·庞洛斯
- III 乔斯琳·庞洛斯
- IV 杰依·庞洛斯

- IV 丹妮菈·坦格利安
- VI 雷迩·坦格利安
- III 伊蒙·坦格利安
- V **伊耿·坦格利安五世**（"不该成王的王"）── 贝丝·布莱伍德（"黑贝丝"）

- II **杰赫里斯·坦格利安二世**
- 荒石城的简妮 ── 邓肯·坦格利安（"龙芙莱王子"）
- IV 戴伦·坦格利安
- 雷蕾·坦格利安
- V 蒙德·拜拉席恩
- 卡珊娜·伊斯蒙 ── 史蒂芬·拜拉席恩

- 瑟曦·兰尼斯特 ── II **劳勃·拜拉席恩一世**
- I 蓝礼·拜拉席恩
- III 史坦尼斯·拜拉席恩 ── 赛丽丝·佛罗伦
- 希琳·拜拉席恩

- I **乔佛里·拜拉席恩一世**
- II 弥赛菈·兰尼斯特
- III **托曼·拜拉席恩一世** ── 玛格丽·提利尔

史塔克
世系

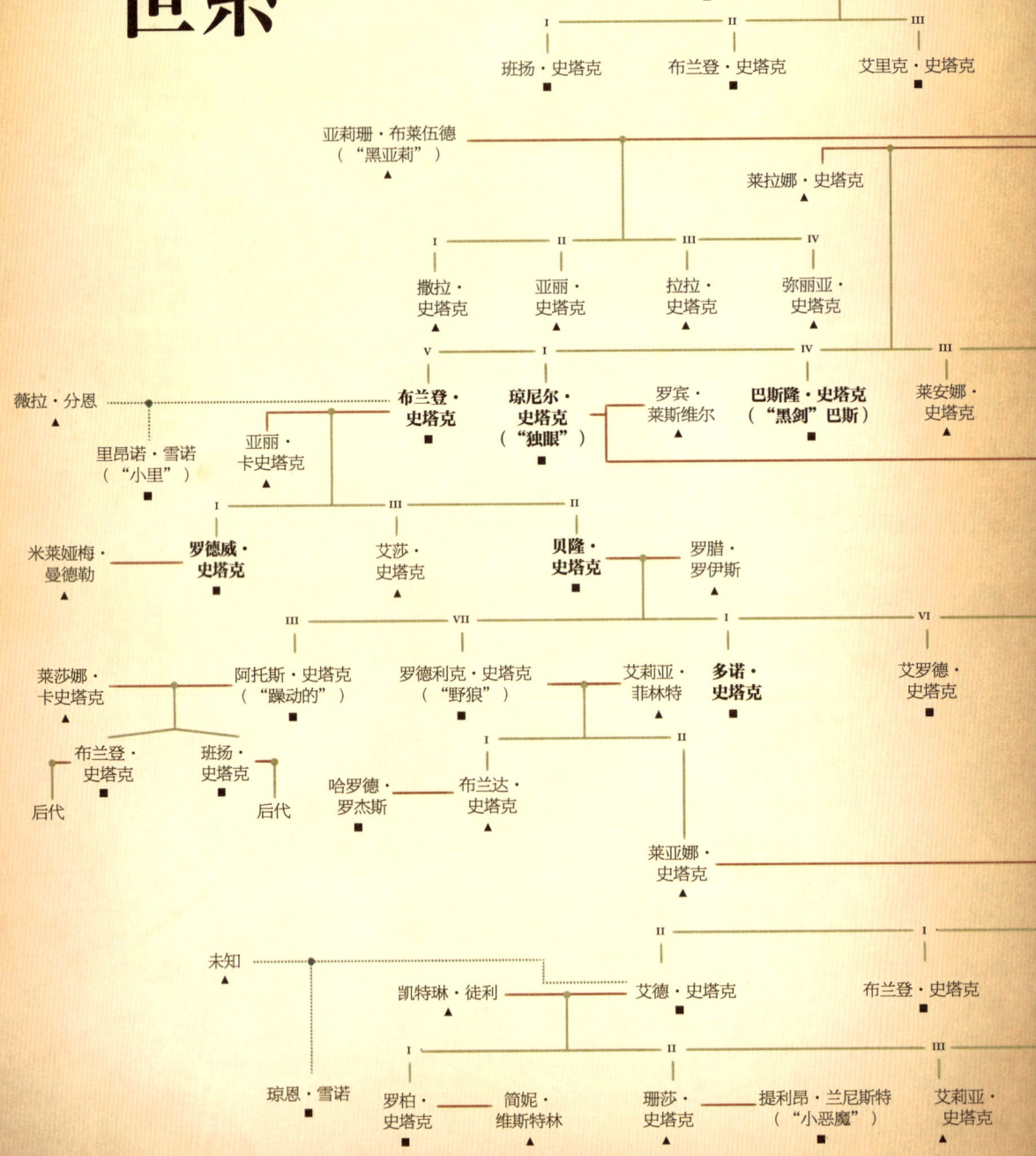

```
                                            玛格利特·卡史塔克
                                                  ▲
                                    ┌─────────────┼─────────────┐
                                    I             II            III
                                    │             │             │
                                班扬·史塔克    布兰登·史塔克    艾里克·史塔克
                                    ■             ■             ■

                亚莉珊·布莱伍德─────────────────────────────────┐
                （"黑亚莉"）                                    │
                    ▲                                    莱拉娜·史塔克
                    │                                         ▲
        ┌───────┬───┴───┬───────┐                             │
        I       II      III     IV                            │
        │       │       │       │                             │
      撒拉·   亚丽·   拉拉·   弥丽亚·                          │
      史塔克   史塔克   史塔克   史塔克                          │
                                                              │
                V       I                    IV              III
            布兰登·  琼尼尔·        罗宾·  巴斯隆·史塔克   莱安娜·
            史塔克   史塔克         莱斯维尔 （"黑剑"巴斯）   史塔克
                    （"独眼"）
                              
  薇拉·分恩┐      ┌─────┼─────┐
         │      │     │     │
  里昂诺·雪诺  亚丽·  
  （"小里"）  卡史塔克
      ■
              I        III        II
  米莱娅梅·  罗德威·   艾莎·    贝隆·    罗腊·
  曼德勒    史塔克    史塔克    史塔克    罗伊斯
     ▲        ■               ■
              III      VII              I           VI
  莱莎娜·  阿托斯·史塔克  罗德利克·史塔克  艾莉亚·  多诺·    艾罗德·
  卡史塔克  （"躁动的"）   （"野狼"）      菲林特  史塔克    史塔克
     ▲    ┌───┴───┐                ▲      ■
         │       │                  │
       布兰登·  班扬·              I        II
       史塔克   史塔克        哈罗德·    布兰达·
              ■              罗杰斯      史塔克
       后代     后代
                                        莱亚娜·
                                         史塔克

                                         II            I
              未知┐         凯特琳·徒利────艾德·史塔克   布兰登·史塔克
                  │              ▲             ▲
            ┌─────┤         ┌────┼────┐             III
            │     I         │    II   │
          琼恩·雪诺        罗柏·  简妮·  珊莎·  提利昂·兰尼斯特  艾莉亚·
                         史塔克  维斯特林 史塔克  （"小恶魔"）    史塔克
                          ▲       ▲      ▲        ■            ▲
```

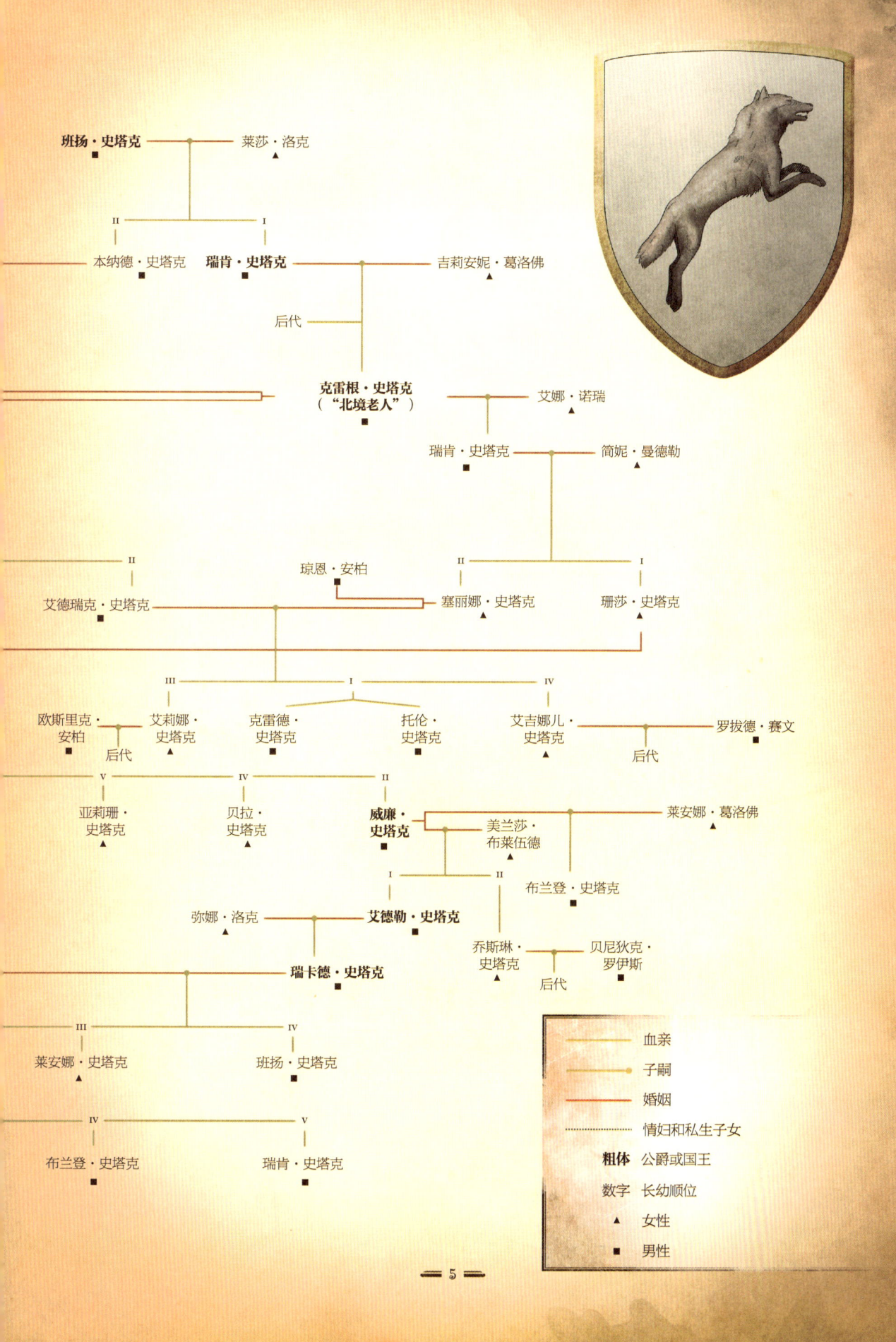

史塔克家族谱系

- **班扬·史塔克** ■ ── 莱莎·洛克 ▲
  - II 本纳德·史塔克 ■
  - I **瑞肯·史塔克** ── 吉莉安妮·葛洛佛 ▲
    - 后代
    - **克雷根·史塔克**（"北境老人"）■ ── 艾娜·诺瑞 ▲
      - 瑞肯·史塔克 ── 简妮·曼德勒 ▲
        - II 塞丽娜·史塔克 ▲ ┈┈ 琼恩·安柏
        - I 珊莎·史塔克 ▲
      - II 艾德瑞克·史塔克 ■
        - III 艾莉娜·史塔克 ▲ ── 欧斯里克·安柏 ■
          - 后代
        - I 克雷德·史塔克 ■
        - 托伦·史塔克 ■
        - IV 艾吉娜儿·史塔克 ▲ ── 罗拨德·赛文 ■
          - 后代
    - V 亚莉珊·史塔克 ▲
    - IV 贝拉·史塔克 ▲
    - II **威廉·史塔克** ── 美兰莎·布莱伍德 ▲ ── 莱安娜·葛洛佛 ▲
      - I **艾德勒·史塔克** ── 弥娜·洛克 ▲
        - **瑞卡德·史塔克** ■
          - III 莱安娜·史塔克 ▲
          - IV 班扬·史塔克 ■
          - IV 布兰登·史塔克 ■
          - V 瑞肯·史塔克 ■
      - II 布兰登·史塔克 ■
      - 乔斯琳·史塔克 ▲ ── 贝尼狄克·罗伊斯 ■
        - 后代

图例

───	血亲
─•─	子嗣
───	婚姻
┈┈┈	情妇和私生子女
粗体	公爵或国王
数字	长幼顺位
▲	女性
■	男性

兰尼斯特
世系

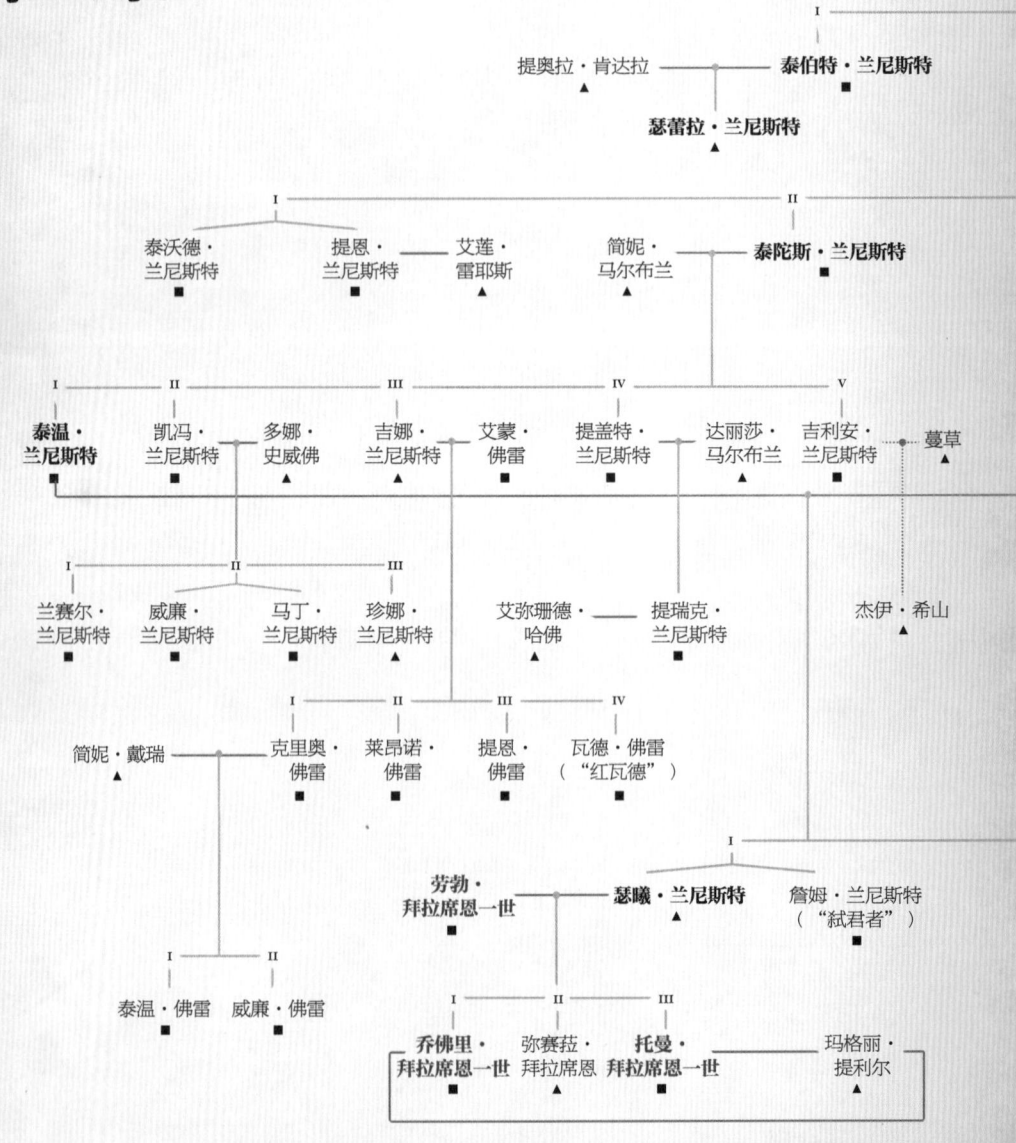

```
                                    提奥拉·肯达拉 ──●── 泰伯特·兰尼斯特
                                                     │
                                              瑟蕾拉·兰尼斯特
                                                     │
        ┌──────────┬──────────┬──────────┐          │
        I          II                                II
   泰沃德·      提恩·    ── 艾莲·      简妮·    ── 泰陀斯·兰尼斯特
   兰尼斯特     兰尼斯特     雷耶斯     马尔布兰
        │
   ┌────┬────────┬────────┬────────┬────────┬────────┬────────┐
   I    II       III      IV                V
  泰温· 凯冯·─● 多娜·   吉娜·   艾蒙·   提盖特·  达丽莎·  吉利安·─●─ 蔓草
  兰尼斯特 兰尼斯特 史威佛 兰尼斯特 佛雷   兰尼斯特  马尔布兰  兰尼斯特
       │                                                    │
   ┌───┼────┬────────┐                                   杰伊·希山
   I   II   III
  兰赛尔· 威廉· 马丁· 珍娜·─●─ 艾弥珊德· ── 提瑞克·
  兰尼斯特 兰尼斯特 兰尼斯特 兰尼斯特  哈佛      兰尼斯特
                    │
              ┌─────┼──────┬──────┐
              I     II     III    IV
  简妮·戴瑞─●─克里奥· 莱昂诺· 提恩· 瓦德·佛雷
            佛雷   佛雷   佛雷  ("红瓦德")
                                                     │
                                          ┌──────────┼──────────┐
                                          I
                                    劳勃·    ──●── 瑟曦·兰尼斯特   詹姆·兰尼斯特
                                  拜拉席恩一世                    ("弑君者")
         ┌────┐                             │
         I    II                 ┌──────────┼──────────┐
    泰温·佛雷 威廉·佛雷           I          II         III
                              乔佛里·    弥赛拉·    托曼·     ── 玛格丽·
                              拜拉席恩一世 拜拉席恩  拜拉席恩一世    提利尔
```

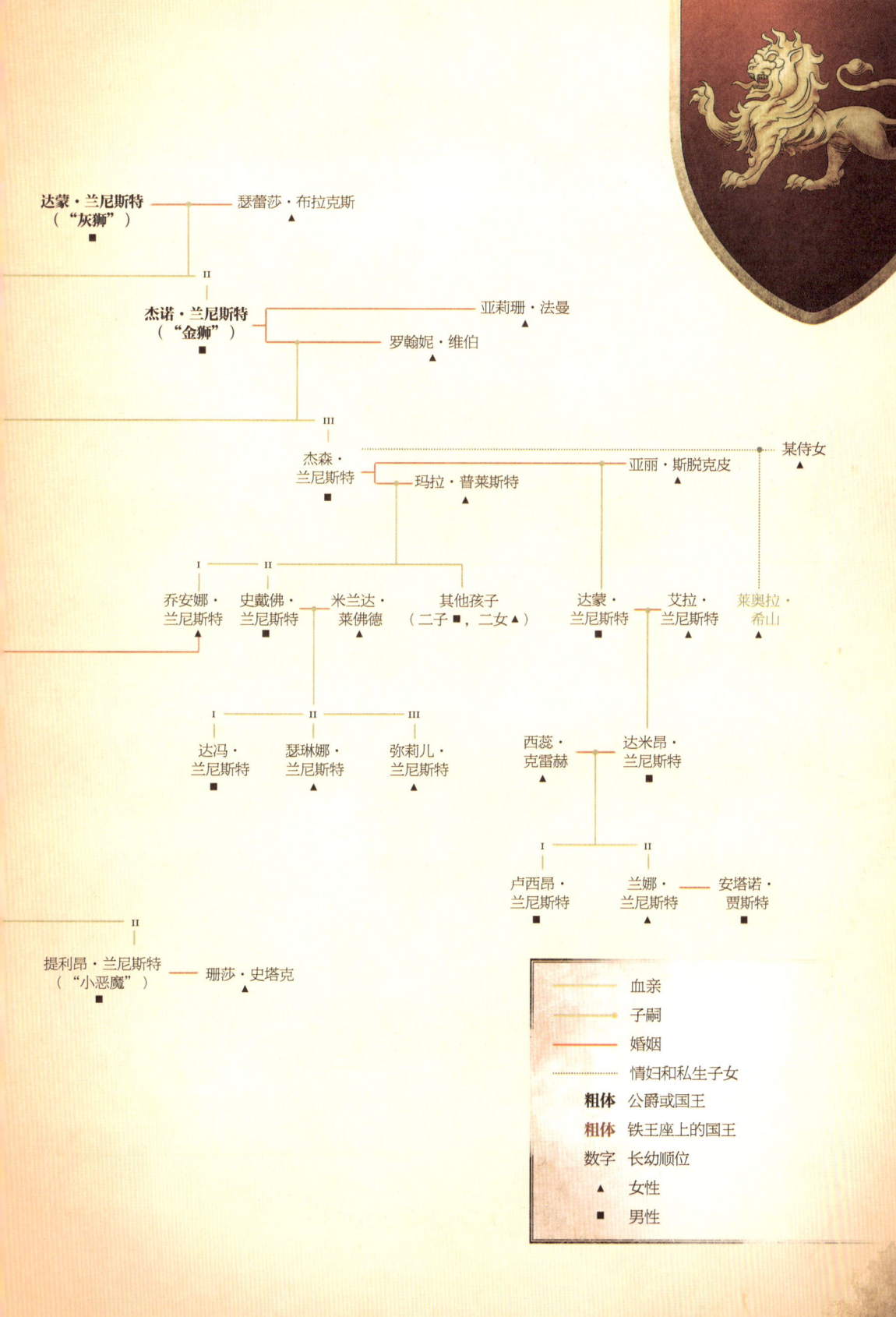

达蒙·兰尼斯特
（“**灰狮**”）
■

瑟蕾莎·布拉克斯
▲

II

杰诺·兰尼斯特
（“**金狮**”）
■

亚莉珊·法曼
▲

罗翰妮·维伯
▲

III

杰森·兰尼斯特
■

某侍女
▲

亚丽·斯脱克皮
▲

玛拉·普莱斯特
▲

I

乔安娜·兰尼斯特
▲

II

史戴佛·兰尼斯特
■

米兰达·莱佛德
▲

其他孩子
（二子■，二女▲）

达蒙·兰尼斯特
■

艾拉·兰尼斯特
▲

莱奥拉·希山
▲

I

达冯·兰尼斯特
■

II

瑟琳娜·兰尼斯特
▲

III

弥莉儿·兰尼斯特
▲

西蕊·克雷赫
▲

达米昂·兰尼斯特
■

I

卢西昂·兰尼斯特
■

II

兰娜·兰尼斯特
▲

安塔诺·贾斯特
■

II

提利昂·兰尼斯特
（“小恶魔”）
■

珊莎·史塔克
▲

- 血亲
- 子嗣
- 婚姻
- 情妇和私生子女
- **粗体** 公爵或国王
- **粗体** 铁王座上的国王
- 数字 长幼顺位
- ▲ 女性
- ■ 男性

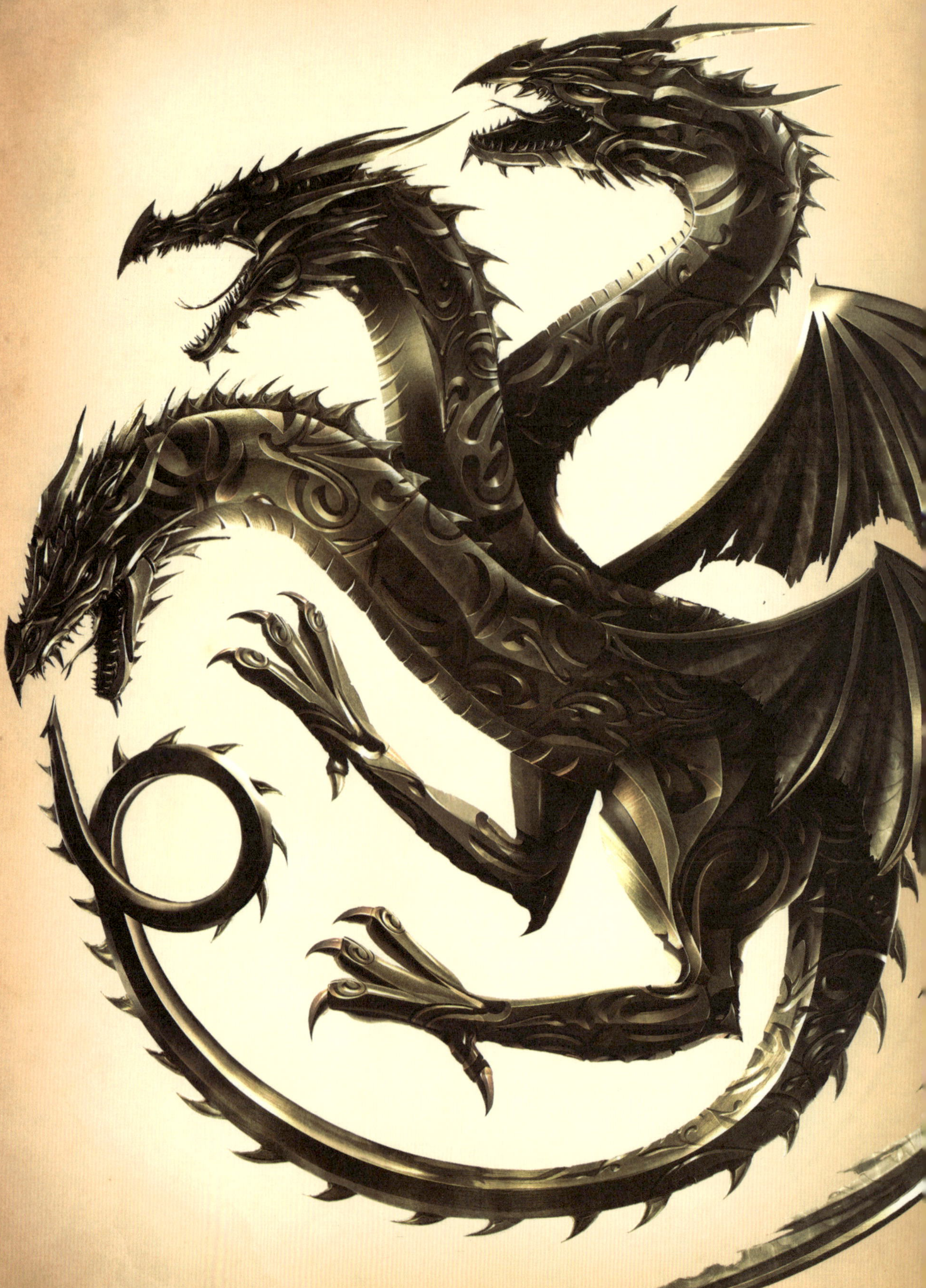

冰与火之歌的世界

· 悦享版 ·

地图册

The WORLD OF ICE AND FIRE
THE UNTOLD HISTORY OF WESTEROS AND
THE GAME OF THRONES

重庆出版集团 重庆出版社

已知世界

厄斯索斯

维斯特洛

塞外北境

- 颤抖海
- 斯卡恩岛
- 斯凯格斯岛
- 海豹湾
- 灰色大峭壁
- 卡霍城
- 东海望
- 最后壁炉城
- 末江
- 黑城堡
- 布兰登赠地
- 新赠地
- 王后冠赠地
- 长湖
- 恐怖堡
- 绝境长城
- 影子塔
- 临冬城
- 塞冰湾
- 熊岛
- 深林堡
- 暮谷城
- 海龙角

图例

- 中心城堡
- 城堡
- 城市
- 市镇
- 废墟
- 林场
- 道路

颈泽地

哥

谷

地

间

河

西

境

明焰湾

地名

- 断枝河
- 寡妇望
- 公羊门
- 白港
- 老城
- 姐妹屯
- 三姐妹群岛
- 卵石岛
- 乳头岛
- 狭人湾
- 卡林湾
- 白刃河
- 国王大道
- 荒冢屯
- 热浪河
- 灰水望
- 颈泽
- 孪河城
- 佛瑞
- 盲灵滩
- 菲林特之指
- 溪流地
- 海怪角
- 菲林特悬崖
- 姝岛
- 派克城
- 奥к蒙

河间地

群岛湾
王
蟹爪
女泉镇
盐场镇 寂静岛
鹿角堡
十字路口的旅店
三叉戟河
国王大道
君临
哈罗威伯爵的小镇
哈罗之栈
神眼湖 赫伦堡
千面屿
屈膝城
高庭之心
石蕃城
橡果厅 女巫镇
黑水河
红粉城
奔流城
石谷城 角谷城
腾石
地湾河
境

图例	
中心城堡	
城堡	
市镇	
旅店	
废墟	
牧场	
山峰	
道路	

谷地
北境
魔山
人咬
乳头岛
半指岛
长弓厅
卵石岛
冷水城
蛇木城
心宿城
小姐岛
鹰巢城
甜姐岛
长姐岛
三姐妹群岛
老城
滨歌城

图 例
中心城堡
城堡
城市
市镇
耕地
采石场
道路

铁群岛

十塔城

黑潮城

海豹皮角

北境 周则湾 民 铁 群 岛 黑潮岛 孤岛 热白沙滩

图例
中心城堡 城堡 市镇 铁矿 和锡矿 道路

哈崙洛

西境

君王港
派克城
派克岛
盐崖岛

落日之海

西境

落日之海

海疆城　荒石城　奔流城

铁民群岛

石洞
石碑岩城
祸塞

图例

- 中心城堡
- 城堡
- 城市
- 市镇
- 废墟
- 金矿和银矿
- 道路

地湾河

- 红叉河
- 角谷城
- 漂穴城
- 银厅
- 金牙城
- 大道
- 萨斯菲尔德城
- 黄金大道
- 凯岩城
- 兰尼斯港
- 玉米城
- 红湖城
- 古橡城
- 仙女城
- 凯切城
- 宴火城
- 狭鸡厅

河湾地

河间地

王境

西境

东

- 綠谷城
- 腾石城
- 苦桥布
- 蓝堡
- 长桌厅
- 榛树滩
- 罗斯比
- 黑酒河
- 鸭城
- 徙德
- 金树城
- 红湖城
- 玉米城
- 古橡城
- 滨海城
- 兰尼斯港
- 狭鸡厅
- 绿盾岛
- 灰盾岛
- 橡盾岛
- 南盾岛
- 盾牌列岛

图例
- 中心城堡
- 城堡
- 城市
- 市镇
- 葡萄酒产区
- 耕地
- 道路

黑港城

沙后城

角陵
布蒙城
高隐城
星坠城
高地城
阳星城
蜂巢城
旧镇
三塔堡
羊圆堡
黑冠镇
雷德温海峡
青亭岛

夏日之海

日暮恩惠

落日岭

风暴地

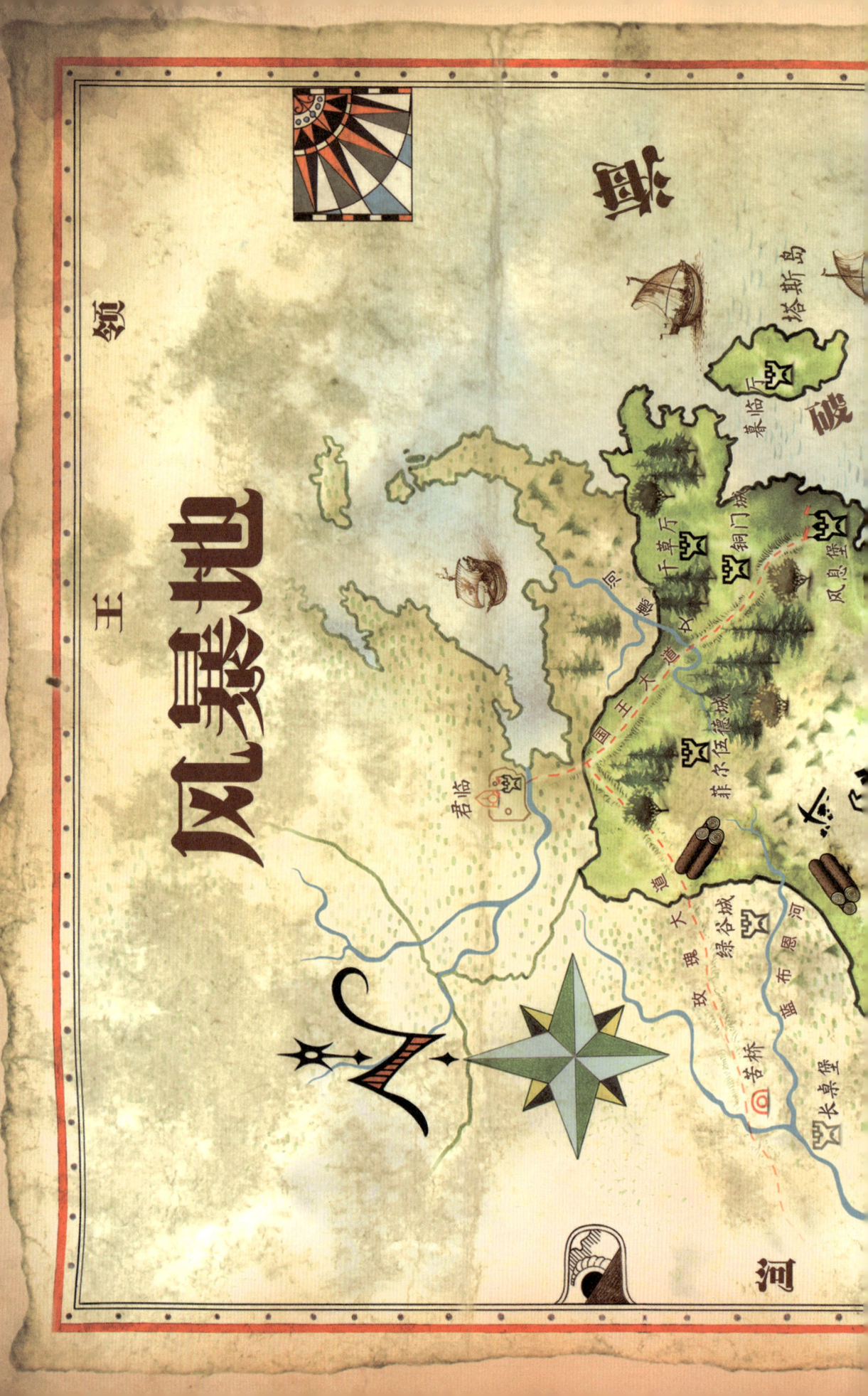

王领

塔斯岛
临冬
破
铜门城
千草厅
凤息堡
菲尔伍德城
君临
国王大道
玫瑰大道
绿谷城
布恩河
苦桥
长景堡

河

图 例

中心城堡
城堡
城市
市镇
废墟
林场
琥珀产区
道路

风裹恩地

恩

曼

雾林城
哭泣镇
启盛城
盛夏斤
黑港
韦凉城
残雪堡
极乐塔
夜歌城
红王圣地

河湾地

流水花园
阳萩镇
板条镇
柠檬林
伊托尔城
神恩城
绿血海岸
盐海岸
万斯城
伊伦伍德城
狱门堡
硫磺河
沙后城
天叉城
星坠城
高隐城

夏日之海

图例
中心城堡
城堡
市镇
废墟
橄榄产区
水源
道路

各王国

狭海

蟹岛
龙石岛
潮头岛
尖角
明月山脉
君临城
鹰巢城
旅息城
女泉镇
鹿角堡
幕谷镇
国王大道
赫伦堡

河间地

风 暴 地

河 湾 地

石窖城
暮临厅
千草厅
铜门城
国王大道
风息堡
费尔伍德城
金堡
磨石镇

图 例
中心城堡
城堡
城市
市镇
耕地
道路

《冰与火之歌》暨"权力的游戏"中英文官方出版物大全

《冰与火之歌》自1996年诞生以来,尤其是改编电视剧《权力的游戏》自2011年上映以来,市面上林林总总已有了数百种相关出版物,让爱好者颇有眼花缭乱之感。本文的目标就是借《冰与火之歌的世界》再版和《龙王家族》第二季上映之际,分门别类地介绍这些出版物,以便读者沉浸式地欣赏这一IP下的内容。

值得注意的是,本文仅针对官方出版物(所谓"官方",即由马丁亲笔写作或与他人合著,以及由马丁或HBO正式授权的出版物),各种在此范围之外的资料书、脑洞书、历史书、短篇集等等不在本文介绍之列,毕竟它们与原著关系多大,是个见仁见智的事情。

正传大系

《冰与火之歌》正传小说原著

第一卷《权力的游戏》(*A Game of Thrones*),出版于1996年。
第二卷《列王的纷争》(*A Clash of Kings*),出版于1999年。
第三卷《冰雨的风暴》(*A Storm of Swords*),出版于2000年。

第四卷《群鸦的盛宴》（A Feast for Crows），出版于 2005 年。

第五卷《魔龙的狂舞》（A Dance with Dragons），出版于 2011 年。

第六卷以后，截至目前（2023 年）未推出。

由于原著的版本源流甚多，要将其一一写明，可能要花上几十页，本文篇幅所限，不进行深入阐述。总的而言对普通读者来说，普通的简装本、平装本印刷工艺普通，收藏意义不大，目前收藏价值较高的是"冰与火之歌插图版"（A Song of Ice and Fire Illustrated Edition），截止 2023 年已出到第三卷，每卷带有二十张以上的全新插图，亚马逊售价在十余美元。

对"高消费级别"而言，值得关注的是新旧两种收藏版。第一种是 Subterranean Press 推出的限量珍藏版，该出版社与马丁长期合作，每卷书出版的同时便推出由马丁亲笔签名、带有收藏编号、含有名家绘制的插图（一般内含数十张黑白题图和数张全幅插图）的版本。该版本收藏价值最高，然而每次仅印刷数百册，原价即高达 260-1000 美元，目前基本是有市无价。第二种是 2019 年以来，由 Folio Society 推出的插图收藏版，精装带书盒，亦邀请名家绘制，每卷有十余张全新绘制的插图（包括数张跨页全幅插图），还有不少章节有单独的题图，每卷最低售价 160 美元，加上运费也是要 1000 多元人民币。

此外，原著及其相关著作有多个部分曾以单独篇目的形式出版，或出现在其他小说合集里，内容与原著的相应部分完全重复，并往往在后来结集出版时得到各种润色及修订，可以不再单独阅读。这样的作品有《龙王血脉》（Blood of the Dragon）、《龙王之路》（Path of the Dragon）、《海怪之臂》（Arms of the Kraken）、《公主与王后》（The Princess and the Queen）、《浪荡王子》（The Rogue Prince）和《龙王的儿子们》（The Sons of the Dragon），包括下面要介绍的组成《七王国的骑士》的三部中篇小说。

《冰与火之歌》正传小说中文版

从第一版开始，中文版曾在历次印刷期间，由译者做过若干的润色及修订，因此每个版本都可能有文字上的细微差别。大约从 2017 年前后开始，中文版停止修订，因马丁尚未完成原著，太多内容需要借助"推测"，预计待原著完成后再通盘进行总修订。

《冰与火之歌》正传小说简体中文第一版

出版于 2005 年 -2008 年，此版本为简装版，黑色为底，包括《权力的游戏》《列王的纷争》

《冰雨的风暴》《群鸦的盛宴》等四卷，且每卷均带有别处未有的原创插图。

《冰与火之歌》正传小说简体中文第二版简装版

出版于2012年-2013年，共有十五本，因各卷底色不同，又称"彩虹版"，包括《冰与火之歌》小说目前已有的前五卷。

此版本为简体中文版销售最多的版本，在首次出版后的十余年间又有各种特装版、新装版，各版又做了封面和装饰上的小调整，此外还有各种盗印版本。由于其内容无实质性变化，本文不再仔细辨析。

《冰与火之歌》正传小说简体中文第二版文库本

出版于2014年，共有十五本，包括《冰与火之歌》小说目前已有的前五卷，每本均有单独的原创插图封面。

《冰与火之歌》正传小说简体中文第二版纪念版（精装版）

出版于2017年，共有五本，包括《冰与火之歌》小说目前已有的前五卷，一卷一本，装帧采用精装，封面选自《冰与火之歌的世界》中的插图，乃是目前简体中文版中最为精良的版本。值得注意的是，下面要介绍的《血与火》的中文版与之采用了同一开本和装帧。

《冰与火之歌》的外传和拓展部分

《七王国的骑士》（A Knight of the Seven Kingdoms）

原著出版于2015年，属于"冰与火之歌"系列的核心著作之一，由《雇佣骑士》《誓言骑士》和《神秘骑士》三个中篇小说结集而成，此三作最初又分别问世于1998年、2003年和2010年。原著为精装版，含160余张插图。

中文版第一版出版于2014年，由于中文版出版尚在原著出版之前，因此无插图，且为简装版。

中文版第二版尚未推出（截止2023年），预计将会是精装版，包含原著所有插图。

《冰与火之歌的世界》（The World of Ice & Fire: The Untold History of Westeros and the Game of Thrones）

原著出版于2014年，属于"冰与火之歌"系列的核心著作之一，由马丁与合作者艾里奥·M.

小加西亚（Elio Garcia）和琳达·安东松（Linda Antonsson）合著，全方位介绍"冰与火之歌"系列的幻想历史和地理人文。

中文第一版出版于 2015 年，开本与原著完全相同，并追加了部分装饰。

本书即为此作的中文第二版，改变了原著开本，修订了内容。

《血与火：坦格利安王朝史》第一卷（Fire and Blood: A History of the Targaryen Kings）

原著出版于 2018 年，属于"冰与火之歌"系列的核心著作之一，全部由马丁亲笔完成，讲述坦格利安王朝的完整历史，预计将分为两卷，某种程度上相当于"冰与火之歌"的《精灵宝钻》。

原著有精装版、平装版、收藏版、HBO 电视剧版等等。

中文版出版于 2020 年，为精装版，含原著精装版所有插图。

《龙王的崛起：坦格利安王朝史》第一卷（The Rise of the Dragon: An Illustrated History of the Targaryen Dynasty）

原著出版于 2022 年，由马丁与合作者艾里奥·M. 小加西亚和琳达·安东松合著，精装大开本，开本和装帧类似《冰与火之歌的世界》，内含超过 180 张全新插图，但内容上与《血与火》第一卷有重叠。

中文版预计将于 2024 年出版。

《冰与火之歌官方地图集》（The Lands of Ice and Fire）

原著出版于 2012 年，内有十二张"冰与火之歌"全彩大幅地图。

中文版出版于 2014 年，在原著基础上进行了做工和内容上的重大升级，例如采用铁制包装盒，追加了一册"冰与火之歌"地理相关内容等等。

《提利昂·兰尼斯特的聪明与智慧》（The Wit and Wisdom of Tyrion Lannister）

原著出版于 2013 年，每页配上原著中提利昂的一句名言，并有一些插图。

目前无中文版（截止 2023 年）。

"冰与火之歌"官方 APP "冰与火的世界"（George R. R. Martin's A World of Ice and Fire — A Game of Thrones Guide）

上线于 2012 年，相当于"冰与火之歌"系列的百科全书，有马丁亲自参与，甚至有些资料是小说原著中没有的内容。

目前无中文版（截止 2023 年）。

"冰与火之歌"日历系列（*A Song of Ice and Fire Calendar*）

"冰与火之歌"系列每年都会推出的官方日历，邀请不同的幻想插图大师（如著名的特德·奈史密斯[1]、约翰·豪[2]、马克·西蒙内蒂[3]等，一年一位，其中2023年年历邀请了五位插画师），为本书及其相关著作绘制12-13张大幅插图（月历形式，每月一张，有时封面有额外的一张）。部分插图后被用在《冰与火之歌的世界》和《龙王的崛起》这两本精装书中，但大多数插图为日历系列所独占。

日历系列的第一本是2008年日历，此后除2009年因故取消外每年都有一本，截止2024年已推出十六本之多。

目前无中文版（截止2023年）。

《冰与火之歌的艺术》系列（*The Art of George R. R. Martin's A Song of Ice and Fire*）

美国著名桌游公司"幻想飞翔游戏"（Fantasy Flight Games）长期运营"冰与火之歌"系列的桌游改编，在改编过程中产出了大量的美术作品，并曾将其结集出版。

《冰与火之歌的艺术》第一卷第一版出版于2005年，第二版出版于2011年，有200张左右插图和相关文字。第二版与第一版相比，去掉了某些坦格利安家族的内容，追加了其他一些新内容。

《冰与火之歌的艺术》第二卷，出版于2011年。

目前无中文版（截止2023年）。

《冰与火之歌的盛宴》（*A Feast of Ice and Fire*）

原著出版于2012年，长达240页，由"冰与火之歌"的超级粉丝和美食博主切尔西·梦露卡塞尔（Chelsea Monroe-Cassel）与沙琳·莱勒（Sariann Lehrer）合著，并有马丁书写的前言。2015年，本书又以电子书的形式追加了长达44页的续作《来自多恩沙漠》（*From the Sands of Dorne: A Feast of Ice & Fire Companion Cookbook*）。

中文版出版于2016年。

《冰与火之歌》及相关著作的漫画系列

《冰与火之歌第一卷：权力的游戏》漫画改编

---

[1] 特德·奈史密斯（Ted Nasmith），加拿大艺术家，曾为《霍比特人》《指环王》绘制过插图。

[2] 约翰·豪（John Howe），加拿大插画师、概念设计师，曾为托尔金的"中土世界"绘制过插图。

[3] 马克·西蒙内蒂（Marc Simonetti），法国艺术家，概念设计师。

原著出版于 2011 年 -2014 年之间，共 24 期，结集为四个合订本。
中文版出过两个版本，第一版由指文图书推出于 2012 年 -2014 年间，断尾，无第四本。
第二版由果麦文化推出于 2019 年，四本全。

《冰与火之歌第二卷：列王的纷争》漫画改编

原著出版于 2017 年 -2021 年之间，共 32 期，结集为四个合订本。
目前无中文版（截止 2023 年）。

《雇佣骑士》漫画改编

出版于 2003 年 -2004 年之间，共 6 期，结集为一个合订本。
目前无中文版（截止 2023 年）。

《誓言骑士》漫画改编

出版于 2007 年 -2008 年之间，共 6 期，结集为一个合订本。
目前无中文版（截止 2023 年）。

《神秘骑士》漫画改编

出版于 2017 年，无分期，直接推出一册精装全本。
目前无中文版（截止 2023 年）。

"权力的游戏"大系

官方出版物分为两个大系，此前介绍的是正传大系，"权力的游戏"虽然本身是原著的改编物之一，但由于其影响力巨大，自身也形成了一个文化圈，拥有一批较为精良的作品。

《权力的游戏》电视剧

《权力的游戏》电视剧是美国著名电视网 HBO 截至目前影响力最大、获奖也最多的电视节目，从 2011 年-2019 年，该剧一共播出了 9 年（2018 年因筹备最后一季，未更新），总共播出 73 集（前六季均为 10 集，第七季为 7 集，第八季为 6 集），总播放时间 4185 分钟，大致相当于 70 个小时，需要不眠不休地连续播放近三天才能放完。

《权力的游戏》取得的空前成就在此不用赘述，可能唯一的遗憾就是从第六季开始逐渐脱离了原著的内容和精神内核，结尾部分走向平庸。无论如何，观众可将之视为《冰与火之歌》的"戏说"版本，在等待正传的同时进行赏析。

《权力的游戏》电视剧不但制作精良，其碟片出版物亦是按照最高规格制成，曾推出过各种版本，目前画质和内容俱佳、最具收藏价值的版本是 2020 年 11 月推出的 4K Ultra HD 蓝光版。此版本共含 33 张蓝光碟片，包括 23 张 BD-100、7 张 BD-66、1 张 BD-25 和 2 张 BD-50。其中 23 张 BD-100 为正片，其余为各种动画片和花絮等。

UHD 蓝光版《权力的游戏》在大家通常接触的网络视频版的基础上追加了大量内容，除开每集都邀请制片人、导演、演员等不同人士做的解说音轨，每季通常附带关于局势、家族、人物等的解说介绍以外，具有较高价值的有如下五个部分：

第一，制作流程专辑。关注剧中热点如"片头动画""黑水河之战""私生子之战""长城之战""红色婚礼""王座厅""艺术设计""异鬼入侵""临冬城之战"等等，讲述剧组如何完成呈现在银幕上的效果。

第二，对谈节目和采访。如对马丁本人的采访，马丁就小说改编与两位制片人的对谈，演员们在完成最后一季时的实录"最后的守望"等等。

第三，对世界观的解释。涉及题材如维斯特洛的宗教、维斯特洛的联姻、长城外的野人等等。

第四，以动画的形式介绍"冰与火之歌"系列的世界历史和人文风土。此部分制作较为精良，在附加内容中的价值数一数二，往往是以演员扮演的角色进行解说的形式，将历史场景娓娓道来。

从长度上讲，第二季追加 14 段动画，约 1 小时；第三季追加 15 段动画，约 1 小时；第四季追加 16 段动画，约 1 小时 10 分钟；第五季追加 7 段动画，约 25 分钟，另额外追加长篇动画《血龙狂舞》，约 20 分钟；第六季追加 18 段动画，约 1 小时 20 分钟；第七季追加 8 段动画，约 30 分钟，另额外追加长篇动画《征服与背叛》，长达 45 分钟；第八季追加 6 段动画，约 30 分钟。

这些动画的总长度在 7 小时以上，曾被网络爱好者翻译为《维斯特洛往事》，在不少视频网站上可以欣赏。

第五，删减段落，补充各种因为时长等原因临时被剪去的情节。第二季追加约 5 分钟；第三季追加约 10 分钟；第四季追加约 3 分钟；第五季追加约 8 分钟；第六季追加 11 分 8 秒；第八季追加 8 分 28 秒（第一季和第七季无追加）。

总计蓝光版本追加的内容时长在 20 个小时以上，值得爱好者观摩。

其他相关出版物

介绍完《权力的游戏》本身，接下来再来看看由 HBO 授权的，属于"权力的游戏"范畴的各种官方出版物。海量的纪念品、明信片、海报、小商品等等因无文本价值，不在本文介绍的范围之内。

首先是艺术设定集，按授权的出版社不同，可分为前后两期。HBO 最初将设定集授予"编年史书社"（Chronicle Books）制作，由"编年史书社"推出的设定集包括：

《HBO 权力的游戏官方指南幕后及艺术设定·第 1 卷》（Inside HBO's Game of Thrones: Seasons 1 & 2）

原版出版于 2012 年，是《权力的游戏》的第一本官方设定集，由《权力的游戏》的资深制片人和编剧布莱恩·考格曼（Bryan Cogman）操刀，长达 192 页，内容涵盖电视剧第一、二季。

中文版出版于 2014 年。

《HBO 权力的游戏官方指南幕后及艺术设定·第 2 卷》（Inside HBO's Game of Thrones: Seasons 3 & 4 by C.A. Taylor）

原版出版于 2014 年，延续上一本的风格，同样长达 192 页，内容涵盖电视剧第三、四季。

中文版出版于 2015 年。

《权力的游戏：漫游维斯特洛》（Game of Thrones: A Guide to Westeros and Beyond: The Complete Series）

原版出版于 2019 年，长达 288 页，为老版设定集（前两本指南）的收官之作，延续了前两本的内容与风格。

中文版出版于 2020 年。

此后 HBO 将设定集的版权改授给洞察出版社（Insight Editions），进而诞生了更华美的"洞察"系设定集，包括：

《权力的游戏：分镜脚本设计》（Game of Thrones: The Storyboards）

原版出版于 2019 年，由《权力的游戏》的主要分镜设计师威廉·辛普森（William Simpson）供稿，长达 320 页，揭示了全书若干重要场景的拍摄秘辛。在诸设计集中的价值较高。

目前无中文版（截止 2023 年）。

《权力的游戏：服装艺术设定画集》（Game of Thrones: The Costumes）

原版出版于2019年，长达440页，分为5个章节，包含上千张图片，由"权力的游戏"首席服装设计师米歇尔·克莱普顿（Michele Clapton）供稿，展示了"权力的游戏"的服装、盔甲的细节及设计思路。

中文版出版于2022年。

《权力的游戏：艺术设定集》（Game of Thrones: The Art of Game of Thrones）

原版出版于2019年，乃一综合性的设定集，长达432页，从文字数量和涵盖内容上讲，是各艺术设定集中最为厚重、丰富的一本。

中文版出版于2023年。

《权力的游戏：摄影画册》（Game of Thrones: The Photography of Game of Thrones）

原版出版于2019年，长达416页，号称从一百五十多万张剧照中选出了最具代表性的850张，以飨读者。

目前无中文版（截止2023年）。

《权力的游戏前传：龙王家族设定集》（Game of Thrones: House of the Dragon: Inside the Creation of a Targaryen Dynasty）

原版出版于2023年，长达248页，也是目前唯一一本关于《龙王家族》电视剧的官方设定集。

目前无中文版（截止2023年）。

除开两个大系的设定集，"权力的游戏"官方授权的相关书籍还包括：

《权力的游戏：3D立体书》（Game of Thrones: A Pop-Up Guide to Westeros）

原版出版于2014年，用3D书的形式展现了维斯特洛的大地，配有一些文字，共有10页。

目前无中文版（截止2023年）。

《多斯拉克语言指南》（Living Language Dothraki）

原版出版于2014年，由"权力的游戏"的首席语言顾问大卫·皮特森（David J. Peterson）撰写。

目前无中文版（截止2023年）。

《权力的游戏：维斯特洛各大家族》（Game of Thrones: The Noble Houses of Westeros）

原版出版于2015年，当时正值电视剧热播，本作为趁热打铁的应景之作，对前五季的各大家族及重大事件做一总括介绍，长达 160 页。

目前无中文版（截止 2023 年）。

《冰与火之歌：权力的游戏涂色书》（The Official A Game of Thrones Coloring Book: An Adult Coloring Book）

原版出版于 2015 年，共 96 页。

中文版出版于 2016 年。

《冰与火之歌：权力的游戏填色书》（HBO's Game of Thrones Coloring Book）

原版出版于 2016 年，共 120 页。

中文版出版于 2018 年。

《龙王家族官方填色书》（House of the Dragon: The Official Coloring Book）

原版出版于 2024 年，共 80 页。

目前无中文版。

《权力的游戏：从 A 到 Z》（Game of Thrones: A to Z Guide & Trivia Deck）

出版于 2023 年，每盒有 50 张大卡片，每张含 4 个问题，装饰精美，具有一定收藏和交流价值。

目前无中文版（截止 2023 年）。

《真龙不怕火："权力的游戏"背后的故事》（Fire Cannot Kill a Dragon: Game of Thrones and the Official Untold Story of the Epic Series）

原版出版于 2020 年，由《娱乐周刊》记者、"权力的游戏"超级粉丝詹姆斯·希伯德（James Hibberd）撰写，记录了"权力的游戏"创作背后大量从未透露的故事，长达 464 页，有五十多个全新采访，价值较高。

目前无中文版（截止 2023 年）。

《权力的游戏与龙王家族：维斯特洛官方厨艺书》（The Official Westeros Cookbook: Recipes from House of the Dragon and Game of Thrones）

原著出版于 2024 年，长达 240 页，乃是前述《冰与火之歌的盛宴》的改版换皮之作，并追加了部分新的食谱，作者同样为切尔西·梦露·卡塞尔。

目前无中文版。

《冰与火之歌》与"权力的游戏"的官方授权游戏大全

游戏在信息时代和网络时代具有不亚于书籍和影视作品的影响力，任何大型IP都会扩展到游戏界，并尝试取得成功，《冰与火之歌》当然也不例外。到目前为止，在这方面的努力可以说喜忧参半，有许多成功的单品，也有的领域有待进一步突破。

以下分为两大部分介绍《冰与火之歌》与"权力的游戏"的游戏改编作品。

第一部分 电子游戏类

《权力的游戏：创世纪》（*A Game of Thrones: Genesis* ）

推出于2011年，法国工作室Cyanide当年"死乞白赖"在马丁家门口得到的授权游戏之一。该游戏为即时战略类游戏，有一定新意，如单位中有"间谍单位"，可投入对手门下等等，然而画面过于落后，BUG也甚多，评价不高。

目前无中文版。

《权力的游戏：角色扮演游戏》（*Game of Thrones: The Roleplaying Game*）

推出于2012年，法国工作室Cyanide当年"死乞白赖"在马丁家门口得到的授权游戏之二。

该游戏为电脑角色扮演游戏，剧情为双主线，高潮迭起，然而画面同样过于落后，BUG 也甚多，因此影响了评价。

目前无中文版。

《权力的游戏：TELLTALE 游戏系列》（Game of Thrones: The Telltale Series）
推出于 2014 年，是当年 TELLTALE 公司大扩展时期发布的若干故事冒险类游戏之一，采用章节制更新，由六段组成，讲述了一段北境的故事。

目前无中文版。

《王权：权力的游戏》（Reigns: Game of Thrones）
推出于 2018 年，"王权"系列的换皮游戏，价值较低。
有中文版。

《权力的游戏：上升》（Game of Thrones: Ascent）
推出于 2013 年，网页社交游戏，在下面介绍到的游族网络的游戏推出后，被中止。

《权力的游戏：征服》（Game of Thrones: Conquest）
推出于 2017 年，移动端社交 SLG 游戏，至今仍在更新。

《权力的游戏：凛冬将至》（Game of Thrones: Winter is Coming）
推出于 2019 年，由中国游戏公司游族网络得到官方授权后开发，涵盖移动端、STEAM 等多个平台，为一氪金 SLG 类游戏，制作较为精良，但玩法流俗。

综合来看，"冰与火之歌"这个 IP 目前还没有具有代表性的电子游戏类作品。

第二部分 桌面游戏类

一般桌面游戏

《权力的游戏桌面游戏》（A Game of Thrones: The Board Game）

这可能是目前所有《冰与火之歌》及"权力的游戏"改编游戏中影响力最大的一款，可玩性很高。玩家在游戏中扮演不同的家族，通过尔虞我诈的交涉和背后捅刀式的争斗来攫取维斯特洛的王位，堪称进化版的《外交》（Diplomacy）游戏。

本游戏第一版推出于2003年，2004年推出扩展包1《列王的纷争》，2006年推出扩展包2《冰雨的风暴》。

本游戏经过进化后，又于2011年推出第二版，2012年推出扩展包1《魔龙的狂舞》，2013年推出扩展包2《群鸦的盛宴》，2018年推出扩展包3《龙之母》。并且此版本有正式中文代理。

2020年，本游戏又在STEAM平台上推出了电子版。

官方授权的小型桌面游戏：

《权力的游戏：维斯特洛阴谋》（Game of Thrones: Westeros Intrigue）

卡牌游戏，有中文版。

《权力的游戏：国王之手》（A Game of Thrones: Hand of the King）

卡牌游戏，无中文版。

《权力的游戏：铁王座》（Game of Thrones: The Iron Throne）及其扩展包《战火将至》（Game of Thrones: The Iron Throne - The Wars to Come）

卡牌游戏，较多利用谈判机制，无中文版。

《权力的游戏：问答游戏》（Game of Thrones: The Trivia Game）

主要是关于电视剧问题的对答，根据问题来决定地图上战斗的胜负，无中文版。

《权力的游戏：背誓者》及其扩展（Game of Thrones: Oathbreaker）

卡牌推理游戏，机制较为巧妙，无中文版。

《权力的游戏：尔虞我诈》（A Game of Thrones: B'Twixt）

卡牌游戏，机制较为巧妙，无中文版。

此外，官方还授权了不少流行桌面游戏的"权力的游戏"换皮改版，游戏价值不大：

《妙探寻凶：权力的游戏》及其新版（Clue: Game of Thrones）

《大战役：权力的游戏》（Risk: Game of Thrones）

《卡坦岛：权力的游戏》及其扩展包（A Game of Thrones: Catan – Brotherhood of the Watch）

《大富翁：权力的游戏》（Monopoly: Game Of Thrones）

模型战棋游戏

《冰与火之歌》的主线之一就是贵族们的争霸战争，据此改编的战棋游戏也有前后三个版本，形成了自己的文化，尤其是 CMON games 推出的模型战棋系列，影响力目前大概能进入欧美模型战棋界的前十或前十五位。

《维斯特洛：战役之道》（Battles of Westeros）
由"幻想飞翔游戏"于 2010 年推出，而后到 2012 年为止，陆续推出过 6 个扩展包和一些扩展卡片，主要呈现了小说前期的多场战役。后续无支持。
有中文版。

《冰与火之歌模型战棋》（A Song of Ice & Fire: Tabletop Miniatures Game）
由 CMON games 于 2018 年推出，是截止目前为止，影响力最大、模型最多、受众最广泛的《冰与火之歌》改编战棋游戏。玩家通过购买不同阵营的"起始包"加入游戏，起始包中有英雄单位和一般单位，总计五十多个模型，售价近 110 美元。玩家在游戏中，可自行选择购买其他扩展包，每个扩展包一般包含数个英雄单位，售价近 40 美元。到 2023 年年底，本游戏共有十个阵营，已推出或计划推出超过 100 个扩展包，是欧美较为成熟的模型战棋游戏之一。
目前无中文代理。

《冰与火之歌：战术》（A Song of Ice & Fire: Tactics）
同样由 CMON games 推出，此游戏与上一款模型战棋的区别在于规模较小。正统的模型战棋一般演绎大中型战役，模型一般代表"部队"，而此游戏多为小团队之间的战斗，模型一般代表"个人"（这种规格在模型战棋界一般被称为 skirmish game），规则也更为简单。两款游戏之间可形成高低搭配。
游戏众筹成功后，预计将于 2025 年问世。

集换卡牌游戏

《权力的游戏》集换卡牌游戏（A Game of Thrones: CCG）

出版于2002年，使用了自《万智牌》以来风靡全球的集换式卡牌营销模式，但游戏方法独树一帜，玩家需在三个维度进行争夺，游戏目的是拿到15分以攫取维斯特洛的王位，而非消灭或摧毁对手。该游戏在数年内频繁迭代，推出过10多个大型扩展系列。

《权力的游戏》LCG卡牌游戏（A Game of Thrones: The Card Game）

本游戏是在上述集换卡牌游戏的基础上诞生的，游戏方式基本相同，但LCG与一般集换式卡牌游戏的区别在于，每个扩展包的卡牌为固定搭配，无随机性，无稀有卡牌，以此来吸引玩家购买。《权力的游戏》LCG卡牌游戏第一版出版于2008年，在生命周期内有6个大型扩展包和12个扩展系列，总计80个以上的大小扩展包，也是《权力的游戏》卡牌游戏中最完善的一个版本，拥有包括中文玩家在内的、较为庞大的粉丝群。

本游戏有中文官方代理。

2012年，本游戏还因应电视剧推出过特别版本，同样有中文版代理。

《权力的游戏》LCG卡牌游戏第二版推出于2015年，在生命周期内有40个以上的扩展包，2020年大疫情期间因故停止官方支持，官方不再举办活动，卡牌也不再进行扩充，但热心玩家仍在对本游戏进行支持，乃至本游戏的中文群体也自发推出过各种民间扩展。

本游戏有中文官方代理。

桌面角色扮演游戏

"冰与火之歌"的桌面角色游戏也有新旧两版。

旧版游戏为"秩序守卫"公司（Guardians of Order）所开发，推出于2005年，包括一本长达578页的核心规则和一些初级冒险模组，并荣获当年的角色扮演游戏设计银奖。不幸的是，该公司于2006年即告倒闭，游戏无后续。

无中文版。

新版游戏为"绿浪人"公司（Green Ronin）所开发，并由此演化出名为"编年史系统"（Chronicle System）的中世纪封建社会角色扮演游戏系统。此游戏推出于2009年，亦曾荣获当年的角色扮演游戏设计银奖，在生命周期内总计推出过《核心规则》《战役设定》《君临的危机》《龙王的宝藏》《守夜人军团》等数本大书和一些补充工具包，授权于2017年到期，至今已停止生产。

无中文版。

总体来看，"冰与火之歌"的桌面角色扮演游戏虽然设计上可圈可点，但由于种种原因，影响力一般，目前在浩如烟海的桌面角色扮演游戏中大概只在百名以内。

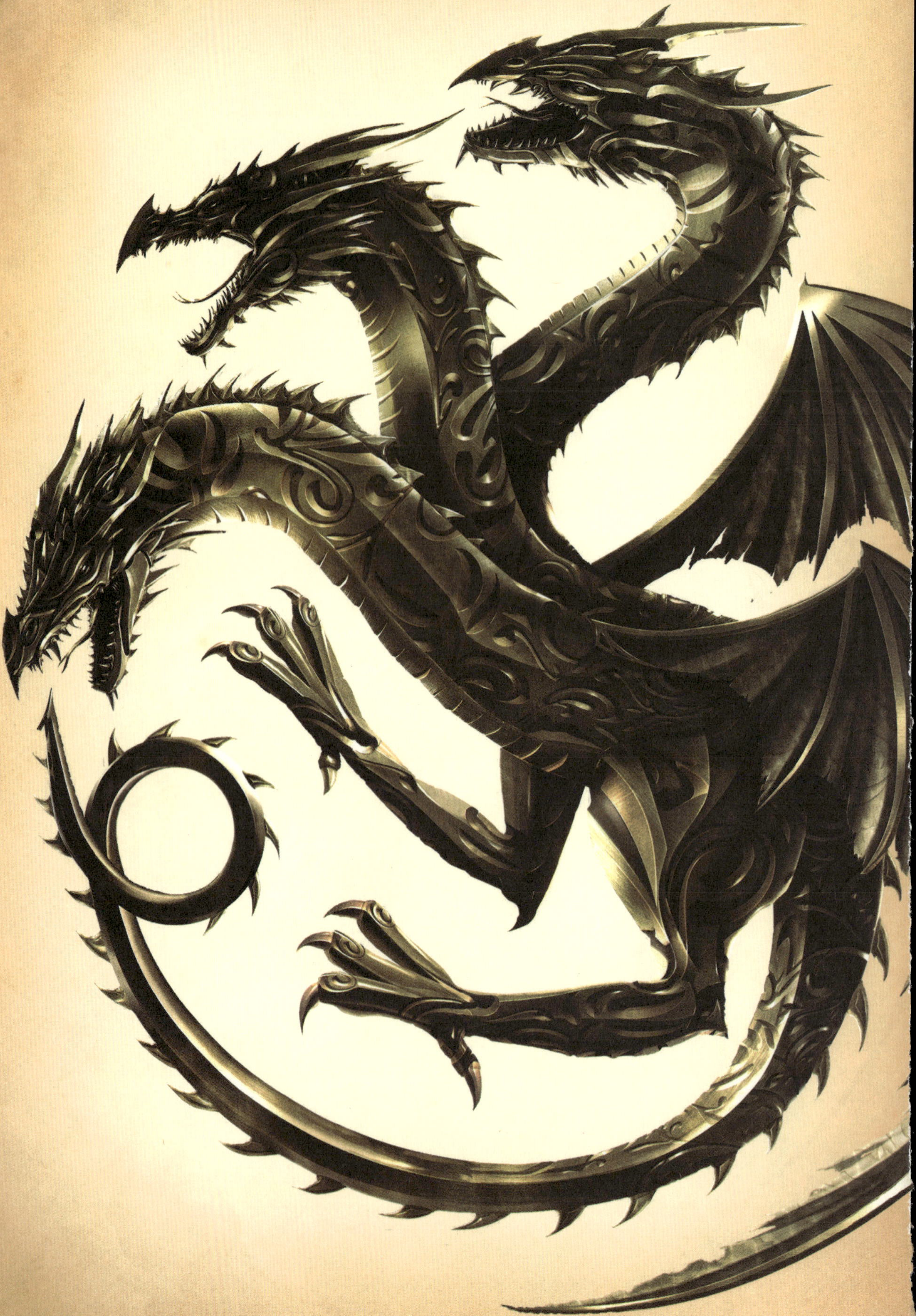